U0873098

Jack

Kerouac

地下人·皮克

The Subterraneans and Pic

杰克·凯鲁亚克 著
金衡山 译

上海译文出版社

献给丹尼·德索尔博士

目　录

导　言

一九五三年秋，杰克·凯鲁亚克用三天三夜的时间写就了《地下人》这部讲述了他与艾琳·李（小说中的“玛多·福克斯”）跨种族恋爱的小说，其时凯鲁亚克正处于创造力爆发时期。三十一岁的他已是一个著有多部作品的作者，尽管许多尚未发表；他是“垮掉的一代”的艺术领袖，是他命名了这个起源于四十年代的非正式的文学运动。《地下人》代表了凯鲁亚克首次完全用“自发式散文”（spontaneous prose）的风格写成的完整作品，这种写作风格是他在一九五一年的春天发现的。当他两位关系甚好的“垮掉的一代”合作者，艾伦·金斯堡和威廉·巴勒斯读了《地下人》的手稿后，他们请他写一个简单的手册，介绍这种写作方法，以便他们借用，后来凯鲁亚克发表了《自发式散文要素》一文。金斯堡在一九五六年发表诗作《嚎叫》，巴勒斯则在一九五九年出版小说《裸体午餐》，这两部震惊文坛的作品都有意借用了凯鲁亚克提到的写作方法。

《地下人》一直到一九五八年才发表，尽管在作品完成几年后才问世，但它仍然可以说是宣告了一种有着超凡魅力的新文学写作风格的到来：即兴但不乏精湛，无序中凸显个性，写作中糅合自白的自传体小说，如另外一位垮掉派作家所言，这是一种“源自内心的具有革命力的情感喷发”，这样一种写作形式同时也预示和暗合了那个时期美国艺术和文坛正经历的一系列其他新进展：博普爵士乐、抽象表现画派以及演技派表演方式。仅就文体而论，凯鲁亚克的“自发式散文”很有可能是自海明威在《在我们的时代里》（一九二五年）中开启的简洁、冷峻、优雅文体以来美国散文写作中最重要、持续时间最长的写作试验。

凯鲁亚克自称为美国的“行进中的……普鲁斯特”，他的写作往往围绕这样一些内容进行，如受尽折磨的精神自叙、荒唐的喜剧和对过去的恐惧，通过《地下人》，凯鲁亚克告诉了读者他已过自己创作的全盛时期。一九四八年，他二十六岁时，他的状态是这样的：“疯狂、无拘无束、自信、年轻、才华横溢”，但是，几年以后的一九五三年，他却感到了一种恐惧，这不是没有原因的，他嗜酒如命，神经濒临崩溃，无法承担对艺术、母亲、朋友们和恋人们（基本是这样一个顺序）的责任，哪怕这种责任是他愿意担负的。几年以后，《在路上》因其内容丑恶招致了坏名声，在这本惊人之作的纽约发布会上，诺曼·梅勒见到了凯鲁亚克，视其为“一个开拓者”、“新一代的领军人物”。梅勒非常喜欢凯鲁亚克，“比我想象的还要喜欢，我感到他是疲倦了，说来他也应该是疲倦了，他的足迹踏遍了那些令人激动与疯狂至极的地方”。梅勒从不会忘记（托马斯·品钦同样也不会忘记），与他自己相反的是，凯鲁亚克不仅写了那些书，同时还亲身经历了书中描述的那些事。

凯鲁亚克一九二二年出生在马萨诸塞州洛厄尔一个移民工人家庭，父母亲有着法裔加拿大人和印第安易洛魁人的血统，凯鲁亚克从小说一种叫做“洛阿尔语”的没有文字的加拿大法语方言。他一开始并没有学英语，直到后来上学才被迫学习，用他自己的话说，这让他很不舒服，一直到他十几岁时才接受。就像在《地下人》——在这本书里，加布里埃尔·凯鲁亚克[①]作为一个幕后人物无处不在——中讲述的那样，他在后来的日子里一直跟他母亲说洛阿尔语。凯鲁亚克是“法裔加拿大人”，在他的家乡有时与其他一些族群的人一起被称作“白色的黑人”，他也常常会把自己描述为“少数裔”之一，包围着这些人的“是一种可怕的无家可归感，所有在美国的法裔加拿大人都有这种感觉”。他学英语却学得非常轻松自如，用得也很精确，他自己在一九五〇年的一封信中解释说，这主要是因为“这不是我自己的语言，我将它改变了，以适应法语的意象”。早先时候，他把他称之为“杂交美国”以及其由此发展出来的各种语言作为他的写作内容。就像他的生活一样，他写的书也都是涉及“第三世界”边缘和资本主义世界中处于城市角落的人和事：他的家乡洛厄尔，一个到处都是移民的奄奄一息的工业城市，还有纽约和旧金山，美国的一些种族混杂的大城市和地区首府，以及墨西哥城——那是凯鲁亚克将其浪漫化的一群人的老家，他称其为“阿拉伯农夫”，他们来自那些有着古老历史的黑皮肤的种族，因现代文明而到处颠沛流离，他们将见证同时也将挺过他们的衰落。凯鲁亚克对富裕的生活没有任何兴趣，他一次又一次在他的小说中从战后问题重重的繁荣浮华的硬壳背后挖掘出了三十年代大萧条时的美国。

一直到高中三年级之前，凯鲁亚克似乎会成为那些耀眼闪光的成功美国人故事中的主人公。他面容英俊，漂亮得惊人——萨尔瓦多·达利曾称他“比马龙·白兰度更加漂亮”——他头脑也极其灵

① Gabrielle Kerouac，凯鲁亚克的母亲。

活，还是一个杰出的运动员，一个田径、棒球和橄榄球明星。一九三九年因为一笔橄榄球奖学金的资助，他来到纽约，先是在霍勒斯·曼学校，后来到哥伦比亚大学学习，但是他在一九四四年离开了大学，从此就再也没有回去过。此前他已经认识了金斯堡（《地下人》中的“亚当·穆拉德”）和卢西恩·卡尔（小说中的“萨姆·维德”），那个时候他们是哥伦比亚大学的学生，还有巴勒斯（小说中的“弗兰克·卡莫迪”）和赫伯特·洪克，后者是在时代广场专事行骗的瘾君子，是他向凯鲁亚克那伙人提到“垮掉”这个词。尼尔·卡萨迪（小说中的“勒罗伊”），那个来自科罗拉多、说话极快、独具魅力的“监狱小子”在凯鲁亚克的父亲莱奥去世后不久于一九四六年来到了纽约，后来成为了《在路上》中的迪安·莫里亚蒂这个人物的灵感来源，再加上格雷戈里·柯尔索（小说中的“尤里·格里高利克”）、约翰·克莱龙·霍姆斯（小说中的“巴利奥尔·麦克琼斯”）、劳伦斯·弗林格蒂（小说中的“雷利·奥哈拉”）和加里·斯耐德（《达摩流浪者》（一九五八年）中的“贾菲·赖德”），几年中，凯鲁亚克的“垮掉”圈子就这样形成了。

在第二次世界大战期间，凯鲁亚克在海军和被征用的商船上断断续续服役了一阵后，开始和尼尔·卡萨迪周游全美，他酗酒，吸毒（主要是安非他明兴奋剂，那个时候是合法的），与几百个不相识但颇有来头的人相识谈天，与一群女人发生关系，包括一个墨西哥裔的移民女工，他在《在路上》中称其为“特里”，此外还有一个部分非裔血统、部分印第安血统的女孩艾琳·李。凯鲁亚克结过三次婚，第二次婚姻留下一个女儿，作家简·凯鲁亚克，最近刚刚去世。但是，简直到十几岁时才开始和她父亲说话，而凯鲁亚克则从来没有正式承认过简是他的孩子。就像芭芭拉·埃伦赖希在《人心》(一九八三年)[①] 一书中所言，“垮掉派”反抗运动表达了强烈的男性欲望，主要是反抗一九五〇年代在美国城市郊区随处可见的陈腐的生活方式，把男人变成“组织人”，并要其担当起家庭供养者的职责。

凯鲁亚克的第一部小说《乡镇和城市》是一部中规中矩的描述成长的小说，风格是伍尔夫式的，一九五〇年发表时受到好评和尊重，但没有售出多少书。尽管在后来的七年中他写了六部小说，两本诗集，但没有出版社对他感兴趣，直到后来评论家马尔科姆·考利力劝维京出版公司在一九五七年出版《在路上》，情况才发生了变化。凯鲁亚克受到乔伊斯的意识流、梅尔维尔极具实验性的无序文体和博普爵士乐开拓者查利·帕克[②]（他在《地下人》中以一个关键的客串角色露面）的影响，在他开创的“自发式散文”的写作中，他试图用不间断的没有标点符号的意象和文字组成的语流在印刷页面上体现现实生活中的人物真实的语音语调、肢体语言以及谈话内容。

他有意要打破将作者与读者之间划分开的这个写作上的禁忌，以此来证明阅读可以满足人自古以来就有的期望：小说里的事是真实的。他所有的作品都是自传性的，讲述的是他自己的神奇经历和思考，用他自己的话说，则是“桩桩真事，件件可指”，“无半点虚

① Barbara Ehrenreich (1941—)，美国作家，美国民主社会主义重要人物，著有《人心》（*The Hearts of Men: American Dream and Flight from Commitment*）(1983) 等著作。

② Charlie Parker (1920—1955)，美国爵士萨克斯演奏家，作曲家。

伪”，“百分之百诚实”。他一九五五年写给马尔科姆·考利的信中说，“在写作中想极力掩盖，修正，乃至讳言的内容正是文学翘首企盼和热切需要的。”他所经历的是“一种烈火考验，不能回头……所有的一切都是直接的表白……让心灵成为语言表述的奴隶，不给假话和赘述留下任何机会”，这种文体风格产生“心灵感应的震撼，并激发意义”。

对一个作家而言，“自发式散文”写作需要高度自觉的技巧，要掌握它相当困难，凯鲁亚克自己这样描述：这是一种“极其累人的训练”，无止无尽的耗尽脑力的练习——用写日记的形式和用词语“概述”做即时报道的方法进行——为最关键的完稿做好一切准备；通过最近出版的凯鲁亚克的日记和信件，我们可以看出，他的确付出了极大的努力。尽管人们都知道他自己声称只用了三个星期就完成了《在路上》的写作，但是关于这本书头两个弃用的版本他什么也没有说过。后来他曾提请一位不喜欢他的编辑注意，他花了十五年的时间来最后完善和敲定《在路上》及其他一些著作的“声音”：“我知道我在说什么……我是一个艺术家，那种老派的，做事一心一意的人。”凯鲁亚克费尽心思精心镂刻一种声音，一种风格，他的注意力并不是只放在某一部作品上；一旦形成了，这种风格就会延伸出相应的叙述方式。这以后，要想让他再修改他的稿作则近乎不可能，这就像是一个橄榄球运动员不可能把比过的球赛再按原样比一次，或者是一个音乐家把经历过的演奏场面再重复一次。

因为没有钱，而且还积压了一堆没有出版的作品，凯鲁亚克于是利用《在路上》带来的知名度极速把他早先写的小说拿去出版，这样做的一个后果是市场饱和，同时也导致了更多的批评和误解，认为他每隔几天就胡乱写出一本书来。那些愤怒的评论说，他是一个“一无所知的波希米亚人”，一个“无业游民、厕所桂冠诗人”，“一个发着高烧的胡言乱语者”，“一个从麻省洛厄尔来到贫民区的中学运动员，路上丢失了他的橡皮”，一个“在你耳边唠里唠叨个没完的醉鬼”。他的书只是一些“自言自语自恋自怜”，“呆瓜的自虐”，“整个儿病态”，甚至有“精神病征兆”，当然是“无法卒读”。一九五九年十月五日那一天，凯鲁亚克在看电视时被活活吓着了，第二天他写给金斯堡的信上说，他看到了一出讽刺自己的剧，称他为“杰克·杂货箱”，“跳上跳下（头发粘在眉毛上）、尖叫不停……乱打乱杀”！

凯鲁亚克是一个害羞的、性格温和的人，极其不谙世故，自我意识很强，缺少处世之道，他试图向世人说明他是一个“散文体理论家”，一个“孤独怪异又疯狂的天主教神秘者”，等着“上帝来显形”。那些他认为的批判性的“辱骂”使他惶惑、愤懑，他发狂似的从内心深处去寻找抵挡的力量，但实际上这种力量早已不复存在或者原本就很少，这让他精神很痛苦，他于是一步一步深陷于被他称为酒精和绝望的“自我谋杀”之中，以及对于犹太人、共产党人和嬉皮士的咆哮之中；他的那些年轻的崇拜者们，用他的话说，似乎“希望看到有人……像献身的英雄一样，把自己的身体一块一块地卸掉给大家看”，这使他很害怕，也让他的评论者们恐惧。到一九六〇年代中期，他的大部分书都处于滞销状态，他自己计算过，每星期的收入是六十五美元。一九六九年十月二十一日凯鲁亚克去世了，二十六次输血也不能阻止因酗酒造成的内出血。一直到最后他都在写作。他的朋友罗伯特·克瑞里[①]说，他“始终没有停止过写作，即使在人们不再聆听他很久之后，依然如此”。

尽管在离开人世几十年后的现在，凯鲁亚克才开始赢得尊重和关注，他其实是一个更属于他那个时代的人物。冷战初期，他的那些个批评者们将他视为一种威胁，这并不完全错误。他告诉他的传记作者安·查特斯说，他保留了“一些你能看到的最为完整的记录”，他整理归档了几千封信件、新闻剪报和照片，他做这些的目的是要说明他写的东西是有据可依的。他的十三部“真实的故事小说”是一部连续的巴尔扎克式的史诗巨著，提供了“一部当代历史记录史，从中不仅可以看到真正发生了什么，也可以知道人们曾经真正想过什么”。这是一种随心记录的历史，一种随心留下的传记，一种通过个人生活的镜头对于一个历史阶段的探寻：一种自我的探寻，用安东尼奥·葛兰西的话说，就是“迄今为止历史发展过程的一个产物，它留下了无数的痕迹，尽管并没有一份有序的清单”。

凯鲁亚克坚信主体应毫无约束地展露自己，他坚持要毫无戒备、毫无准备、毫无警觉地来到读者面前，他的这种颇有英雄气概的态度在一定程度上是对美国历史上那个特殊时期的一种回应，那是一个军事备战和安全形势被认为达到了前所未有的程度的时期。在广岛遭到原子弹轰炸后不久，美国和苏联——此前的盟友——的敌对关系加剧，发展成一种公开的相互指责的善恶之战，那个至关重要的“炸弹”被确定为“美国人民的资产”，其制造的方法也因此成为了秘密，必须保密。那些政策制定者们还炮制了“似是而非

---

① Robert Creely (1926—2005)，美国诗人、黑山派诗人代表。

的否认”这个说法，那些中央情报局——在一九四七年刚刚成立不久——的秘密行动，那些暗杀计划，还有那些目的在于“遏制”的策略，所有这些都可以以这样一种方式进行：即使是那些行动被曝光，美国政府中的那些上层人员也没有一个会被追究责任，这就是所谓的“似是而非的否认”的功用。

知识不被认为是发现和合作的结果，也非融入先于并超越个人思想的自由流动的根源的结果，而是被看成是商品，一种特定国家的特殊人群拥有的商品。那个所谓的“机密”的说法在很大程度上掩盖了这个国家的诸多行为，但是普通个人并不安全，难逃政府的调查。每一个人都处在监控之下，不是被联邦调查局，就是被邻居和其他公民监视。成千上万的人被迫向他们的雇用者，甚至是国会非美委员会说明他们的过去，但是这种说明的结果其实事先就已知道或者确定了，那就是他们必须坦白或者斩断他们左倾的过去，或者是告发他们的左派合作者，否则就要承受苦果。

在发明了“机密”这个说法的时代，凯鲁亚克写作的努力方向却是要解密人的身体和心灵秘密。“百分之百的个人诚实”对抗“似是而非的否认”，即兴创作替代事先安排，无拘无束的语流直面泾渭分明的界限和不可逾越的分类，来自内心的最隐秘也是最公开的表达解构集体的行为。凯鲁亚克的叙述缺少一般意义上的情节结构，这使得评论家诺曼·包德豪拉兹[1]很不满意，他在一九五八年抱怨说，凯鲁亚克的小说“没有戏剧性”。但是，正是这样的形式给这个事事已有定型、一切皆无意外的世界带来了一个另类模式。

---

① Norman Podhoretz（1930—　），美国保守派评论家。

戏剧冲突涉及选择——做还是不做？——涉及挑战控制和恢复控制，这是权力之特殊效应的一部分。但是，凯鲁亚克却要试图从那个事先已布置好的脖套中溜出来。就像玛多·福克斯在《地下人》中所言，“我要走的不是这个方向，这于我又有什么可说?”——这是一个拒绝区分台上与台下的问题，而所谓戏剧冲突则恰恰与这一区别分不开。

凯鲁亚克在《地下人》中描述的美国可以说是一个国家，但确切地说是一个大洲，住满了先前的无家可归的居民的鬼魂，他们的所作所为与这个国家的方向不相一致，但朝这个方向走的可能性却已然存在，一切皆等着想象的点燃。正如玛多在向莱奥·佩瑟皮耶（凯鲁亚克在小说中的替身）讲述她的生活时，他看见了她的印第安人祖先，“那些已逝去的人的鬼魂在地面上轻轻地游荡，他们的苦难融化了地面，你只要用脚在地上踩一下，就会找到一只婴儿的手”。玛多的祖先们——那个时候她并没有提及或想到他们——无声无息如同流动的血液流进了她的话语之中，色彩异样；对于莱奥而言，玛多不仅仅是一个人，而是很多人。那些未知的与那些已知的一样真实；没有发生的、没有被讲述的并没有被已经讲述过的掩盖。同样，“柔软的窗架外面蜿蜒的街道”也给玛多的故事提供了配乐，那些外面的似乎是没有关联的活动，那些噪音渗透进了里面，进入了房间，里面坐着一对恋人——文字，语言，声音，亲密相间，从先前的远方走来，聚到一起，汇成涓流。

在《地下人》开篇伊始，凯鲁亚克就在努力把读者吸引进来。“我必须得解释，”他说，他在被介绍给玛多时他是什么样的感觉；此后他又多次提到“要做表白”，他很有点吹嘘地说他自己是“男性的象征（勃起的阳具）……（而那些女性们）则是凹陷的井”，当他一觉醒来时看到身边睡着一个“黑皮肤女人”，种族歧视不禁让他畏惧起来，尽管他意识到“怎么会想到这个，真是与兽类差不多了”。凯鲁亚克文体的另一层含义指向读者，他假定读者的回应与反响是他自己的延续与拓展，乃至会提供另一种可能性；他能感到他的读者就在那儿，在那儿参与改变和修饰他笔下的文字。读者是文本的未来，一种在现在逐渐显明的未来，就像是玛多的祖先们，他们的现在消失在他们的过去之中。

凯鲁亚克对自己的性生活的表述也遵循了同样的逻辑，莱奥和玛多的恋爱常常被莱奥与阿里尔·拉瓦利纳（原型应是作家戈尔·维达尔[①]）间的关系所打断，莱奥对那个成功的同性恋作家的过分谄媚示好时时给他与玛多的关系制造麻烦。但是无论是真实生活中的凯鲁亚克还是虚构中的他的那个替身都不是传统意义上的同性恋或者双性恋。事实更是因为凯鲁亚克无法绕开双重指向的写作——他的同性恋冲动的迹象不可避免地表露在异性恋轨迹中，而后者事实上占了主导。

在涉及叙述时间或视角时，凯鲁亚克也极力避免冲突。他告诉读者，写作该故事几个月前的一天发生的事情，也即他第一次遇到玛多的那天，其时，他正与雷利·奥哈拉一起从街上走过来，同时他也提及了写作此故事的确切时刻并做了如实叙述：坐在“（有着）一丝暗淡光亮的”屋内，听着收音机里莎拉·沃恩[②]的音乐。瓦解

① Gore Vidal（1925—　），美国作家，写作小说、戏剧、散文等。公开自己同性恋的身份。1948年出版《城市与支柱》（*City and Pillars*），被认为是最早的同性恋小说之一。

② Sarah Vaughan（1924—1990），美国爵士乐手。

那个自我，让故事漂浮起来——这是凯鲁亚克在做的，而这样做的结果则是放大了他自己的脆弱之处，但是正如查利·帕克对他的那些演奏队友忠告的那样：如果你"能放松一点，释放自己，那么好主意就会从你的脑子里冒出来"。在你准备好从常规的约束中放飞自我时，尴尬和失败会伴随期间，但是让不同的自我同时进行，走出人物，让偶然担当起决定作用的角色，让客人坐在主人的椅子上，让孩子站在常常是为成人留着的位子上，是凯鲁亚克和帕克极力要追求和创造的艺术秘方；在这种艺术中无序的自发而不是有序的排列才是秩序的原则，跨越边界，颠倒内外，让我们置身于思维和身体的流动之中。在这里，区别、差异等于没有区别、没有差异。

凯鲁亚克告诉了读者那些"秘密，那些必须要告知的秘密，或者说，为什么写作，为什么活着的秘密"。没有记录下他记忆中的那些事生命就结束了，对他而言，那是不可饶恕的罪。但是他的披露并没有让他感到适意。一边爱着玛多，一边却又在谈论她的大腿，"大腿里的隐约的东西"，把她的私人生活悬挂在"这个世界的晾衣线上"，这一切如何可以？在《恋人絮语》中，罗兰·巴特说过，爱是放弃控制，是被逼着或被诱惑着去信任一个我们自己以外的事和人，因为我们相信显露自己带来的报偿会证明这种冒险的正确。可以设想，如果我们告诉第三方我们自己的爱情经历，在我们这么做时，我们会不由自主地开始改编我们的经历，因为在任何一个我们讲述的故事中，作为主角出现的是我们自己而不是那个我们爱的人。

凯鲁亚克是在他所经历的事情一结束时就开始写他的故事——

《地下人》在他与艾琳·李分手几天后就写成了——这是一个恰好可以避免对故事重新阐释的时间节点，时间的间隔会带来对故事添枝加叶的欲望；一般人难以克服，但是，他也知道，要讲述一个故事而不在其中发挥作者的控制，这近乎不可能。叙述总是与控制，与推出自我相伴随。“要做到真正的自我表白是很难的，”他对《地下人》读者如是说，“你所能做的只是大段大段地讲述关于你自己的小细节。”如果不用那些个大的“词句构造”他没法表述他要讲的那个恋爱故事。

假如没有他的那些害怕惹上官司的出版商的阻止，按照凯鲁亚克自己的艺术标准，他完全会在书中用上真名，当然他知道《地下人》中涉及的人和事非常敏感，会引火烧身。迪安·莫里亚蒂的原型就是尼尔·卡萨迪，这是公开的事实，尽管他非常爱卡萨迪，但是他们之间并没有床笫之欢；在《地下人》中他也不能整个和盘托出他的性史，或者是详尽描述他与艾琳·李之间的亲昵细节。要知道，他讲述的还是一个跨种族的性爱故事，这样的主题其时唯有一位重要的美国作家做过一定深度的探索，即非裔美国作家切斯特·海姆斯[1]在《孤独的征服》（一九四七年）中。

一九五五年，凯鲁亚克写了《特丽丝苔莎》（直到一九六〇年才出版），这也是一部关于一个非白人女人的故事，书中的女主人公的原型是一个叫做艾斯布拉恩查·维拉尼娃的真实女性，她住在墨西哥，但是不识字，只会说西班牙语，她或她的亲戚们阅读这本

① Chester Himes（1909—1984），非裔美国作家，1947 年出版《孤独的征服》（*Lonely Crusade*）。

书的可能性很小。但是，我们从凯鲁亚克的自述中知道，艾琳·李是一个能够阅读《袖珍版福克纳文集》的女人，一个标新立异者，熟悉最流行的爵士乐，是那群精明老练、时尚摩登、“冷漠清高”，被艾伦·金斯堡称为“地下人”的好友和“玩伴”，她既是凯鲁亚克的同伴也是他的描述对象。

一九七〇年艾琳·李难得地接受过一次采访，在那次采访中，她表示了对艾森豪威尔时代的不满，而那正是《地下人》中故事发生的年代。美国人在那个时候都在试图“安分守己的生活，都在挣钱，或想着去挣钱”。在遇见凯鲁亚克时，她是一家经营保健书籍公司的助理，那家公司的想法激进，也很有文学抱负，公司经理白天编辑诸如《尿：生命之水》的书籍，晚上则撰写弗吉尼亚·伍尔夫的传记。李常常会自问，“我为什么要在这个地方做事，打印那些订单，回答那些来信?”那个时候，李也在给巴勒斯没有出版的两本书，《同性恋男子》和《耶奇书信》打字。尽管根据格雷戈里·柯尔索（小说中的“尤里”）的说法，艾琳与他有过一夜情的关系，她也和金斯堡同床过（在他尝试成为异性恋者的短暂经历期间），后来成为了他的朋友；此后，她还和卢西恩·卡尔（小说中的“萨姆·维德”）有过很认真的交往，后者或许是凯鲁亚克的所有男性朋友中最受喜爱的一个。

艾琳·李坚决保护她自己的私生活——没有一个凯鲁亚克的传记作者敢于披露她的真实姓名，直到一九九五年她去世。当凯鲁亚克写完《地下人》后不久把手稿给她看时，用她自己的话说，她“惊呆了，很多东西原封不动就被搬进了书中”。她声明说，“那并不是她记忆中的那些时期。”他的朋友们在他的笔下与事实很相符，但对她的描述不尽如此。对此，她没有多言，只是提到那个时候他们两个人跟任何人都很难维系一段真正的感情，“无依无助……一边是生活游戏，另一边是正经生活。”她欣赏凯鲁亚克的文笔，但不喜欢他的那种生活方式，“酗酒，粗鲁地干预别人的生活，一直外出去不同的地方”。他的行为对他的文学声誉都是不适合的、有害的，这种说法与凯鲁亚克在小说中的描述是非常一致的。

一九五三年的秋天，凯鲁亚克和李正式分手，但他们之间的来往并没有结束。一九五四年，在给朋友的信中，凯鲁亚克提到收到了她的一封信，似乎他们间关系还很正常。一直到一九五八年，他们还有来往。有一天，喝得醉醺醺、衣冠不整的凯鲁亚克在一次朗读会后，拽着他那个时候的女朋友、作家乔伊丝·约翰逊去找李。约翰逊在她的作品《小人物》（一九八三年）——一部生动的关于纽约垮掉派人物的回忆录——中描述了那次碰面。李那个时候有一个孩子，“她独自一人和孩子住在一间冷冰冰的房间里，屋里弥漫着牛奶、尿布和强生婴儿油的味道，她靠做临时打字的工作过活……看到杰克过来，她既不愤怒也不兴奋，只是有点精神不振”，她跟凯鲁亚克说话，“关切中带着讥讽，似乎度过了一些困苦时期之后学聪明了，而其他一些人，如凯鲁亚克，则还是老样子，傻里傻气的”。约翰逊早已经听到了很多艾琳与杰克的事，知道她在凯鲁亚克心中的重要性，就在这一次碰面时，凯鲁亚克都不想走了。“想留下来，”醉意未醒的他不停地说着。“不行，现在不行，宝贝，”艾琳回答说，然后她大笑起来。约翰逊感到奇怪的是，艾琳“怎么就没有注意到［《地下人》中］杰克表达的温柔情意”，但是作为曾经生活在一九五〇年代美国的一个年轻聪慧的单身非白人母亲，李坦诚地表明她意识到了杰克的烦心事——不管真实程度如何——和她自己的困难之间的差异，这种认识似乎充分地解释了这一切。

凯鲁亚克尽自己最大努力来保护李，给予她力量。他把小说发生的地点从曼哈顿移到了旧金山。“黑面罩”和“但丁”，这两个地下人聚集的酒吧实际上是两处纽约最热闹的地方，一处是第六大道富加齐投币自动唱机店，另一处是在布利克和麦克道格尔街上的圣·雷莫酒吧，一些诗人和画家经常光顾这两个地方，包括狄兰·托马斯，戈尔·维达尔，威廉·德·库宁，以及凯鲁亚克的朋友弗朗兹·克兰。艾琳·李确实在帕拉迪斯巷住过，但那是位于纽约东村（在十一街上）的一个小院子，靠近艾伦·金斯堡住的公寓。熟悉旧金山的人看到尤里推着坐在手推车里的莱奥和玛多到亚当的家门口这个情节时都会感到惊诧不已，多陡坡的旧金山与地势平坦的曼哈顿岛大不相同，旧金山没有那种手推车。

更加重要的是，在小说中，在描述他们之间的关系时，凯鲁亚克从自己观察的角度突出了玛多的抵触态度。作为一个女人，玛多“不得不迫于顺从”，莱奥颇为自信地这样告诉读者，在玛多和他分手之前不久，他还将自己描述为一个“在自己的安乐窝里自鸣得意舒适安逸的家伙”。从一开始，玛多就告诉过他，她想“独立”，这个字眼可以一直从她嘴里听到，等到他意识到她说的是真的时，已为时过晚了。当莱奥把他们两人的关系神话成了亚当和夏娃时，她冷冷地对他说，“别叫我夏娃。”在他眼中，她是博普爵士乐的化身精灵，但是，尽管她很爱这种音乐，它也让她心烦，因为“听博普音乐的人里有许多瘾君子，我在音乐中听到了毒品（海洛因）”。尽管他自己也有疑问，到底在多大程度上他能够牺牲自己的“白人的抱负”，或者是不怕因为与玛多的长相厮守而惹恼自己南方的亲戚们，但是他以为他还是能够帮助玛多克服那种紧张感，那种和他在公开场合露面时的恐惧，“黑人对美国社会的恐惧”，这种恐惧他认为可以通过他的保护姿态而自动消除。“你不懂，”他得到的却是这么一句她的回答，它包含了一切。

莱奥注意到了，玛多在那些地下人中间被转来转去，这是一种典型的男人之间的性交换方式，莱奥也承认他和勒罗伊（尼尔·卡萨迪）“在过去……常常互换（女人）”，尽管如此，他还是强烈地受到了挑逗，从朱利恩·亚历山大（原型是安东·罗森博格[①]）和亚当·穆拉德手里得来了玛多。于是揭示这种男性仪式的任务便留给了玛多，而不是莱奥。对莱奥而言，当他得知玛多确实跟尤里发生过关系后，他想象中自己遭受的背叛当真成为了现实，于是顷刻间他成为了一个完完全全的厌女症患者：“我真的应该多注意那个家伙一点……知道吗，她们都一样，别黏住一个不放，”他对她这样说。但是，玛多知道，他这么说“正是尤里想听的”。这样，他们两个人就可以同去酒吧，“透彻地将我讨论一番，他们会达成一致的看法，女人都是让人玩的，天下有的是女人”，于是乎，他们可以庆贺男人间不能断裂的永恒关系，而他们与女人的关系则作为副产品被搁到一边。

凯鲁亚克过于依赖他母亲，乃至成为病态，这为他很多朋友所见。玛多曾含蓄地说过莱奥，“我觉得你总跟你母亲在一起这对你

---

① Anton Rosenberg（1926—1998），垮掉派人物，凯鲁亚克的朋友。

不好”，尽管这被莱奥认为是妒忌，但是也提醒了他，他的母亲和他说过同样的话。后来，他自己承认，他住在家里是因为他不能靠自己生活，也不能维系住另一个女人的爱。凯鲁亚克给他的替身取的名字是“莱奥”，这是他父亲的名字，而他的姓“佩瑟皮耶”是“受伤的脚”的意思，这里暗含了俄狄浦斯的典故，这也说明了莱奥其实是承认了玛多说的话的正确。

垮掉派人中有来自不同民族的，但是除了诗人鲍勃·考夫曼和阿米里·巴拉卡[①]外，一律都是白人。一九五九年在一次黑人作家的会议上，兰斯顿·休斯问道，“谁想做‘垮掉’者?”他自己随后回答道，“黑人是不会的，”这个结论巴拉卡很快就表示同意。不管怎么说，凯鲁亚克写《地下人》是在黑人民权运动在美国全国范围获得认可之前，其时，在有些州黑人和白人间的恋爱关系还是非法的，而且在所有地方几乎都不会得到认同的，对那些维护“低人一等的人”的权利的行为，或者是对黑人组织的支持都会自然而然地沾上对共产主义同情的嫌疑。凯鲁亚克在书中对有些问题没有提及，这更是让人疑窦丛生。

比如，为什么这个黑皮肤女人在全是白人的男人堆里来来往往？凯鲁亚克似乎认为这是不言而喻的，她跟白人来往是因为她美丽漂亮，还很有才气，黑人所有的才能她都有。但是，她与一个黑人的来往又说明了什么？莱奥在书中一个地方提到了这件事，还有她“想与那个黑人男孩再来一次”的欲望。相比于在生下玛多后就

① Bob Kaufman (1925—1986)，非裔垮掉派诗人。Amir Baraka (1934—　)，非裔美国诗人。

死去的玛多的黑人母亲，凯鲁亚克对玛多的切罗基父亲更感兴趣，这是艾琳·李自己所希望的吗？不过，凯鲁亚克对自己的种族偏见的描述则是相当真实，也是非常有勇气的，当然也免不了局限。在书中一个最让人惊诧的场景中，莱奥向玛多表白了他对于黑人与白人在性器官上的不同的焦虑。玛多就让他看她自己的，让他“查看了她的身体的那个部分，看得很是仔细”；此后，他才放心了，而她则是感到与他更亲近了，莱奥这么说道，“我以后可不会再向她遮遮掩掩什么了。”我们现在是不能从艾琳·李那里知道她对这个情节的解说了，但是从她自己说过的，以及凯鲁亚克提到过的来看，最后让他们两个分开的不是种族原因。

加布里埃尔·凯鲁亚克（她的家在纽约昆斯，而不是加州的奥克兰），就像莱奥说的，的确给她儿子提供了一个安静的可以写作的地方：披露自己，退避三舍，记下真实的生活，凯鲁亚克的生活和艺术是不可分割的两极。但是，这个城堡被玛多带有精神分析性质的怀疑态度和她自认为是作家的声明攻破了。凯鲁亚克说过，他写《地下人》像是写“给一个朋友的一封长信”；在这部作品中，书信模式是一个不容忽视的要点。但是，在整部书中，唯一的长信是玛多写的，而且正如艾米·莎所指出的，这封信寄到了凯鲁亚克母亲住的地方，可以说是大胆地穿越了凯鲁亚克在他的恋爱生活和写作生活之间设置的障碍。莱奥告诉我们，玛多写的那封信“美妙无比”，是“一篇杰作”，要完整地援引下来，而至于他自己的回应，他则是摘了寥寥几行，是“一种空洞，如果不是完全的表白”，是“无聊的鬼话”。

但是，在莱奥引述玛多的信的时候，他又常常用自己的即兴话语将之打断；他发现他无法让注意力只聚焦到她一个人头上。凯鲁亚克/莱奥意识到了自己的所作所为。在他最为气愤的时候，他告诉我们，“我终于回报了她对我做的一切——这一切都要来的，就是这样了。”接下来他做了大段的改动，缩短了很多玛多的信——有意思的是，这正是凯鲁亚克本人坚决反对的修改和删减过程——剩下来的只是信中那些提及他（而且是一些有利于他的话语）的部分。莱奥反复告诉我们，在说到玛多时，“我怀疑我的动机”，“或许我看到的，解释的都有问题，就像我经常做的那样”。这种说法其实是凯鲁亚克对读者发出的公开邀请，邀请读者来审问，甚至质疑他的文本。

凯鲁亚克描述说，《地下人》是出自他对自己“最可怜的最隐蔽的最深的痛苦的剖白”，他想要查遍他心中的各个角落，不留下一个暗点，一丝内疚。但是，从法国哲学家米歇尔·福柯的论述中，我们得知这样的剖白其实本身是暗藏玄机的，凯鲁亚克是要通过他的剖白话语来摆脱官方力量的牵制，用福柯的话说，就是“从自我的深处……启出真理”，真理被认为是超越历史存在的，但是与此同时，那个显然被公开蔑视的权威却仍然可以利用剖白这个行为，在让个人释放自我表达的同时，完全保留了改变他自己或者他周围的世界的权利。凯鲁亚克在《地下人》中对自己的暴露，乃至对玛多的那些颇具破坏力的话语的突出描述，最后都用来服务于他从这个情爱事件中最需要得到的东西：一部小说。小说的叙事用两句简单的话结尾，与小说中大部分地方那种经常突发奇想，到处都是括号，头绪诸多的风格相差甚大。“我回家去了，失去了她的爱。我于是写了这本书。”清晰明了，就如同一个人对自我利益和对钱的需求的说明，有得亦有失。

这里所做的分析把凯鲁亚克置于一个相对主义的、无情的解构主义的和后现代主义的批评话语之中，对凯鲁亚克而言，他对此既承认，也抗议。后现代主义并不提出普适一切的真理和洞见。如同其他思想趋势一样，它是一个特殊时代和地点的产品，就我们现在讨论的而言，则是一九五〇和一九六〇年代的美国。和博普爵士乐、抽象表现主义和演员工作室一起，垮掉派代表了从现代主义向后现代主义之未来的转向，一次最后的爆炸式的转身。金斯堡和巴勒斯以其各自的方式做出了向六十年代的转变，其文化上的领导地位没有变化，甚至还得到了加强，凯鲁亚克看到了未来，但他憎恨未来。莱奥注意到，那些"酷毙了"的地下人们以其特意对情感的抵制，代表了"在这个新的……文化里最不会被打趴下的人"，同样，那个成功的年轻作家，那个有着"嘲讽"眼光的——请注意这里的后现代用语——作家，哈罗德·桑德也是如此，这个人物的原型是威廉·加迪斯[①]，很快，他就会成为后现代新小说的领导者之一。

金斯堡和卡萨迪与肯·克西[②]肩并肩结成联盟，克西的身边集拢来一帮人，形成了所谓的"兴奋的恶作剧者"的小集团，其风格是那种发生在一九六〇年代的充斥不敬语句的、先锋派文学技巧的、集中描述试验迷幻剂内容的东西，但是凯鲁亚克被所有这一切表演惊呆了。他服用强烈迷幻剂是用来表明"罗马不是在一天就建成的"。罗兰·巴特在谈论摄影时称之为"一种为着特别的表述的

① William Gaddis (1922—1998)，美国后现代主义小说家。

② Ken Kesey (1935—2001)，美国作家，1962 年出版《飞越疯人院》(*One Flew Over the Cuckcoo's Nest*)，著名文化运动人物。

（明知）不可能仍然为之的科学”，凯鲁亚克对这种“不可能”有着无限的忠诚；他不可改变地属于阿米里·巴拉卡在一九六三年所描述的“我们这时代的最后一个浪漫者”。凯鲁亚克是冷战时代“地下精神”的一部分，充满危险，但又神奇无比，他传递了一种崭新的反现实的精神，当现实是犹太人大屠杀、广岛原子弹爆炸、苏联莫斯科审判和种族清洗，以及战后的西方列国那些哗众取宠的表演之时，凯鲁亚克的这种精神因对抗现实而生，并需付出极大努力。

在一九六〇年代中期，凯鲁亚克知道属于他的文化时刻已经过去了。在他最后一部重要小说《杜洛兹的虚荣》（一九六八年）中，他用“你在骗我”这个词语来表明变化的开始。他看到，所谓新的情况不是人们在撒谎，而是人们现在认为其他人也都在撒谎，对抗的姿态不见了，没有人再关注讲述事实，除非讲的是另一种形式的骗话。一封来自一位女士——她显然是一个前解构主义者——的信尤其让他感到不安，那个女人声称凯鲁亚克没有写过什么东西，事实上，根本就不存在凯鲁亚克的书，原本就不存在“杰克·凯鲁亚克”。难道她认为他的那些书是“突然间出现在电脑里的”？凯鲁亚克不禁愤然。他还是相信“撒谎是犯罪……而做伪证则是犯下了重罪”。

凯鲁亚克不能完全克服他的偏见，他与艾琳·李的情爱成为了他写成这本书的最好的动力和材料。这是不是就是说他不爱她，或者说他即便是失去了她也不感到遗憾？在《地下人》里，凯鲁亚克记录下了心理活动的点点滴滴，乃至身体的起伏变化，记录下了意识的流动，思想和情感在期间获取了力量但尚没有获得权威的地位，心灵与其渊源近在咫尺，尚不构成对材料选择的审查。他这样描述他的那些早期垮掉派朋友，前一天还是兴高采烈，兴奋不已，第二天则“忧郁不堪”，但是，对他而言，这样的低沉心情也是为变化做的准备。他们“为着更多的信仰贮存力量”。还是有可能发现“钥匙/从那黑暗的走廊里，/从那扇透着光线的门里，/从那神秘的门把里，/从那敞亮的房间里获得”。

安·道格拉斯

地下人

一

我年轻的时候是一个心中蛮有数的人，谈论什么事都是兴致冲冲机敏灵活又清晰有致，不会像现在这样弄个什么文绉绉的开场白；也就是说，这是一个不是太自信，但同时又是自大的人说的故事，那种嘻嘻哈哈的人肯定是不会讲这么一个故事的——直奔主题，让所有发生的事情汩汩而出，这就是我要做的——。那是一个温暖的夏天的晚上——哦，她那个时候就坐在汽车挡泥板上，和朱利恩·亚历山大在一起，后者是……还是让我从旧金山的那些地下人的故事开始吧。

朱利恩·亚历山大是地下人中的天使，地下人这个名称是亚当·穆拉德发明的，他是一位诗人也是我的朋友，他说："他们嬉皮但不圆滑，聪颖但不俗套，那些人满腹经纶，对庞德了如指掌，但又不装腔作势也不说个没完，他们其实都很安静，就像耶稣一样。"朱利恩就像耶稣一样。我那个时候正和雷利·奥哈拉从街上走过来他是我在旧金山一直形影不离的老酒友在我过去漫长的疯狂的生涯里我曾喝得烂醉而且事实上还常常"和蔼可亲"地向朋友们乞讨酒喝没有人真的注意到或者是正告我年纪轻轻的就已开始或正在染上这种吃白食的坏毛病但是就像我还有萨姆说的那样："大家都过来加油吧，伙计，那是因为你这里有一个加油站"，或者是说些类似这样的话——雷利·奥哈拉老伙计对我向来很好，他是一个住在旧金山的极有意思的爱尔兰裔年轻商人，在他的书店里有一个巴尔扎克式的密室，他们在那儿边抽大麻边谈论昔日伟大的巴锡乐队[1]或是那位伟大乐手莱昂·贝里[2]的辉煌时期——在下面的叙述里我还老要提到雷利伙计因为她也和他有来往也因为认识了我她和所有人都有来往我这个人有点神经质脑筋挺多根本不是那种一根筋的人——我的痛楚还丝毫未露端倪呢——或者是苦难——天使——请与我一起承受吧——此刻我甚至都没在看着我在写着的纸而是抬着头直接盯着我屋内一丝暗淡的光亮，看着桌子上一架收音机，里面正在放着莎拉·沃恩和格里·马利根[3]的演出，也就是说，他们那时正坐在蒙哥马利街上的黑面罩酒吧前一辆车的挡泥板上，朱利恩·亚历山大这位耶稣模样的年轻人胡子拉碴身子精瘦沉默不语、古怪，就像你或者是亚当或许会说的那样，像一个预示世界末日的天使或者是地下人的天使，当然毫不奇怪，也是明星，而她，玛多·福克斯，我第一次在街角的但丁酒吧见到她的脸时，我就想，“我的上帝，我一定要和那个小女人搭上关系，”或许这也是因为她是一个黑人。另外，她有一张与丽塔·萨维奇一样的脸，那个我姐姐少女时期的闺蜜，她常常让我胡思乱想，想象她跪在厕所的地板上我的两条腿之间，我屁股坐地，她那凉爽特殊的嘴唇还有像印第安人式的温柔耸挺高高的颧骨——一样的脸，但是黑肤色，甜蜜，小眼睛，眼神诚实专注熠熠生辉，她，玛多，正斜着

① Basie Band，乐队的灵魂人物是威廉·巴锡（William Basie，1904—1984），美国爵士乐钢琴家、作曲家。

② Leon “Chu” Berry（1908—1941），美国低音萨克斯管乐手。

③ Gerry Mulligan（1927—1996），美国爵士萨克斯管乐手，作曲家。

身子极其认真地在和罗斯·沃伦斯坦（朱利恩的朋友）说着什么，后者把身子越过桌子这边来——“我一定得和她搭上关系”——我试图在心中拍摄下她那欢快的眼神那性感的眼神她一直也没有要抬眼看看我的意思——我得解释一下，我刚从纽约的一艘船上下来，此前在船上的餐厅里当帮手（你现在得承认我说的不假）以偿付去日本神户的船费但是因为和乘务员发生了矛盾而我又不善于做出友善的样子甚至连识相一点也做不到，我就这么一个人，我会常常很不礼貌地对待船上的机械师以及其他一些水手而且一次比一次严重，最后惹恼了他们，有一天早上他们要我说点道歉的话，哪怕只是哼哈几句，放下给他们的咖啡后，我不是蹑手蹑脚地来到他们面前，而是直接冲到他们眼前，没有半点微笑，如果有的话也只是狞笑，或者是一副不屑的模样，就这么肩上栖着一个孤独的天使；那天晚上我从蒙哥马利大街上过来看到了坐在汽车挡泥板上的玛多和朱利恩，至今还记得脑子里闪现这个念头，“哦，那个女孩我一定要搭上她，我要弄明白她是不是和这些男孩有来往”——黑肤色，在灯光暗淡的街头你都几乎看不见她——她脚上穿着人字凉鞋，显得性感高贵我想要吻她，她的脚——尽管实际上什么也没有做。

那些地下人们都在“黑面罩”外面，夜色温和，朱利恩坐在车子挡泥板上，罗斯·沃伦斯坦站着，波普爵士乐歌手罗杰·贝洛特，沃尔特·菲茨帕特里克，他是一个著名导演的儿子，在好莱坞长大，熟悉在葛丽泰·嘉宝清晨派对里的氛围，还有卓别林，此刻他醉倒在门道上，还有其他几个女孩，有罗斯·沃伦斯坦的前妻哈丽雅特，一个金发女郎温柔的脸上毫无表情，穿着一件简单的几乎和家庭主妇在厨房里穿的没有差别的衣服，但是看上去很柔软、很舒服——我还得坦白一次，下面在故事说完之前还有不少要坦白的——我有点心旌摇曳，欲火焚身不能自止，就像所有我的那些男性读者无疑都会有的那样——坦白，一个接一个地坦白——我是法裔加拿大人，直到五六岁我才能讲英语，十六岁时说的英语结结巴巴的，带着口音，尽管后来进入了校篮球队，在学校里仍然郁郁寡欢，如果不是因为加入篮球队，还真会有人怀疑我将如何在这个世界生存下来（极端缺乏自信），或许会因为这样那样的缺陷被送进疯人院里去。

但是，现在，还是让我来说说玛多吧（要真正袒露心声，说出心里话，真的很难，尤其是对像我这样有自大狂倾向的人而言，你所能做的只能是大段大段地删掉那些关于你自己不太重要的细节，还有那些关于别人的重要的东西）——不管怎样，对了，弗里茨·尼古拉斯也在，那个地下人名义上的头头，我对他说（新年前夜在诺布山[1]一间漂亮的公寓里碰到过他，他那时盘腿坐在一块厚厚的地毯上像一个印第安诗人穿着一件干净的白色俄罗斯衬衫，旁边是一个艾莎道拉·邓肯[2]一样的极酷的女孩，靠着他的肩膀，他们在抽着大麻谈论庞德和诗）（也像耶稣那样精瘦，一张半人半仙的脸年轻严肃看上去像是这个团伙里的父亲，比方说，你会突然间看见他在黑面罩酒吧那儿，头往后一甩细小的黑眼睛看着大家仿佛是忽然间动作慢了下来，说道："我们这些都是小人儿，亲爱的应该这样……"他也是一个大瘾君子，只要能给他带来幸福，不管是什

---

① Nob Hill，旧金山一街区。
② Isadora Duncan（1877—1927），美国舞蹈家、现代舞的创始人。

么，在什么时候，他都要，什么强烈要什么）我对他说：“你认识那个女孩吗，那个黑肤色的?”——“玛多?”——“那是她的名字吗？她跟谁在一起啊?”——“现在是没有什么人，这些是一群乱伦的家伙，”我们边走向他的车，他边跟我说了这个事，真是奇怪，他的车是一辆蓬头垢面的老旧 36 雪佛兰，没有后座，为的是可以装一些大麻以便让这些人聚在一起，我于是对雷利说，“嗨，伙计，我们也来点吧”——“你要和这些人干什么?”——“我要和他们交个朋友，”在尼古拉斯面前说了这个，也许他会觉察到我作为一个陌生人的敏感，但是会发现我很快就和他们混熟看到他们的价值——真相，真相，甜蜜的哲学早已抛弃了我，以往的时光早已东流逝去——乱伦——在这帮人中还有另外一个很有意思的家伙但是这个夏天他不在这儿在巴黎，杰克·斯蒂恩，一个像莱斯利·霍华德[①]的小个子，走路时像一个维也纳哲学家（玛多后来给我模仿过）两只手轻轻地斜斜地微微摇晃，慢跨大步来到街角停下，做出一副很是紧迫重要但又慢条斯理的样子——他与玛多也有关系，我是在后来才知晓的，真正地不可思议——但是现在我对这个女孩的了解就这么一点尽管如此我对她的向往依然不可遏止似乎以往的情事造成的麻烦还不多还不足以给我痛苦的教训——

从酒吧里拥出来一批五光十彩的人群，夜色迷人，黑影中一个留着杜鲁门·卡波特[②]发型的马龙·白兰度模样的男人携一位漂亮的女郎，女郎套着一件松垮的男式衣服眼睛明亮发光如星星臀部柔

① Leslie Howard (1893—1943)，英国舞台剧演员和电影演员，曾出演电影《乱世佳人》中阿什利·威尔克斯一角。

② Truman Capote (1924—1984)，美国作家，以写非虚构小说闻名。

软肉感当她两只手插进裤子口袋后我能明显看出臀部曲线的变化——穿着松垮裤子的两条细黑的腿延伸到一双小脚，还有那张脸，和他们在一起的是另外一个男的和一个像洋娃娃一样的女孩，那个男的名叫罗布，他是一个爱冒险的以色列士兵，带着英国口音，我估计你可以在早上五点时在里维埃拉酒吧碰到他，他准在那儿喝酒，什么酒都喝，把能找到的酒按照字母顺序排好，身边是一帮寻欢作乐的来自各个国家的疯狂的家伙——雷利·奥哈拉把我介绍给了罗杰·贝洛特（我不能相信这个在我面前的长着一张普通脸的年轻人就是那个伟大的诗人，我年轻时崇拜的诗人，我年轻时，我年轻时，那是一九四三年的事，我老是不断提我年轻时的事）——“这是罗杰·贝洛特？——我是贝内特·菲茨帕特里克”——（沃尔特的父亲）这给罗杰·贝洛特的脸上带来了微笑——亚当·穆拉德此时也从黑夜里出来了，夜色即将开幕——

于是我们都到雷利家去，朱利恩坐在地板上，面前是一张摊开的报纸，上面放的是大麻（产自洛杉矶，质量不行，但是已经足够好了），开始卷烟抽，或者用杰克·斯蒂恩的话说是“裹起来”，这个现在不在这里的家伙在去年年底跟我说过这事，那是我第一次和地下人接触，他要给我卷一根，我冷冷地回复他，“为什么？我卷我自己的，”他敏感的小脸上立即乌云密布，他恨我—整个晚上只要一有机会他就会使我难堪——现在是朱利恩坐在地板上，两腿盘起，亲自给大伙“裹”烟，大家都在有一搭没一搭地说着话，至于什么内容我就不在这里重复了，说的只是一些类似于“我在读佩瑟皮耶的书——谁是佩瑟皮耶，他被关进去了吗？”这样的话，我们也在听斯坦·肯顿谈论明天的音乐，我们听说一个新的年轻的男高音要过来，他叫里奇·科穆卡，罗杰·贝洛特说，紫色的薄嘴唇很有表情地嚅动着，“这就是明天的音乐？”与此同时，雷利·奥哈拉在讲述一些他在剧团里常听到的逸闻。在36雪佛兰行驶在路上的时候，朱利恩坐在我的边上，伸出他的手说，“我叫朱利恩·亚历山大，我有一些本事，我征服了埃及，”随后，玛多也把她的手伸给了亚当·穆拉德，自我介绍道：“玛多·福克斯，”但是就不把手伸给我，要不我就可以猜测以后我们会是什么样的关系了，于是我只好把手伸给她，说道：“莱奥·佩瑟皮耶，我的名字，”我们握了手——哦，人们总是要向那些不想要你的人示好——她真正想要的是亚当·穆拉德，她才刚刚被朱利恩干脆利落地默默拒绝——她只对那些来自旧金山和伯克利的精瘦、诡异的苦行僧知识分子感兴趣，对像我这样的来自船上和火车上的只会写小说的流浪汉和幻想狂患者没有兴趣我身上所有让人反感的东西对我自己而言太明显了对别人也一样——尽管比我年轻十岁，但还是看不见我身上的优点，不过要是有的话也早就淹没在常年的吸毒和寻死之中，放弃，放弃一切忘掉一切，在黑亮的星光中死去——就这样我向她伸出了手，而不是她向我伸手——哦，时间啊。

但是看着她那小巧可人的模样，我脑子闪现的最多的只是一个念头，那就是我一定要把我孤独的身子（“一个硕大孤独的男人”，这是后来有一天晚上看见我坐在椅子里她对我说的话）浸没在她温暖的大腿里，成为我的拯救者——两个年轻的恋人在床上浑然一体，兴奋无比，眼对眼，赤裸着，胸对着胸，器官对着器官，颤抖着，膝盖对着膝盖，互相交换着爱的动作，为了那尖峰一刻的到来——“来吧”这是她要说的，透过她的小红嘴唇我可以看见她从里向外突出的牙齿间说出的“来吧”——解决痛苦的钥匙——她坐在窗边一个角落，此刻她“被隔离了”或者是“超然离群”或者是“准备着要脱离这些人”，为着她自己的原因——朝着窗边我走了过去，头没有靠着她而是倚着墙，试图同她默默地交流，轻声地说出几个字（合乎这样的聚会），旧金山北滩的话，“你在读什么?”于是乎她第一次开口同我说话，说出了她的心思，听到她的声音，我的心并没有一下子沉迷住，而是寻思开来，因为她的声音有一种怪怪的文化腔味，间杂北滩地区、I·麦格宁[1]店里的模特腔、伯克利地区的语调，还有黑人上层社会的那种腔调，夹杂的语言、说话的方式和词语的使用是我以前从来听到过的，除非是从一些奇诡的当然是白人女孩那儿听到过，真是奇怪，那个晚上就连亚当也立即就注意到了而且还与我讨论起来——但可以肯定，肯定是博普爵士一代一种新的说话腔调，说“我”时，你不说“我”，而是“哦”或者是“唉”，带着长长的拖音，就好像是以前经常能听到的“女里女气”的腔调，所以当你一开始听到男的这么说话时你会觉得很难听，但是如果是听到女人用这种方式说话你会觉得尽管有点奇怪但很是妩媚，这样的声音我肯定早在杰里·温特斯这样的新博普爵士歌手，尤其是肯顿乐队《是的，老爹，是的》那种专辑里听到过了，也许还在加里·萨斯恩那里听到过——但是我沉迷于北滩的心总是憎恨我自己，驱赶我，鄙视我，取笑我，从一九四三起就是那样——因为，你瞧，我晃里晃荡地走在街上，就像是一个小痞子；

---

① I. Magnin & Company，旧金山一连锁百货店，以出售高档时尚和奢侈品闻名。1876年开业。

当他们知道我不是一个痞子而是一个疯狂的好人时，他们却并不喜欢我这样，而且他们还害怕我会冷不丁地又变成一个痞子，让他们不得安宁，而且事实上我差不多就是这么做过。在我还是一个少年时，有一次我和斯坦福大学的篮球队一起在北滩闲逛，同在一起的有雷德·凯利，他的妻子（对吗?）在一九四六年死在雷德伍德城，我和加雷特兄弟在前面，其他人在后面，他们把一个小提琴手，一个很怪的人，推向门边，我则把另一个人也推到了一边，他们猛揍了他，我也对被我推搡的那个人横眉竖眼，我那时十八岁，天不怕地不怕，混小子一个——现在，他们像是从我眉宇之间露出的傲气，眼神中的凶气，举手投足那张扬的模样里看出了我的过去，他们根本不想和我交往，所以，我当然也知道玛多不信任我，也不喜欢我，而我却坐在那儿，“想着法子要弄到她”——不像嬉皮士，鲁莽，笑脸，是那种他们称之为虚伪的“强颜作笑”——我是欲火中烧——他们却是冷若冰霜，还有，我身上穿了一件肮脏的不像北滩人穿的衬衫，是在纽约百老汇买的，买的时候我是想着要穿着这件衣服在神户的船上干活，那种克罗斯比[1]穿的夏威夷风格的很傻的衬衫，先前我已吸了两口大麻，此刻在受到了冷漠羞辱后，我的雄性激素激增，想到要做出一个男人样子来，于是就解开衬衫上的一个扣子，露出毛茸茸的晒成棕色的胸脯——这肯定是更让她感到了不快——她就是不往我这里瞧，而是慢悠悠地说着话，注意力完全放在朱利恩身上，他背靠着她坐着——她边听边发出轻轻的笑声——大部分谈话都是奥哈拉和那个说话声音很响的罗杰·贝洛特

① Bing Crosby (1903—1977)，美国著名通俗歌手。

以及很有点冒险精神头脑聪明的罗布在进行，而我，则很安静，只是在听着、看着，但是借助大麻带来的“余威”，偶尔会插上一两句话，“很是合适”（我以为）的评语但实际上在亚当·穆拉德看来却是“过于合适”了，他对我了如指掌，我的那些话实在只是表明我对他们的敬畏，表明我在听，表明我对他们的尊重，而在他们看来这个新来的人插上那几句话意思是想表现他也是和他们一样嬉皮——而这却太可怕了，不可救药。——尽管起初，在吸大麻前——这东西是按照印第安人的方式从一个人手里传到另一个人手里，我很肯定能够接近玛多并和她说上话然后在这第一天晚上把她弄到手，也就是说单独和她在一起哪怕只是喝喝咖啡也行，但是那两口大麻却让我浑身充满了虔诚，而心中却想要回到吸大麻前的“正常人”的状态，于是我变得极不自信，又过于想要达到目标，但是心里知道她不喜欢我。这让我想起——真的不愿提这个事——一九四八年我遇到恋人妮基·彼得斯第一个晚上的事，那是在亚当·穆拉德位于菲尔莫尔的一个公寓里，我那时正站在厨房喝着啤酒，无所事事（其时我正在家里没日没夜地写一部大部头小说，全身心投人，全神贯注，自信满满，年轻有为，才智无限，从来没有过这样的感觉），这时她指着淡蓝色墙上我的侧影，说道：“你的侧影真漂亮，”这一下子把我弄糊涂了（就像是吸了大麻），弄得我没了自信心，心中却还是想着要“开始行动，把她弄到手”，做出很关注她的样子，可是她的那句催眠般的话却刺痛了我的自尊心，自尊心和美貌或至福和敏感对比男人那种愚蠢的神经兮兮的意识，对男性象征物的关注，男人是高大的塔，女人则是凹陷的井——问题就在这儿，它让男人失去自我，神经紧张，可现在已不是一九四八年，而是从容一代的一九五三年，我也年长了五岁（或者年轻了五岁?），应该可以以新面目出现（或者是面对女人），那种神经兮兮的紧张早应该被抛掉了——不管怎样，我决定暂时放弃玛多，而是先和那些亚当在北滩发现并称为“地下人”的神神叨叨的家伙们混熟。

从一开始，确确实实，玛多就很自立、独立，宣告她不需要任何人，不想和任何人来往，（在与我分开之后）孤独终老——在寂冷的夜晚的空气中我感到了她的独立，她的小小的牙齿已不再是我的了而我的敌人们却很可能正在舔吻着它们让她发狂或许这是她喜欢的因为我什么也不曾给予过她——无以言说的难受——昏暗的角落里灯火阑珊，风刮来，几片碎纸，一层薄雾，我看到了我满是沮丧的脸孔和我所谓的爱，在小巷里一点一点萎缩，真不是滋味——以前也有过忧郁的时候，躺在椅子上，在月光下倍感消沉（尽管今晚正是秋分后的满月）——那是出于一个伟大作家回馈世界之爱的认识，比如路德、瓦格纳，但现在这种曾经能够勾起无限温暖的对伟大的想象已化为秋风中的寒栗——因为伟大也死去了——哦，谁说过我很伟大——即便是，比如悄悄地做一个夜晚枕头边出现的莎士比亚那样的作家，又会怎样？或者真的是那样——波德莱尔的诗歌并不配他的悲伤——他自己的悲伤——（玛多最后对我说，“在一个幸福的诗人和他给我们留下的不幸福的诗歌之间，我会更喜欢前者，”这我同意，而我就是波德莱尔，爱上了我的棕褐色的情人，把我的头枕在她的肚皮上，倾听地下的声音）——但是从她最先的声明中我本应该知道，也应该相信她不想与人来往是真诚的，恰恰相反，我却是急急地黏上了她，就好像或者根本就是要自讨苦吃似的，要“撕裂”自己——只要再加一把力，我就会立马扑通倒地——死亡正莅临，阴影笼罩在我的窗户上，我看见了，我听见了，我闻见了，在我悬挂着的松垮的衬衫上——那件注定是不会再穿的，既新又旧，既时尚又落伍，领口上吊着一根蛇状的领带——我看见了死亡，原本舒适的铺着新床单的秋日的床上痛苦在蠕动着，风起云涌——失落——恨怨——恐惧——我要进入的是她那张小脸，我要——

那天早上，当这个聚会进行到高潮时，我又来到了雷利的卧室，我很喜欢那盏红色的灯，记起了那个和米基在一起的晚上，我们三个人，亚当、雷利和我，我们吃了安非他明玩了那个无法形容的硕大的性用品——这时雷利跑进来，说道，“嘿，伙计，你今晚会把她弄到手吗?”——“我当然想——我不知道”——“那好，伙计，听着，没有多少时间剩下了，你这是怎么了，我们把这些人带到这里，把大麻都给了他们，还有我冰箱里面的啤酒，嘿，我们得有个结果，别不来劲——”“哦，你喜欢她?”——“喜欢? 我谁都喜欢——我是说，不管怎样”——这打消了我想再次接近她的企图，虽然是无意中的结果，我放弃了，不管是看她一眼，说上一句话，还是靠近她坐，拂晓时分她同别人一起出去喝咖啡，我和亚当也去了那儿，想再去看她一眼（在那些人出去后五分钟下楼），他们在那儿，但她不在，她走了，回到她位于电报山[1]天堂巷的那间她自己的闷热的小房间里去了，独立的，沉思着的，黑肤色的，她。

我因此也就回了家，在随后的几天里在我的性幻想中出现的只

[1] Telegraph Hill，旧金山一街区。

是她，她黑色的脚，凉鞋的皮带，深色的眼睛，棕褐色的柔软的小脸，像丽塔·萨维奇那样的面颊和嘴唇，我们间隐秘的亲昵，只在那些穿着黑衣服的瘦小棕褐色的女人身上才有的如蛇一般柔滑的美妙，身着可怜颓废的地下人穿的深色衣服……

几个晚上以后，亚当狡黠地笑着宣告，说他在第三街的一辆公共汽车上撞见了她，并和她一起到了他住的地方，他们在那儿聊天喝酒，他们聊了很长时间后，亚当赤身裸体读中国诗歌，还把烟卷递给了她，最后他们躺在了床上，“对了，她非常温柔深情，她会突然间拥抱你，就好像不是因为别的，而是因为突如其来的纯粹的情感”——“你不是要把她弄到手吗？不是想和她来往吗？”——“那好，现在让我来——事情是这样的，我告诉你——她不是一般的美妙，而是美妙得无法赞叹——她正在接受治疗，很明显最近这段时间特别容易激动，和朱利恩有关系，已经治疗好一段时间了，不过看不出来，常常在她的屋里坐着或躺着看书或者什么也不做一整天盯着天花板出神，在天堂巷里，每个月十八美元，显然是有些钱在医生那里被扣住了，或者是其他什么人，反正总是在那儿说个没完，我不想听——显然，她常出现幻想，提到孤儿院里的修女，她是在那儿被抚养长大的，她见到过她们，很害怕——还说起其他的一些事，比方说用过海洛因后的感觉，尽管她从来没用过这东西，只是知道那玩意儿。”——“朱利恩？”——“朱利恩到什么地方都带着海洛因，这倒不常常是因为他没有钱——不管怎样，她感觉到她有点过于兴奋了，事实是有人，反正肯定是什么人，暗暗地给她注射了东西，那些人在街上跟着她，迷上了她——这让我受不了——最后，我要说，她是一个黑人，我不想和她有太多瓜葛。”——“她漂亮吗?”——“很美——但我没法成功弄到她。”——“嘿，她让我着迷的就是她的面貌。”——“那好，伙计，你会弄到她的——到她那儿去吧，我给你地址，或者干脆这样，我把她叫过来，我们在一起聊，你就可以试着做你的，如果你愿意的话，不过尽管她让我热血贲张，但是我真的不想和她再继续下去了，除了以上种种原因，更主要的是，如果我现在要和一个女孩来往，我需要的是长久的关系，认真的，长久的，而我和她之间做不到这一点。”——“我也要长久的关系”——“那好吧，我们就等着看。”

有个晚上，他告诉我她要过来和他一起分享他为她做的小餐，我到了那儿，在红色的起居室里抽烟，灯光微亮，闪烁着红光，她走了进来，看上去还是老样子，我那时换上了一件浅蓝色的运动衫宽松长裤我孤傲地坐在那儿实际上是装出一副冷酷的模样希望她会注意到我，所以她进来时我并没有站起来。

他们在厨房吃喝时我装着在阅读。我装着对他们一点也不关心。我们出去走到了街上，我们三个人，我们那会竞相争着说话，就像是敞开心胸，分享一切的好朋友，友好的敌手——我们来到了红鼓酒吧，聆听爵士乐，那晚的演奏者是查利·帕克和鼓手洪都拉斯·琼斯，还有另外几个很有意思的人，也许有罗杰·贝洛特，他正是现在我想要见的一个，空气中弥漫着轻柔的旧金山博普爵士乐，让人激动不已，但是更多的是北滩上流淌着的随意、清爽、甜蜜的气息——我们实际上是在跑个不停，从亚当住的地方跑到电报山，又冲到路灯映照下白色的街上，跑，跳，摆弄姿势，开心得不得了——满心欢喜，我感到心里在涌动着什么，看到她和我们跑得一样快，我很开心——身边跑动着这样一位身材苗条结实的小美人，她是如此的引人注目，路人都转过身来观望我们，胡子拉碴动作怪异的亚当，穿着奇形怪状的宽松裤黑皮肤的玛多，还有我，三个欣喜异常的家伙。

我们就这样来到了红鼓酒吧，桌上满是啤酒，人群一堆一堆络绎不绝地进来出去，在门口付二十五美分，一个装出嬉皮士样子的黄鼠狼模样的家伙在那儿收门票，帕蒂·科达凡神不知鬼不觉地飘了进来（人高马大，满头金发，像是一个火车机头的司闸员，也是地下人之一，来自东华盛顿身着牛仔裤像牛仔一样风风火火满身烟味地走过来我朝他吼了一声："帕蒂·科达凡，"他答道："什么事?"就这样他走了过来）——几堆人围坐在几个桌子旁，朱利恩，罗克珊（一个二十五岁的将预示美国未来风尚的女人，留着小平头，头发卷曲如蛇状，走路也像蛇般扭着身子，脸色极其苍白，无一丝血色，像一个瘾君子，对了，我在这里说瘾君子什么的，陀思妥耶夫斯基会怎么说？不会是苦行僧或者是圣徒什么的？但应该是一点关系都没有吧？再回到这个女人，苍白，冰冷，忧郁，穿着一件白色的男式衬衫，袖口没扣，纽扣敞开着，我记得她就这么个样子一步一扭，肩膀一耸一耸地将身子倾靠过来跟人说话手上还夹着一截烟屁股手指很敏捷地弹着烟灰指甲很长很长足有一英寸长，像东方人的手，也是蛇一般的）——各种人都有，罗斯·沃伦斯坦也在，台上站着大鸟帕克[1]，眼神深沉，就在最近他曾被送进去过，现在刚回到博普沉寂的旧金山来，也才刚刚发现或者是在别人那儿得知了

① Bird Parker，即查利·帕克。

这个红鼓酒吧，台上的这支新的伟大乐队聚在一起纵情唱奏，他此刻就在那儿，用他深沉的目光扫视着他们，同时老调新弹疯狂地吹奏起来——鼓声雷动，直冲天花板——因为我的缘故，亚当在十一点时自觉地离开了酒吧回家睡觉这样他可以在早上去上班，我和帕迪中间溜出去了到喧闹声震天的潘特拉酒吧去了一会儿，喝了十美分一瓶的啤酒，在那儿我和帕迪谈天说笑还掰起了手腕——现在玛多和我一块走了出来，在乐声间隙，总是会快速喝上几杯啤酒，此刻是眼露欢喜，但是在玛多的坚持下，我们又换到了黑面罩酒吧，那儿的啤酒是十五美分的，她有点零钱，于是我们就去了那里，并且热切地聊了起来，被啤酒灌得热潮涌动，而此刻正是开始——又回到红鼓酒吧再听上几耳，聆听帕克，我发现有好几次他非常明显地盯着玛多，还有我自己，像是要看透了我，看看我到底真的是不是那个自以为是的伟大作家，似乎他知道我的短处，也知道我的抱负，或者是记起在一些夜总会里，在另外一些海滩上，或者在芝加哥，他曾见过我——不是那种挑衅的目光，而是那种来自作为博普这一代的创始人和巨子的目光，就像是用乐声迷住听众一样，他直直地看着观众的眼睛，神秘，他噘起嘴唇，两眼分睁，身心投入，情意绵绵，胸腔起伏不停，不朽的手指在拨动着，再也没有一个爵士乐手会像他一样了，完完全全伟大乐手——观察着我们，玛多和我，我们萌芽中的爱情，或许他还在纳闷，为什么我们会在一起，或者他已经知道我们的关系不会长久，还有，谁将受到伤害，当然现在还没有什么迹象，至少不怎么明显，而此刻，我要说的是玛多，她的眼睛正朝着我发出光芒，只是我当时并没有察觉，所以现在也不好形容——不过情况是这样的，在回家的路上，在黑面罩酒吧喝完啤酒后我们在第三街上了公交车回家去，穿过悲悯的夜晚，晃过五彩的霓虹灯，我冷不丁地靠在她身上向着她呐喊了几声（后来我坦白说是朝着她的隐秘的自我）她的心跳跃了起来闻到了“我呼吸中的甜蜜”（引述她的原话）就这样在一瞬间她几乎爱上了我——我还不知晓，此时我们已经来到天堂巷，来到俄国风格的黑色哀怨的铁门前，吱吱呀呀拉开，屋里散发出一股垃圾味道，堆积的罐头，鱼头，猫，还有这条天堂巷，都是我第一次见到（我的笔记本上记载着这段漫长的并在我心灵深处留下巨大影响的经历，一九五一年的疯狂的十月的一个晚上我正在寻找我的写作灵感，终于我见到了地下人维克多，他曾经骑着摩托车到过大瑟尔海滩，而且也去过阿拉斯加，也是骑着摩托车去的，同行的还有一个地下人小妞多莉·基尔，那时，身穿宽大外衣的他正朝天堂巷走去，他要去他的住处，我在后面跟了一会儿，心想天堂巷是一个什么地方，寻思那几年来我一直在跟他们进行的漫长的谈话内容是什么，如和麦克琼斯一起讨论地下人的神秘之处以及他们的沉默，“城市里的梭罗”，这是麦克对他们的称呼，这也是艾尔弗雷德·卡津[1]在纽约新学院的讲座里对那些从性革命的角度对惠特曼感兴趣的学生的评语，那些学生同样也对梭罗感兴趣，是从一个沉思冥想的神秘者和反物质主义的，或者是存在主义的，或者是不管什么角度所产生的兴趣，还有那些梅尔维尔小说《皮埃尔》式的愚蠢和智慧，那些邋遢的黑色粗布衣服，那些你听到过的关于一些伟大的男高音在破碎

---

① Alfred Kazin (1915—1998)，美国著名文学批评家。

的窗户前注射毒品，然后引吭高歌的故事，或者是鲁奥[1]笔下朦朦胧胧的和熊同卧的伟大的年轻诗人，天堂巷伟大的天堂巷，他们曾在这儿多次居住，比如艾尔弗雷德和他那位病怏怏的小个子妻子，你以为他们是出自陀思妥耶夫斯基笔下的彼得堡的贫民窟的人物，但实际上却是一个长着络腮胡子的落魄的美国理想主义者——情况就是如此），第一次见到这个地方，但是和玛多一起，洗好的衣物挂在庭院里，事实上，是在这个窗子朝着海湾的有着二十户人家的住宅区的后院里，衣物挂出来，在那个下午，身边响起了庞大的交响乐，各种各样的声音，意大利母亲们的、孩子们的、父亲们的，来自扶梯上的吼叫声，猫咪声，墨西哥人的，来自电台里的各种音乐，无论是墨西哥的波莱罗舞曲还是意大利男高音或者是维瓦尔第交响乐中拨弦古钢琴时而温文尔雅时而突然爆发的声音所有的所有的我在这个夏天听到的此刻都汇拢在我的爱的怀抱之中了——此时走进了巷子走上了肮脏杂乱的住所狭窄的散发着霉味的楼梯来到了她的门前。

我提出跳舞，我的计谋——此前她说她饿了，我建议去买点东西，我们到杰克逊和卡尼店铺买了芙蓉蛋，现在她开始给它加热（后来她告诉我她恨吃鸡蛋尽管这是我最爱吃的东西，在往后的日子里我的一个典型行为便是强迫地把这东西从她的喉咙里灌下去，以往即便要吃，她也只想独自在地下人式的悲伤中强忍将它吞下），哦。——跳舞，我把灯关灭了，于是，在黑暗里，跳舞，我吻了她——感觉眩晕，舞动着转圈，伊始，那种恋人间常见的伊始，在

① George Rouault (1871—1958)，法国表现主义画家。

黑暗的房间里恋人的相吻女人的房间男人的设计——我们的跳舞最终以疯狂的动作结束，她的身子缠到了我的腿上和臀部上，我则带着她旋转左右摇摆寻找平衡她的胳膊绕住我的脖子一股温暖沁入我的心脾我热血沸腾——

很快我就会了解到她没有什么信仰而且也无从得到——她的黑人母亲在她出生时就死了——她不知道什么名字的一半血统是切罗基人的流浪汉父亲会过来把磨破的鞋子扔到灰暗的屋子里，他头戴墨西哥黑色阔边帽围一条粉色的围巾蹲在做热狗的火堆旁把喝光了的酒瓶子扔到黑夜中，“啊，卡莱克西科①！”

心驰神迷，身体紧贴着身体，嘴对着嘴，把灯关灭，在心跳中藏起我的脸，无止无休地与她做爱，因为几乎有一年没有感受到爱了，需求让我冲向前——黑暗中我们雨水交融，真正得不能言说——因为后来她说过，“男人就是那么疯狂，他们要灵魂出窍，要本质的，女人不就是本质的吗？就在他们的手上，但是他们撇在一边，而要去树立那个什么抽象的东西”——“你是说他们应该只待在家里和本质在一起，就是说一整天和女人躺在树下面，玛多，那是我原来就有的想法，很可爱的想法，我以前还从来没有听到过这么好的表达呢，也从来没有这么梦想过。”——“相反，他们却匆匆加入到战争中，把女人看成是他们的战利品，忘了她们也是人，哼，也许我这全是胡说，但是我是肯定不想成为他们的女人的”（她声调甜甜的，那种新一代嬉皮的文雅腔调）。——于是，在

① Calexico，美国加利福尼亚州南部因皮里尔县城市和输入港，与墨西哥的墨西卡利仅隔一道栅栏。英文名源于California（加利福尼亚）和Mexico（墨西哥）。

拥有了她的爱的本质后我开始建立庞大的文字工程，一番真实的表露——讲述世界上所有晾衣绳上每张窃窃私语的床单的故事——她的，我们的床单——在我们坠入爱河的两个月里（我想是这个时间）她只去洗过一次因为作为一个整天冥思遐想的孤独的地下人，她虽然会和他们一同去洗衣房，但是忽然间那个下午变得阴冷潮湿，天色已晚，而床单又是灰色的，对我而言煞是可爱——因为很软。——但是在这个自白里我不能透露最内心的东西，比如大腿和臀部，它们包含了什么？——还有为什么要写？——大腿包含了本质——尽管我对此依依不舍来自那儿最后还要回归那儿，但是我依旧要起身离开去塑造，塑造我的——什么也不为——为了波德莱尔的诗歌——

她从来没有提到过“爱”这个字眼，即使在我们的疯狂之舞之后，我把她抱在我的腿上，移动到床上，慢慢地放下，爱怜地看着，她很喜欢这样，即使在这个时候她也没有说到过爱，在她整个一生中她已失去了性感觉（只有在十五岁时的一次交媾中有过，而也正是那一次让她达到了顶峰，此后就再也没有了感觉）（哦，这些秘密都不得不说，但是说出来却倍感痛苦，哦，为什么要写？为什么要活着？）“casus in eventu est.”①。但是我很高兴可以借几杯啤酒迷失一下自己，稍稍消磨一下我的自负——黑暗中，躺在软软的床上，思维呆滞，静等，直到入睡——于是到了早上，梦魇中的尖叫声把我惊醒，喝多了啤酒总是会做那样的梦，看到身边的这个黑皮肤女人，嘴巴微张着，还在熟睡，头发里夹着几片枕头芯里的小碎片，我几乎感到恶心，但是又立马意识到怎么能这样，岂不如

---

① 拉丁文，一切都要有结果。

畜生一样？昨晚激情之后乱皱皱的床上那赤裸的可爱的身体，天堂巷上的嘈杂声从灰色的窗户里渗进来，八月的一个灰色的末日来临的日子，我感到必须得立即离开这里“回去做我的工作去”，不是无头无序的杂事，而确实是正儿八经的工作，我早已经开始了的工作而且已经在家里（在南城）做了不少，尽管南城的家不值一提，但我也需要从那儿得到慰藉，需要独处的静默，我不能忍受现在这个状况了——我起身开始穿衣服，向她表示歉意，她躺在那儿像一个小木乃伊，棕褐色的眼睛紧盯着我，就像是森林里的一双警惕的印第安人的眼睛，睫毛突然翘起露出怪异的眼白，中间棕色的虹膜闪烁着，像是蒙古人种的脸上现出严肃的神态，如同拳师犬的鼻子，睡了一晚后蓬松的脸颊，就像是很早以前在阿兹特克人居住地方发现的美丽斑岩面具上的脸庞。——“你为什么要这么匆忙离开，好像是有什么要紧的事，急得不得了？”——“是的，我有一些事要做，马上就要去做——还在宿醉——”她还没有完全醒来，我又说了几句话，她似乎又要睡了过去，我就这样溜了出来，直到几天以后才又见到了她——

这个好色的青年男子终于征服了他要征服的对象，在家里冥想，却不曾想到失去了那个被征服的姑娘的爱，她的可爱的黑色睫毛——自白就此在这里打住——那是我在亚当那里过夜后的一个早上，我又一次见到了她，其时我正要起来去做事，打字，在厨房煮一点咖啡喝，我一直在工作，头脑里想的都是工作，不是爱——也不是痛苦，那个逼迫着我要去写这个东西的痛苦，即使不愿写也得写，那个即使写了也不能被抹去反而更加尖利的痛苦，但是可以被救赎，只要这是一个有尊严的痛苦，一个可以发生在别的地方，而不是在疯狂与混闹间杂的、汗水涌上我的眉毛的夜晚发生在这个充斥着羞耻和失落的暗黑的贫民窟里的痛苦——亚当起床去工作，我也同样，边洗漱边含含混混地说着话，这时电话声响了，是玛多的声音，她要去心理诊疗，需要十美分坐公车，她就住在附近，“好的，过来，快点，我要去工作了，要不我把钱留给莱奥。”——“哦，他在那儿吗?”——“是的。”我的头脑里又涌起了男人要做那种事的想法，而且事实上突然又迫不及待想要见她，似乎是觉得对于我们的第一个晚上她不满足（没有理由这么想，在我们跳舞前，她不是头枕在我的胸前吃芙蓉蛋，眼睛放光直盯着我不放吗?）(那么是今晚我的敌人要吞噬了我不成?)，这个念头在我头脑里萦绕不去直到我把汗津津的眉毛绞成了一根麻花——哦，爱，快离弃我吧——难道真是通灵术在晚上发生了效应，让我们心有灵犀？挥之不去的念头触发了旧习终于又一次发生——欲念缠身的冷血恋人将要招致心灵的热血飞涌——就这样，早上八点时，她来了，亚当离开去工作了，就我们两个人，很快，在我的示意下，她坐到了我的腿上，偎依着我，坐在一把宽大的椅子里，我们开始聊了起来，她开始讲述她的故事，我打开暗淡的红色的灯（外面天色灰暗），我们就这样开始了真正的恋爱——

她得告诉我一切——就在不久前，她曾经把她的故事整个儿地告诉了亚当，他手捻胡子听得专心致志，眼神蒙眬陷入深深的爱中，不住地点头——现在她把整个故事又重说一遍，但不同的是，她似乎把我（我想）当成亚当的兄弟，一个陷入更深更无限之爱中的恋人，一个更为专心的听者，担忧者。——身在西部灰色的旧金山，你几乎可以嗅得出空气中的雨，远在那边，在比奥克兰还要远的那些山岭里，在比唐纳和特拉基[①]还要远的那些地方是内华达的广阔无垠的沙漠，一直通到犹他，科罗拉多，在那些寒冷的地方有着大片大片的戈壁平原，我在头脑里不住地想象她的那位一半是切罗基血统的流浪汉父亲俯卧在平板货车上，风刮起了裹在他身上的破衣裳和头上的帽子，他棕褐色的脸面对着那一片片土地和荒芜。——在其他一些时候，我想象到他在印第奥[②]地区周围做采摘工，一个酷热的夜晚，他和那些喜欢说笑的穿着乱七八糟衣服的劳动者坐在路边的椅子上，他吐了一口痰，他们于是起哄道，“嘿，霍克·托，再跟我们说说你是怎么偷了一辆出租车开到了加拿大的马尼托巴的——你听到他说过这个故事吗，赛?”——在美国，在一个惨淡的红色灯影下的角落里，我看到了她父亲的那个身影，他站得笔直，傲气，英俊，没有人知道他的名字，没有人会在意——

她那些故事，那些关于她从一个地方到另一个地方浪迹天涯的故事，那些抽吸过多大麻，给她带来足够多的恐惧的故事（从我对于她父亲，她的肉体给予者的关注，经受过她正在经历的恐惧的过来人且行为更疯狂的实践者的角度来说，她的那些心理因素的焦虑是可以想象的）恰好构成了一个用来思考美国黑人、印第安人以及美国本身的背景，当然是从“新一代”的角度来看的，还有一些对于历史的关心和焦虑，就和我们一样，她也正处于欧洲式的哀愁之中，她的讲述带着一种天真纯洁的神态，我也认真地听着——睁着大大的眼睛，在天堂里紧紧相拥抱——坐在一间暗淡房间里的一九

---

① Donner and Truckee，加州内华达县两个地区。
② Indio，加州河边县一城市。

五〇年代美国的嬉皮士——窗外远处街上的撞击声——为什么要说到对于她父亲的关心，因为我曾去过那个地方，曾经在那片土地上坐下过，看见过美国的铁路和钢铁布满那块埋有那些古老的印第安人、美洲原住民的骨肉的土地——在阴冷灰色的科罗拉多和怀俄明的秋季，我曾在那块土地上工作过，看着那些印第安流浪者乘着卡车突然出现在眼前，慢慢地行驶，老鹰般的嘴唇，河沟般的下颌，满脸皱纹，身上背着包袱，在夕阳映照下远去，他们会嘻哈说笑，但是轻声轻语，与那些干地里活的人有很大的区别，即使是夏延和丹佛街上的黑人，或者是整个西部的日本人，其他的一些少数族裔，墨西哥人看着这些三三两两的印第安人穿过大地或者是铁路，也会感觉像做梦一样不可思议——你会想，“他们肯定是印第安人——没有谁关注他们——他们在走自己的路——没有人注意到——走的是什么方向，这没有什么关系——是保留地吗？他们的那些棕色的纸袋里放着什么？”只有在很认真的思考后你才会意识到，“原来他们曾是这块土地的居住者，唯有他们才真正地与这块广袤天空下的土地有切身的联系，他们是帐篷搭起来的国家里的忧虑者、哀号者和妻子们的保护者——而现在，那些在埋着他们先人的身躯的土地上穿行的铁路却要把他们带向无边的远方，那些已逝去的人的鬼魂在地面上轻轻地游荡，他们的苦难融化了地面，你只要用脚在地上踩一下，就会找到一只婴儿的手。——那些轰鸣作响载人火车飞逝而过，轰隆轰隆，印第安人抬起头——我看见他们风一样地消失——”坐在旧金山这间红色灯影下的房间里，身边是可爱的玛多，我想到，“我在戈壁滩上看见的就是你的父亲，被黑夜吞没了——你的嘴唇来自他的活力，你的眼睛充满了苦难和痛苦，我们难道没法知道他的姓名，或者是说出他的命运?”——她的那只棕褐色的小手缠绕在我的手里，她的手指甲要比她的肤色淡一点，脚指甲也是这样，一只脱下了鞋的脚伸进我的大腿里取暖，我们在说着话，我们的恋情在更深层次的爱和对历史的尊重以及由此引起的廉耻感中行进。——因为获得勇气的至关重要的因素是懂得廉耻，一闪而过的火车上那些模糊的脸在戈壁上什么也没有看见，除了那些踽踽而行的渐渐从视野里消失的流浪者们。

“我记得有一个星期天，麦克和丽塔过来了，我们抽了一些劲道很大的大麻——他们说含有一些会让你爆炸的东西，是他们尝过的最厉害的。”——“是从洛杉矶来的?”——“从墨西哥来的——有一些家伙坐着旅行车一路过来，一边还弄了不少钱，从墨西哥提蒂纳[①]那边过来的，大概是那一带，不是太清楚——丽塔那个时候突然情绪失控——当我们几个吸得神志恍惚时，她猛然间起身，站在房间的中央，呵，那个样子，说她感到她的神经在燃烧，都烧到骨头里面去了——看到她站在我眼前那狂热兴奋的样子——我突然紧张起来，我对麦克有了一些想法，他一直看着我，那样子是想把我杀掉——他的眼神真是很怪——我出了屋子走上街道，不知道要往哪儿走，脑子里一直在想着我正考虑要走的几个方向，但是我的身体却一直朝着哥伦布大道走，尽管我感受到的是在朝着另外一些我心里想要走的方向走，我惊讶于所有那些在不同的动机下可能选择的方向，就好像它能把你变成一个不同的人——从小我就经常思考这个问题，比方说，如果不走我经常走的哥伦布大道，而是走上

① Tijuana，与加州接壤的墨西哥一城市。

了榛子街，会有什么事发生吗？当时这事也许不重要，但日后会对我的一生产生重大影响，会有这样的事发生吗？——我没走的那条道路上会有什么在等待着我？——诸如此类的想法，可以说，如果不是因为独处时这个念头在我脑中反复出现，那此时此刻我也就不会费心要去弄明白到底要走哪个方向了，只是当我看着几条可怕的道路时，那个纯粹的假设性问题随之而来，使我不由得发怵”——就这样，长长的一天，混淆不清的故事，只能记得其中的某些片断，串起来是一场苦难——

朱利恩房间里昏暗的下午，朱利恩坐在那儿注意力没有放在她身上，而是眼睛盯着飞蛾飞过的灰色空间，偶尔会动动身子把窗户关上或者是改变一下他的坐姿，移动一下跨在一起的双膝，接着便是长时间双目圆睁进入冥思，神秘无比，外表就好像耶稣一样，那个样子，我觉得谁要是有一天和朱利恩或者是沃伦斯坦（同样类型的）或者是迈克·墨菲（也是同类的）住在一起非得发疯不可，那些地下人，长时间那种忧伤悲悯的样子，就这样持久不息。——而那个柔弱的小女孩，我记得很清楚，在一个黑乎乎的角落里等着，我记得那时我在大瑟尔，维克多和多莉·基尔过来了，骑着真正手工敲打出来的摩托车来的，在帕齐的小屋里有一个聚会，啤酒，烛火，收音机，聊天，但是新进来的这两位很怪，衣衫褴褛，男的有一把胡子，女的则有着一双忧郁深沉的眼睛，几乎是坐在一个看不见的地方，在烛火摇曳的阴影的后面，没人能看得见他们，他们什么话也不说，只是（如果不是在倾听的话）冥思，蹙眉，忍受，最后我都忘了他们是否还在那儿——那天晚上他们就睡在野外给小狗用的帐篷里，太平洋边上海滩的夜晚繁星点点，露水滴注，第二天早上他们还是那样沉默谦恭，什么话也不说——在我的心里，维克多总是那个地下人嬉皮一代里的中心人物，代表沉寂，波希米亚式的神秘，毒品，络腮胡子和几近神圣，还有我后来发现的那无人能及的邋遢（就像电影《月亮和六便士》中的乔治·桑德斯[1]那样）——就这样，玛多，一个健康、自由自在、来自风中并期待爱情的女孩，现在躲藏在散发着霉味的角落里，等待着朱利恩开口说话。——有时候，在那些通常的“乱伦”的情况里，她会狡黠地保持沉默，同意他们的安排，那些人通过某种神秘的很有风度的方式进行，比如说，“嘿，罗斯，今晚你带玛多回去，我要和丽塔在一起，换一换，”——于是就和罗斯待上一个星期，抽吸那些让人爆炸的东西，她开始失控（那种额外增加的不正当的性带来的紧张的焦虑感，这些瘦弱无力的男人的早泄让她悬置在紧张和惊愕之中）。——“遇到他们时，我只是一个天真的少女，很是独立，不是太高兴也不是不高兴，只是感到要做一点事，我要去上夜校，我有过几个工作，在奥尔斯塔德和哈里森附近的几个小地方做捆扎的活，学校里的艺术老师，那个老姑娘说我可以成为一个很好的女雕塑家，我那个时候和几个人住在一个屋里，一起买衣服，大家相处得很好”——（吮吸她小小的嘴唇，快速吸气时喉咙里发出嘶嘶的声音，神情悲哀好像患了感冒，又好像是那些嗜酒者嗓子里发出的声音，但是她不是嗜酒者而是一个自怨自艾者）（极其如此，黑暗中）——（绕着我脖子的手更紧了）“他躺在那儿说着怎么回事，但我听不明白——”突然间她不明白发生了什么，因为她已神志不

① Greorge Sanders（1906—1972），英国男演员。

清，失去了往常的自我认知，感觉到脑中充满神秘的怪异的嗡嗡声，她真的不知道自己是谁，在什么地方，为什么在这里，她朝窗外看出去，旧金山这个城市是一个巨大的凄冷的空旷的舞台，要跟她开一个巨大的玩笑。——“我转过头来，不知道罗斯在想什么——也不知道他在做什么。”她身上没穿衣服，此前她是从他床上起来的，他的舒适被窝，站在暗处，忧郁笼罩着她，思忖着该做什么，去什么地方。——手放在嘴巴里，站在那儿时间有那么一会儿，那个男人不停地会说，“怎么啦，宝贝？”（最后他终于不问了，让她站在那儿不管了）站在那儿时间越长越感到心中有一种压力要冲出来，爆发出来，最后吞下恐惧，她朝前迈了一大步——一切皆明畅了：危险在空气中流动——写在阴影中，写在角落里那个写字桌后面的昏暗的灰尘里，写在每天沿着墙向下渗透的污液，写进窗户里——在人们空洞的眼睛里——她冲出了房间。——“他说了什么？”

“什么也没说——他没有动弹，我关上门朝后看时，看到他把头从枕头边挪开——我冲进了巷子里，身上没有穿衣服，这并没有使我难堪，我的注意力全部放在脑子里意识到的这一点，我是一个纯洁的孩子。”——“一个全裸的妞，哇哦。”——（我对自己说，“天哪，这个女孩，亚当说的没错，她真是个疯狂的女孩，就好像一九四五年我在服用了蜂蜜兑安非他明之后失控那样，心想她会把我的身体当那些在街上横冲直撞的车一样用，撞上了什么地方啦，起火啦，但是我肯定不会裸着身子冲进旧金山的街道里，或许也会，如果我真的感到有必要这么做的话”）我看着她，心里在想她是不是在讲真话。——她就这样在巷子里，还在想着弄明白她是谁，夜沉沉，降下一层薄雾，沉睡着的旧金山一片寂静，海湾里晃荡着几艘要修理的船，浓雾升起，如爪子一样罩住了海湾，有趣神秘的光环被送上阿尔卡特拉斯岛上柱形神殿破坏的拱廊出檐的中央——她听得见她的心在静寂中跳动，黑夜中美好的平静——她走到一个木栅栏旁，停下来——她要等着看看是不是会有一个来自外界的声音告诉她下一步怎么办，这很重要，因为只能做一次而且只能做对——“如果一步走错……”她面对的是，应该从栅栏的哪一边跨过去，远望过去四面无垠，头戴黑色帽子的人们开始在闪烁着光亮的街上急急行走去上班，没有人理会这个躲藏在雾中的裸体女孩，或者也可以说如果他们真的看见了她，他们会围上来但不会碰她而是会等着警察的到来，把她带走，看着全身赤裸的她，她身体的每个部分，他们疲倦的漠不关心的眼神会透出几分羞耻。——在栅栏前时间越长，她就越没有力量定下决心跨越过去，这时候躺在楼上房间里床上的罗斯一点儿也没有动弹，还以为她是在走道哪个地方蜷缩着呢，或者，也许他什么也没有想，而是早就死死地睡去了。雨水滴响的夜晚一切都消静了，雨夜吻了所有的地方，所有的人，男人，女人，雨夜，像一首哀愁的诗，太平洋的东边传来天使般的鸣号声，天籁之歌，消除人间所有的恐惧。——她坐在栅栏上，蒙蒙细雨落在她棕褐色的肩膀上，形成串珠，头发上雨水晶亮，她那此刻充满野性的印第安人的眼睛凝视着穿透黑暗，棕褐色的嘴巴里哈出丝丝雾气，像是她印第安祖先有的矮脚马马鞍上的雾水凝结成的冰凌，在很久很久以前，细雨飘洒在那个村子里，与从地洞里散飘出来的炊烟交织在一起，一个神色忧伤的母亲在捶打橡树果，做成烂糊粥，日日夜夜，无穷无尽——亚洲大地上猎人们的歌声在阿拉斯加那块土地的边缘上响起，那个新世界的边缘（在他们的眼里，在玛多的眼里闪现出一幕幕这样的情景：像古希腊、古埃及一样光辉灿烂的玛雅古国，辽阔的阿兹特克土地上金光闪闪的神殿和神殿上镶嵌着的金蛇，那些扁鼻子，长脸，颧骨突出的蒙古人在神殿里创造出了天才的艺术，不朽的语言，直到来了那些西班牙人，那厌倦了穿着女性化的灯笼裤到处游荡的条顿人的科尔特斯①和皮萨罗家族②，他们摧毁森林，发现了印第安人灿烂的聚居地，他们于是将其置于自己的统治之下，又是修路，又是架桥，插上他们的旗帜，还要传授教义，最终把这个地方变成了毫无二致的新世界的一部分）——在旧金山的细雨中，她的心在怦怦地跳着，她要冲下坡去，要回到原来的地方，弄明白到底是怎么回事——她终于跨过了栅栏，支撑、安慰着她的是寻找真实的冲动——踮起脚尖，向前移动，战栗着，悄悄地，她来到了一个门厅前——

“我下定了决心，我已经有了想法，就像是，但是我做不到——”重新开始，在雨中整个重新开始，“为什么会有人要侵害我弱小的心，我的脚，我的手和裹起我身体的皮肤，因为上帝希望我感到温暖，要把温暖送进我的体内、我的脚趾——为什么上帝要让所有这些这么容易朽烂、死去、受到伤害并让我意识到这一点之后呐喊尖叫——为什么这旷野，这狂野的身体如此的贫瘠如此的易碎——当这个给予我生命的人在我的身上涂抹上乳膏时，当我的父亲呐喊时，当我的母亲做梦时，我战栗了——刚开始时我只是一个

---

① Hemán Cortés（1485—1547），西班牙殖民者，1519—1521 年推翻阿兹特克帝国。

② the Pizarro，指印加帝国的西班牙征服者、利马城的建立者弗朗西斯科·皮萨罗（约 1475—1541）和他的兄弟。

小小的胚胎，现在我膨胀了，我长大了，我回到了我，一个赤身裸体的小孩，只是想叫喊，想消除恐惧——哦——不会伤害别人的天使，保护好自己吧，你不会也从没有伤害过他人，从没有侵害过他人的纯洁，从没有给他人带来过苦痛——把你自己裹起来吧，小羊羔——别再让雨水淋湿耐心等待，等着爸爸的到来，等着妈妈张开双臂把你拥抱进她温暖的月亮谷，一切都隐约出现在朦胧的清晨时分，这是最幸福的时刻。”重新开始，颤抖着，穿过夜晚的巷子，赤身裸体，来到巷子里一户人间沾着污泥的门前——敲门——一个女人来开被敲得咚咚乱响的门，看到一位赤身裸体的女孩，棕褐色的肤色，神色紧张——（“一个女人，雨中出现的一个女人，看着我，她也很紧张。”）——“敲一个完全是陌生人的门，当然啰。”——“我告诉她我是要去前面的贝蒂家的，她这才让我进来，她拿出一块毯子，把我裹上，接着又把衣服给我，幸运的是，就她一个人在屋里——她是意大利女人——在巷子里时，我想过先弄到衣服，然后再去贝蒂那儿，问她要两个美元——然后再去买那个饰针，有一个下午在北滩一家人家的窗户上我看见过这种用海边的树木制成的饰针，手工做的，如同铁制品，一件很不错的东西，那是我打算给自己买的第一个装饰品。”“当然”——一身赤裸从雨中来，然后裹上衣袍，纯洁笼罩全身，接着便是上帝的饰物，心中溢满虔诚的甜蜜。——“就像我与杰克·斯蒂恩的殴斗，在我的头脑里留下很深的印象。”——“与杰克·斯蒂恩的殴斗？”——“那是早些时候的事了，那一天，那些家伙们都在罗斯那儿，围在一起和贩子一块吞云吐雾，贩子，你知道的，我也脱了衣服加入他们，吸上一阵……”——“但是，衣服呢，衣服呢！”（我对自己说）。——

"我站在屋子的中间正吸得猛，这时贩子拿起吉他拨起来，我走过去对他说，'嘿，别拿你的脏手碰我的东西，'他站起来没说一句话，离开了。"——杰克·斯蒂恩因此就恨上了她，想要给她点厉害，否则她就不知道她是谁了，于是他就给了她几拳，没想到她一点也不比他弱（他面无血色，只有一百一十磅重，整个一个苦行僧模样），于是，他们在那些瘾君子面前大打出手。——她曾与杰克和朱利恩掰过手腕，并且狠狠地教训了他们一下——"虽然朱利恩最终在掰手腕上赢了我，但他不得不通过奚落我、中伤我来达到目的，他是真的恼羞成怒了"（快慰的笑容从她的牙缝里露出来）——就这样，她和杰克·斯蒂恩揪打在一起，而且她几乎要打败他了，他气恼得不行，楼下的邻居报了警，警察过来问是怎么回事，他们回答说是在"跳舞"。——"但是那天我看到了那个手工做的像铁制品的东西，一个小小的饰针，暗暗地闪着美丽的光芒，可以戴在围脖上，你知道，要是别在我的胸前该是多么漂亮。"——"你的胸前，一枚闪着亚金光的美丽的饰针，别提了，还是继续说你的故事吧。"——"我想立刻就拿到那枚饰针，尽管还只是早上四点，我已经穿上她给我的外套、鞋子和裙子，我感到有点像街上拉客的妓女，但是不会有人注意我的——我跑到了贝蒂那儿，把她弄醒，问她要了两美元——"她要了钱，她刚脱离"虎口"，没钱她是得不到那个金光灿灿的饰针的。拿了两美元后，她快速奔向街道，早早来到店里，店还没开，她先到一家咖啡店要了一杯咖啡，一个人坐在桌边凝望着周边：忧郁的帽子，雨水中闪着光亮的人行道，窗户上和汽车玻璃上的雨滴，食品柜子里漂亮的食物，冷点，堆成山状的甜煎饼，还有咖啡缸里冒出的气雾——"这个世界是多么温暖，你所需做的只是给几个小钱——他们就会让你进来感受这温暖，享用你要的食物——你用不着再在巷子里冻个半死，冷得发抖——这些地方就是为那些无家可归的人设立的，他们可在这里得到些许慰藉。”——坐在那儿她眼睛凝视着周边的每一个人，那些平素的好色者们这时不敢回应她的眼神，因为她的眼神里有一种野性的跳动，他们从她抖动着的手和直直竖起的脖子中察觉到了一丝危险。——“这不是一个女人。”——“这个可怕的印第安人，她会杀了你的。”——清晨来到，玛多，欣快地、心驰神往地、一门心思地来到那个店里买饰针——站在这家杂货店里，在放着明信片的转动着的座架前站了两个小时，仔仔细细看来看去，因为她只剩下十美分，只能买两张，而这两张一定是有代表性的，能够表明她要的象征意义的——她的嘴唇嚅动着，眼睛跟随着街上开过去的有轨电车，前面是唐人街，卖鲜花的摊位，蓝的天空，店员们心里直嘀咕：“在那儿两个小时，不穿袜子，肮脏的脚，只是盯着明信片看，这是第三街上哪个酒鬼家逃出来的老婆，来到白人开的店里，这些亮闪闪的明信片怕是她从来没见过——”晚上时，他们会在市场街的福斯特酒吧看到她，她只剩下最后十美分，喝着一杯牛奶，边喝边哭，那些男人都会把目光移向她，都会想方设法把她弄到手，但是现在他们什么也没有做，因为害怕，因为她像一个小孩一样——因为：“为什么朱利恩、或者是杰克·斯蒂恩或者是沃尔特·菲茨帕特里克不给你一个住的地方，把你一个人留在那个角落里，或者是借给你几个钱花？”——“可是他们不在乎我，他们害怕我，他们真的不想让我在身边，只是想和我隔一段距离，看着我，跟我说一些猥琐的话——有些时候，你知道的，朱利恩做出那种无可奈何的样子，问我，‘你到底怎么回事？玛多?’这是他的惯常行为，还会表现出一种伪善的同情，但实际上他对我很好奇，想知道我为什么会和他们掺和在一起——他们中没有谁给过我钱。”——“那些家伙对你真不怎么样，你知道吗?”——“是的，不过他们对别人也不怎样，从来就不怎么样，你得自己照顾自己，我就自己管自己。”——“存在主义”——“但是美国式的更加冷漠的存在主义，看看那些家伙就知道，我和他们在一起有差不多一年的时间，到了后来，他们情绪高涨时，我也飘飘然了。”她会和他们坐在一起，他们会把头摇晃个不停，一片静寂中，她等着，她感觉到一阵蛇舞般的颤动慢慢地穿过整个房间，眼睑不住地下垂，脑袋不停地晃动，抽搐，有几个人嘴巴里发出含糊不清的哼哼和抱怨声，“妈的，那个家伙麦克杜德，那个畜生，把我弄上瘾，他自己没钱，连一粒也弄不上，他付半粒的钱也行啊，妈的，他就这样溜了，什么也没留下，渣滓，最好是别再露面，嗯嘛。”（这个拖音“嘛”大概是想说明那些个家伙心中的不如意，还好只是婴儿那样的哼哼，还没有到咧嘴号啕）——玛多还是会坐在那儿，最后，她也高涨起来，她会感到好像是什么人给她注射了什么东西，她于是会走上街头，摇摇晃晃的，甚至会感到和街上的人有一种触电般的联系，但是有时候她也很怀疑，因为是有人偷偷地给她注射了东西，而且还跟着她到了街上，是哪个人和她产生了触电的感觉，这是任何自然法则都无法解释的。——“但是你真的不相信，真的，不是吗？——一九四五年我弄上那东西后，我真的相信那个女孩是要让我的身体燃烧起来，她把她的男友的证件放到了我的口袋里，这样警察就可以相信他死了——我告诉她我知道她在干什么。”——“哦，她说什么？”——“她说：‘嗬，爸爸’，然后就拥抱我，要把她给我，她是一个疯狂的野妞，她把湿粉饼（化妆品）涂抹在我惨白的脸上——我瘦了三十磅还是十或十五磅。——还是回到你的故事来吧，后来发生了什么？”——“我拿着我的饰针到处晃悠。”——她走进了一家礼物商店，里面有一个男人坐在轮椅上。（门口挂着许多笼子，里面是绿色的加那利雀，她想要摸一摸它们的喙，看看那些金鱼，抚摸那只在地板上晒太阳的老肥猫，几只鹦哥伸展着脖子，一个劲儿地把头往羽毛里钻，仿佛是身处世界之外的绿色森林之中，她感受到那几只鸟儿眼神中流露出怪异的惊恐，咕咕的叫唤像是刺激性痉挛，而且轮椅中的那个男人非常奇怪。）——“为什么？”——“我不知道，只是觉得他很奇怪，他想要，很清晰地和我说话，而且还专心致志——眼睛直直地看着我，长时间地，他在说到一些细小的事情时会露出笑容，但是我们两个人都知道，我们说的东西其实还指向别的意义——生活的意义——我们谈到了隧道，斯托克顿街上的隧道，还有那个在百老汇大道上刚刚建好的隧道，我们说得最多的就是这个隧道，但是在说着说着时，我们感到了一种心灵相通的电流在我们之间穿行，我感到在他发出的每一个音节里都有这样的电流在迸发，在我说的每一个字里也同样流动着这样的触觉——以前我从没有觉察到有过这样的感觉，人们是知道这一点的——人们在交谈时，眼神里会流露出这样的感受，他们不愿意用其他方式来表达——我在那儿待了很长时间——”“他肯定也是一个很怪异的人。”——“对的，秃顶，怪怪的中年男人，一副魂不守舍的样子，我看了看四周，看见一个披着苏格兰花纹披肩的老妇人，我猜那是他母亲——哦，天哪，这说下去得要花多少时间”——“哇哦”——“这个美丽的、满头白发的老妇人从街上过来，她看见了我，向我问方向，显然是想和我说话——”（在这个晴朗舒适的星期天早上，时值旧金山的复活节间，人们在雨后的人行道上穿行，紫色的帽子和淡紫色的外衣在凉风中飘动，小女孩们穿着刚擦亮的白鞋和好看的服饰信步走在像山路一样的白色街道上。教堂古老的钟楼点点簇簇，在市场街边站着我们这个衣衫褴褛的黑人圣女贞德口里喃喃地说着赞美上帝的话，报亭摆着的报纸被风吹得哗哗作响，几个人在看裸体杂志，街边放着一些花篮，一个戴着用报纸做成的围裙的意大利老人在蹲伏着浇水，一个身穿喜庆颜色紧身西服的中国父亲推着一个篮子样的婴儿车朝鲍威尔街下面走去，身边跟着他脸上有粉色雀斑和闪亮褐色眼睛的妻子，一顶新的无边呢帽在阳光下荡着波纹，玛多站在那儿，脸上的笑容僵硬又奇怪，那位古怪的老妇人一点也没有注意到她是个黑人，她只看到玛多站在一家店前，周围是好多别的店，玛多神色坦然，一副轻松、明朗的样子，显然是刚经历了一番苦难，从地上爬起来，而且是靠她自己的努力将她从危难中解救出来；两个女人，玛多和那位老妇人站在周日极其沉寂清冷的街上，在经历了星期六晚上的欢闹之后，市场街如同被淘洗出来的金子，前一个晚上欧法拉尔和梅森酒吧里霓虹灯映照下色彩斑斓的酒杯向那些饥渴的心灵发出了邀请，一个晚上后留下的只是一份空寂，街沟里的片片碎纸和萦绕的望向奥克兰安息日的白色狭长景致——复活节期间的旧金山，白色的船只从金门大桥下驶来，映出蓝色的侧影，金门大桥对面的马林县，树叶在海风的吹拂下熠熠发光，海风从旧金山海湾飘过来给这个城市沐浴上一层茫茫白光，红色砖墙的街道和尹木巴卡迪罗码头上空飘浮着失去了纯洁的云块，断断续续萦绕不散的波马斯印第安人的老歌，这些曾经在十一个印第安领地但现在早已是白人居住地的漫游者，玛多的父亲的脸——尤其在她抬起头深吸一口气，在这个充满生命的、脚下是物质化的美国的街道上说话时——）“我也和她交谈起来，离开时她给了我鲜花，还佩戴在我的身上，称呼我为甜心。”——“她是白人吗？”——“是的，嗯，她很亲切，很好，她似乎很爱我——就好像是要救我，把我拯救出来——我朝上山的方向走去，走过唐人街，来到的一个白色的车库，车库有着高大的围墙，一个坐在转椅上的男人问我要什么，我把我的行为看成是履行一连串的义务，跟谁交流不是随意的，而是冥冥中有所安排的，倾心相谈，无论何时，何地，发生何事，都无所顾虑，因为没有人像你想象的那么卑鄙——一个黑皮肤男人，坐在一把转椅上，我记得我们进行了一次长时间、内容混乱的谈话，他有点不愿意看着我的眼睛，真正地听我说话。”——“但是你说了些什么呢？”——“现在都已经忘记了——好像是很简单的一些事，一些你从来不会想到的事，比如我在街上漫无目的地行走，偶然间看见的隧道或偶见的那个老妇人——但是，那个男人是要想和我来那个事，我看见他拉开裤子上的拉链，不过突然他又不好意思起来，我那时转过身，在玻璃窗里看见了他的动作。”（清晨，白色车库墙，面对着玻璃窗，一个幽灵般的男人，一个弓着背的女孩转过身盯着玻璃窗看，玻璃窗不仅映照出了那个奇怪的、窘迫的、诡秘地瞪大着眼的黑皮肤男人，还映照出了整个房间，椅子、柜子、车库潮湿的深处和光灿灿木呆呆的汽车，还有昨天晚上风雨之后留下的斑斑尘泥，透过玻璃窗还可以看见对过街道面朝海湾的出租公寓的木制阳台，庞大突兀，突然间，她看见三个穿着奇异服装的黑人小孩在四楼朝一个穿工装裤的黑皮肤男人挥手，他们没有叫喊；显然这是一个在复活节工作的人，他边挥手向他们致意，边向前行走，步伐慢悠悠的，在经过分岔路口时，后面突然赶上来两个人并超过了他，他们戴着帽子，穿着普通的外衣，手上各拿一个瓶子，旁边还有一个三岁的男孩，他们停了下来，拿起那个加利福尼亚四星雪利酒的瓶子，在清晨的旧金山喝将起来。早上的清风吹拂起他们破旧的衣裳，那个小男孩开始号啕大哭，他们的身影像是海鸥的影子留在街上，影子的颜色像是哥伦布大道和太平洋大道上深棕色墙面店里的手工意大利雪茄的颜色，此时，一辆有着鱼尾形车身的凯迪拉克挂上二挡沿着坡向上开去，街的顶头是一排面朝海边的房子，一些身上散发着香水味的亲戚来访，带来了几份古怪的报纸、几则关于老阿姨们的消息，几块哄小男孩开心的糖，这几个闷闷不乐的孩子正盼着星期天快点结束，等着太阳别再穿过法式窗帘晒进来，把盆里的花儿都晒蔫了，他们喜欢的是雨和星期一，他们可以在两侧有木栅栏的巷子里玩耍，而前一个晚上可怜的玛多差点就在那儿迷失了自己）——“那个黑人干了什么?”——“他又把拉链拉上，转过身，不愿看着我，他感到有点羞耻，坐了下来，这很是奇怪——这让我想起小的时候在奥克兰，有个人给我们一点钱，让我们去店里买东西，然后他就会脱下他的浴袍，给我们看他的那个东西。”——“黑人吗?”——“是的，在我住的那个街区里——我记得我从不去那儿，但是我的一个女友去，她还又一次和那个人来了一次。”——“你又是怎么对付那个坐在转椅上的人的?”——“嗯，很简单，我离开了那个地方，外面的天气真好，一个多好的复活节。”——“是啊，复活节，我又在哪儿呢？”——“温柔的阳光，盛开的鲜花，我在街上走着，心中想着：‘为什么以往我会让自己心生厌倦，’为了补偿自己，就让自己兴奋起来，或烂醉或狂怒，还有人们都做过的那些把戏，但就是不愿意冷静地想一想自己到底在干什么，这一切有什么意义，而总是怨气十足——发泄——好像是对社会不满，对种族问题不满，可又有何用，那天我察觉到早上的太阳终究是要逝去的，而且已经有开始的迹象了——我本可以依照那个迹象开始规划我的人生，只要能够下定决心努力去那么生活，是的，上帝，这是发生在我身上、不受他人影响的最美丽的事情——但这整件事是那么邪乎。”最终，她来到了她姐姐在奥克兰的家，他们对她很是气愤，但是她却反过来把他们申斥了一顿，而且她的行为也很离奇，比如，她会注意到她姐姐插在厨房里的插座上那些一团乱麻的电线，厨房在他们靠近第七大道、摇摇欲坠的木板楼小屋的二楼，靠近第七大道，还有铁轨上用的黑乎乎的木头和奇形怪状的滴水嘴兽做成的门廊，与那些贫民窟里的相差无几，院子里什么也没有，只有一些碎石块和碎木头，表明前一个晚上那些流浪汉们在这里饮酒作乐过，现在，跨越了屠宰场的他们早已经搭上了通往特雷西的火车，穿过广袤的布鲁克林-奥克兰，一路都是电话杆线和粪便，星期六晚上那些疯狂的黑人酒吧里满是妓女和墨西哥人——他们拥在一起组成他们自己的沙龙，警车在这条长街上巡逻，到处是醉酒者和闪烁着光亮的碎瓶子（此刻，在这间她在恐惧中长大的木头房间里，玛多靠着墙蹲着，看着黑暗中的电线，她听见她自己在说话但不清楚在说什么，除了知道她必须得说，要说出来，因为那天早一点的时候她在街上游荡，她最终来到了混乱的第三大街，身边满是从小巷子或十美分电影院里窜出来浑浑噩噩的酒鬼和喝得烂醉、满脸血污缠着绷带的印第安人；住在廉价旅店的小孩在人行道上、当铺间和黑人的破烂不堪的投币唱机边奔跑嬉闹，她站在慵懒的阳光下忽然间听到了博普爵士乐，似乎是第一次听到那样的乐声，乐手、小号和其他乐器汇成了神秘的统一，如电流般穿梭而过，乐声尖利分明可触，仿佛是跳动着的字眼，一个声音又一个声音交替而来，她看见了乐声中传来的笑脸，听见了喁喁私语，就像是她姐姐弄的那些绞缠在一起的电线团一样，看似无意，实际上却是根根有用，从杂乱无章的乐声中她听出了目的，如同随意的生活后面是深深的用心)，"你们这样做是不是要把电死我啊?"她这么说是要表明她没什么问题，但是实际上在她姐姐的眼中她要比福克斯三姐妹[①]中那个酗酒、闹街、时常被逮捕的——小妹妹的问题还要严重，"她吸毒，她和城里的那些怪模怪样的男人瞎混"。——他们最后叫了警察，玛多被带到了医院里——她意识到了问题，"上帝，我看到了这事有多糟糕，不过我很快脱离了困境，我尽量在所有的人面前表现得很正常，把每一件事都做对，于是在四十八小时后他们就把我放出来了——和我在一起的还有另外一些女人，我们一起朝窗外看，她们说的一些话让我意识到离开这个鬼地方，离开这些穿大褂的人到外面街上去，到阳光下去是多么珍贵，我们看见了船只，远远的，看到街上**自由自在**行走的人，多好啊，可我们却从没有珍惜过，只会把焦虑和不满一个劲地往心里放，就像傻瓜或被娇惯坏的孩子那样，嘟嘟囔囔满嘴

---

① 指在十九世纪创立唯灵教的福克斯三姐妹。

不高兴只是因为他们拿不到他们要的糖块，于是我就开始和医生沟通起来。”“但是你没有地方可待了，你的衣服呢?”——“扔了——到处都是，在海滩上——但我得做点什么——他们让我住在这里，还有我的几个朋友们，可以把夏天对付过去。到十月我就得出去了。”——“在那条巷子里?”——“嗯”——“宝贝，你和我——你愿意和我一起去墨西哥吗?”——“愿意!”——“如果我能去墨西哥？也就是说，如果我弄到了钱？实际上我现在有一百八十块，我们明天就可以上路——就像印第安人那样——找一个便宜的地方，住在乡村或者什么随便可以对付的地方。”——“好的——要是现在就走那太好不过了。”——“但是我们最好还是等一等，等我弄到——我应该是能够弄到五百块钱的——还有——”（那个时候我本应该一把把她拥进怀里，让她成为我生活的一部分）——她说：“我真的不想再去北滩，也不想和那些家伙有什么来往了，那就是为什么——我猜想我这么快同意，你反而不那么确定了。”（她笑着看我思索着什么。）——“但我只是在考虑一些实际问题。”——“不过如果我说过‘可以的’，那么我敢说——嗯——没问题，”她给了我一个吻——阴沉的天色，红色的灯光，我从没有听人讲过这样的故事，除了在我年轻的时候从一些了不起的人物那里听过，那些曾经是我朋友的美国英雄们，我们曾经一起历尽艰险，一同走进监狱，在灰蒙蒙的黎明结识了在青石道上被鞭打的男孩们，在溢满水污的排水沟里看见了信条，在时代广场看到了美国的兰波们和魏尔伦们——从来没有一个女孩用她精神苦难的故事打动过我，她的心灵是如此美丽，就像是闪耀着光辉的天使在地狱行走，我也曾在地狱、在同一条街上游荡过，四处张望，期望遇到一个像她那样的人，但从来没有梦想过能在这昏暗、神秘的氛围下最终在永恒中与她相遇，她的脸此刻像木头栅栏后侧海报上的老虎头，突然出现在雾气朦胧的院子里，出现在没有课的星期六早上，在雨中，美丽，疯狂，自在，——我们相拥，我们紧紧抱在一起——像是相爱了，我不禁惊诧——我们在客厅里做爱，在椅子上，在床上，我们缠在一起，兴奋，满足——我要让她知道更多的性事方面的事。

早上我们起得很晚，她不去心理分析师那里了，她要“放假”一天，亚当回来时看见我们两个人坐在椅子里说着话，屋子里一片狼藉（咖啡杯，面包屑到处都是，这些东西是我在百老汇大道买来的，那里是意大利人区，到处是意大利氛围，过去曾是玛多熟悉的印第安人的地方，现在不复留存，满眼都是美国式的，旧金山式的灰色的栅栏，阴郁的人行道，潮湿的门廊，我来自小城镇，尤其是最近一段时间在充满阳光的佛罗里达待过，看到这一切不禁很是惊愕）。——“玛多，你浪费了一次去心理诊疗的机会，莱奥，你应该感到羞耻，不管怎样你有责任——”“你是说是我让她不去的……我跟别的女孩在一起也是这样的……也许不去一次对她有好处”（我并不知道对她有多么必要）。——亚当尽管用开玩笑的口吻说话但还是很严肃，“玛多你应当写一封信或者打个电话——你现在就可以给医生打电话”——“她是个女医生，在城市和乡村诊所。”——“那么现在就打吧，我这里有一毛钱。”——“我可以明天打，今天太晚了。”——“你怎么知道太晚了——并不太晚，今天一天你都无所事事，你也一样，莱奥，你要负全部的责任，你这个家伙。”接下去是一顿欢乐的晚餐。两个从外面来的（灰色的疯狂的外面）女孩来到了我们中间，一个不远万里刚从纽约过来的，和她一起来的是芭迪·庞德，一个洛杉矶嬉皮士，女孩留着短发，她很快就钻进了厨房，给大家做了一顿美味的晚餐，有黑豆汤（全是取自罐头），还有其他一些食物，另外一个女孩，亚当的女孩，打电话消磨时光，玛多和我则很内疚地坐在厨房一个黑黑的角落喝着已经没有味道的啤酒，心里在想着亚当刚才说的也许并不无道理，一个人应该振作起来做点事，于是，在我们讲述了我们的故事之后，在我们的恋爱巩固了之后，我们的眼神里都流露出一丝哀怨——晚上的活动在欢乐的晚餐中进行，五个人在一起，那个短发女孩后来说我是那么漂亮她都不敢看我（后来我发现这只是那些东岸来的人常说的口头禅而已），“漂亮”一词让我很是诧异，不敢相信，但是这话肯定是引起了玛多的注意，她在整个晚餐期间都很嫉妒那个女孩对我的关注，后来告诉了我她的感觉——我的位置是那么捉摸不定，但也是安全的——我们一起坐进她外国进口的敞篷车，此刻的旧金山街上空空荡荡，车子驶过街边的房子，天上有几处松软红色而不是灰色的云块，玛多和我斜倚在后排很专注地看着外面的一切，路边柔和的阴影，手拉着手评论一番——他们几个在前边兴奋得如同穿梭于国际大都市巴黎一般，短发女孩很认真地开着车，亚当在指着方向——他们要去俄罗斯山[①]拜访一个即将要坐火车去纽约再坐船去巴黎的人，在那儿会喝上几杯啤酒，聊上一阵，然后和芭迪·庞德一起去看亚当的艾尔沃德的几个朋友，很有点名气，上过《当代评论》里的对话栏目，艾尔沃德拥有一个超大

① Russian Hill，旧金山一街区。

的图书馆，然后再转过一个街角到查尔斯·伯纳德那儿，美国最伟大的智人，他那儿有杜松子酒，还有几个怪异的家伙和他在一起，于是开起聚会来，一直到半夜——也正是在那儿我很愚蠢地在和玛多恋爱的过程中第一次犯了错误，到了早上三点时还拒绝和其他人一块离开，后来在查尔斯的恳请下还留了下来和艾尔沃德一块看他的那些色情照片（男同性恋），听玛莲娜·迪特丽茜[1]的唱片——其他人离开了，玛多也想走，但是只是怯怯地看着我，我吃了太多的东西，喝了太多的酒，醉醺醺的，又喊又叫的，一副愚蠢的模样——她并没有显出不高兴也没有抱怨因为她爱着我，我们在厨房里混酒的时候她也跟着走进走出棕褐色的脚肿肿的，伯纳德声称一张淫秽照片被她偷走了（她在厕所里的时候，他悄悄地对我说："告诉你，亲爱的，我看见她把一张照片放进她的口袋里了，她的内衣里，我是说她的胸罩里了。"），她从厕所里出来后感觉到了这个气氛，看着周围这些怪异的家伙，这些醉醺醺的人，即使在这种情况下她也没有抱怨什么——第一次，她要承受如此轻蔑的言行，倒不是她不能承受，但她仅有的女性尊严受到了侵害——哦，我本不应该这样的，消磨时光，从一个疯狂的聚会到另外一个，一次又一次醉到不省人事，还不断地把她撇在一边，最诧异的是我们上了出租车后她让我送她回去（睡觉），然后我一个人去（酒吧）见萨姆，但是我很愤怒地跳下车（"我从来没见过你如此发怒的样子"），上了另一辆车，扬长而去，把她一个人留在夜色之中——因此，第二天晚上当尤里敲她的门，我那时不在场，尤里喝醉了，强行闯

---

① Marlene Dietrich（1901—1992），德裔美国演员和歌手。

人，像往常一样压在她身上，她，她，她随他了——她不再反抗了——结合之后的故事，我立即将这种内心的焦酌感视为我的敌人——这种恋爱中肝肠寸断的感受本不应该发生在我身上，现在却像一把匕首插在我的咽喉里。

聚会之后，在天堂巷，我醒来了，又一次啤酒（还再加上一点杜松子酒）过后的梦魇，又一次的悔恨，又一次莫名的反感，她直硬硬黑色的头发沾上了枕头芯里白色类似羊毛的东西，她虚肿的脸颊，嘴唇，还有来自天堂巷里的抑郁和阴湿，我又一次说："我得回家去，把思绪理清楚。"——就好像我从来没有和她说清楚过，从来都是遮遮掩掩的——好像她从来就没有和我一起舒舒服服地待过一阵或者是天马行空地遐想过一番，一切像是在灰色陌生的城市之中——"你为什么总要这么急急地离开?"——"我想是我需要在家里的那种安乐的感觉，说白了，就是这样——。""我知道，亲爱的——但是我，我离不开你，我嫉妒你，你有一个家，有一个给你熨衣服的母亲，我没有，什么也没有——。""我要什么时候回来，星期五晚上?"——"你自己决定吧，宝贝——""你得告诉我你的想法?"——"但是我不应该告诉你——""你说不应该指的是什么意思?"——"就像大家说的那样——因为——哦，我不知道。"（她叹了口气，在床上翻了个身，蜷起身子，于是我靠近她，把她翻过身来，从她胸骨处吻起，直线往下，那里有一个凹口，再往下一直到肚脐眼看到了一根细小的线像是铅笔描出来的然后再笔直往下，她需要一个男人将她从过去和冥想中解救出来，就像她说的，一个拥有这种能力的男人，但她始终没遇上。）——我想要回家的迫切愿望、我神经质般的恐惧、宿醉和害怕——"我不应该——昨天晚上我们不应该去伯纳德那儿的——至少我们应该和其他人一样三点就回家。”——“是的，我也是这样想的，宝贝——但是，哦，上帝。”（发出一阵大笑，接着是模仿滑稽的含糊的声音）——“但是你从来不照我让你去做的做。”“哦，对不起——我爱你——你爱我吗？”——“哦，天哪！”大笑，“你是什么意思？”——小心翼翼地看着我——“我是问你对我有感觉吗？”我问这个问题时她正把她棕褐色的胳膊绕在我粗壮僵硬的脖子上——“当然了，亲爱的。”——“但——？”我想问清楚，但是又问不出来，也不知道怎么问，“我要你怎么做”的秘密到底是什么，男人或者女人，还有爱，又是什么？我指的“爱”到底是什么，我又为什么要坚持，要问个没完，我又为什么要离开你，把你一个人留在那个可怜的地方——“是那个地方让我沮丧——在家里，我坐在院子里的树下面思考。”“但是我是不能这样的。”——“那你想要怎样，要我把窗帘拉开吗？”——“不，那样大家都会看见你——夏天过去后我会很高兴——等我有钱了，我们可以去墨西哥。”“嘿，说了就做，现在我们就可以用你现有的钱去。”“好的，好的！”这个想法塞满了我的头脑，我大口喝了几口毫无味道的啤酒，想象着在德克考科考克[1]外边弄一间五美元一个月的小茅屋，在露水翠滴的清晨我们一同去集市，她棕褐色的脚上穿着凉鞋“啪嗒，啪嗒”地像妻子一样跟在我后面，我们到那儿，买橘子和面包，甚至还买了葡萄酒，当地产的葡萄酒，我们回到家里在我们的小锅里煮饭，我们坐在一起喝咖啡记下我们做的梦，对梦进行分析，在我们的小

① Texcoco，墨西哥一城镇，位于墨西哥城东面。

床上做爱。——玛多和我就这样坐在那儿瞎聊，做白日梦，浮想联翩——“哦，上帝，”笑，露出牙齿，“我们到底什么时候能成行，就像是天上的云那样没个定数。”——“也许我们可以等一等，等到我拿到那笔稿费——是的，就那样！那样会更好一点，因为我们可以买一台打字机，三速机和盖里·莫里根的唱片，还可以给你买些衣服以及一切我们需要的东西，而现在我们什么也做不成。”——“是的——我不知道”（沉思）“嘿，你知道我对那种疯狂的穷把戏没什么兴趣”——（这样的直白让我很恼火，于是我回家去了，在家里沉思了好几天）。“你什么时候回来?”——“嗯，那好吧，我们就在星期四见面吧。”——“但如果你真的想见面，就周五见吧——别让我影响你的工作——也许你也愿意一个人多待一些时间。”“但不管怎样——我爱你——你——”我脱下衣服又多待了三个小时，然后惴惴不安地离开了，因为我的一片爱心，我想要表达的怎么也传达不过去，我内心很是难受、失落、恐惧——我意识到我还没有给过玛多一分钱，甚至是一片面包，只是和她说了一些话而已，还有就是拥抱，相吻，我离开了，她的失业救济金还没有到，她连吃的东西也没有——“你吃什么?”——“哦，有一些罐头——或者我也可以去亚当那里——但是我不愿去得太勤了——我可以感觉出他现在有点怨我，我似乎是夹在你们之间了——”“不，你没有。”“你们之间是另外一种感情——我不愿出去，我想要待在屋里，不见任何人”——“甚至连我也不见?”——“连你也不见，天，有时候我就是这么想的。”“哦，玛多，我都糊涂了——我做不了决定——我们应该在一起做点事——对了，我知道该怎么做，我可以在铁路上找份工作，我们可以住在一起——”这真是个很好的主意。

（还有，查尔斯·伯纳德，我脑子里印象深刻的一个名字，一个普鲁斯特式的英雄，在旧金山人人皆知，他曾是简的恋人，简被弗兰克枪杀了，我曾与简在一起住过一段时间，弗兰克是玛丽最好的朋友，在那些寒冷的冬天夜晚当查尔斯穿行过校园口中念念有词，听起来像是史诗般的却又不可捉摸，但除了他之外，还有另外一些人也在我头脑深处留下了真切、重要的印记，玛多是其中一个，她小小的棕褐色身体蜷缩在电报山贫民窟里一张铺着灰色床单的床上，在日后想象当初时却会是一个多么巨大的身影，一个撇去了性别的影子——一本巨型天使书里的文字在我脑中有节奏、有秩序地呼啸而过，使得啤酒触动的兴奋蔓延开来，在黑夜中我听到了未来世界的声音——damajehe eleout ekeke dhdkdk dldoud，-d，ekeoeudhdh dkehgyt-better not a more than lther ehe the macmurphy out of that dgardent that which strangely he doth mdodudltkdip-baseeaatra. ——这些仅仅是一些拙劣的例子，因为打出来的这些字母并不能足以表意，那河流流淌的声音，那黑暗中通向未来的文字，那在我的头脑中萦绕的疯狂和空虚，那被祝福的和未被祝福之地——树在风中歌唱——相信他能上天堂——借用一个智者的说法——“聪明者神魂颠倒”——艾伦·金斯堡如是说。）

这就是我为什么没在早上三点回家的原因——有例为证。

二

起初，我有点顾虑，因为她是黑人，还因为她邋遢（总是今天的事拖到明天，房间凌乱，床单不洗——难道我还真在意床单洗不洗?）——再就是我知道她曾经有过很严重的精神问题而且很可能会再犯，我们在一起的头几个晚上她做的头几件事之一便是一丝不挂走进洗手间，但她房间的门会发出奇怪的吱呀声（至少在我抽了大麻兴奋时听起来如此），就好像是有一个人突然出现了站在门口（比如是冈萨雷斯，那个墨西哥流浪汉，或许是某个同性恋，他们以老朋友的借口时常会出现在她这里要几分钱或者是两根烟，而且总是在她情绪低落的时候，有时候还会拿走几瓶酒），我脑中出现的就是这些人，或者是另外一些地下人，在门厅里问："有人和你在一起吗?"赤身裸体，毫不在意，就像前面提到她在巷子里的时候那样，她回答说："有，伙计，你最好还是明天再来吧，我忙着呢，有人在这里，"就那样，抽完大麻后梦幻般的感觉，洗手间的门发出的吱呀声在我耳里变成了呻吟的声音，在她从洗手间回来后我告诉了她我的感觉（不管怎样显得很诚实）（而且真的相信确实如此，还有，也的确认为她的脑子有问题，比如在巷子里坐在栅栏上那个时候），但是当她听完后，她说她头脑一片空白几乎失去知觉，她害怕起我来，几乎要起身逃出去——就是这样的一些原因，总之，精神有问题，存在着诸多发疯的可能，我对她的顾虑也是男人有的那种顾虑，理由充足，“我还不如干脆断了这个关系，另找一个女孩，白人女孩，有着白皮肤大腿的，白的，白的……那会是何等酷爱，当然希望不会伤害她”。——哈！——我有顾虑还因为她做饭做不好而且吃完后还从不立即收拾，这我不喜欢，但是实际上我发现她做得不赖而且也会把碗洗掉，只是要过一会儿才做，在她六岁时（她后来告诉我）她被强迫给她凶暴的叔叔一家洗碗而且还要在晚上黑咕隆咚时提着垃圾桶出去倒垃圾，每当那个时候她总是会想有个鬼在候着她——顾虑，顾虑——随着时间的流逝我现在已经没有了——现在我想要的是紧紧地把她抱在怀里，她是我的宝贝我的女人，我要用我的拳头用一切的一切保护她不让她受到侵犯，而以前怎敢奢想这些。她说她现在到了要独立的时候了，就在昨天，在我开始写这部“催泪书”之前她宣布：“我要做一个独立女性，有钱，行动自由。”——“对，交识所有的人，和所有的人上床，来去自由，”我在想，她是什么时候开始想要来去自由的——那是在一个汽车站，寒风冷冽，有很多人在那里，她本来是站在我身旁的，但却走开了，穿着一件滑稽的红色雨衣和黑色长裤，走到一家鞋店门口（正如勒罗伊挂在嘴边说的，**做你喜欢做的，最要不得的就是想做什么却不做**），我于是就跟着她，一边在心里不情愿地想着：“她倒真有一双来去自由的脚，见她的鬼去吧，我要再另找一个妞，”（现在这种情绪已经不是那么强烈了，读者可以从语气上看出）后来发现她去那家店只是因为她知道我穿着衬衫但没有穿内衣，她想让我站在没有风的地方，再后来，她告诉我说，她并没有像我想象的那样赤裸着身子在门厅里和人说话，那只是我的感觉，我想象着她要离开我，而实际上她只是想让我到一个温暖一点的地方等候，而我只是在凭空臆造然后思绪开始混乱最后大脑一片空白——这全都是因为嫉妒，在自寻烦恼……请同我一起承受这一切，如果读者诸君曾经历过爱的痛苦，请和我一同承受这一切，如果你能理解一个黑女人的眼睛里的黑色就如同一片黑色的海洋一样，你会让大海来解释大海的行为吗？或者，询问一个女人为什么她会把手伸向玫瑰？不——

顾虑，对玛多的黑人身份的顾虑，自然不仅与我母亲有关也与我姐姐有关，我以后或许会和她在一起生活，她的丈夫是一个南方人，还有其他一些人，他们都会感到被羞辱，丢面子，不再和我们来往——比如，就没有可能在南方生活了，我经常会想象这样的情景，就像在福克纳小说里月光下旧时的南方一样，我和惠特利医生抽出一张卷盖式书桌的桌板，边喝酒边读名著，屋外门前木柱上有几个蜘蛛网，几头骡子在松软的地上走着，如果他们发现这个宅子的女主人是一个黑人和切罗基印第安人的混血儿，他们会怎么说？这会毁了我的生活，以及我所有各式各样的美国人的，或者说，白人的野心和梦想——还有对她身体的不少顾虑，这说起来还真滑稽，现在想想还有点不能相信自己会有这样的顾虑，在一个嬉戏的夜晚我在灯光里看见过她的身体——那天晚上，她和我走过菲尔莫尔时，她坚持我们两个人都要把在这一个星期的交往中还没有开诚布公的事都说出来，这样可以让我们更加互相了解，于是我就坦白地说，尽管还有点犹犹豫豫地，“我想我看见了那东西，黑的，以前我从来没有看见过，垂着的，我有点被吓着了”（笑着说）——我这话肯定是伤了她，像一把匕首刺进了她的心脏，走在她的身边，在说出我的秘密时我能感觉到她身体的战栗——但是后来到了屋里后我们两个都像小孩那样在灯光下查看了她身体的那个部分，看得很是仔细，发现那儿的体液并没有什么不同，和其他女人一样，如此这样查看过后我确实放心了——而对她来说，我的坦白倒也让她对我的热情更加高涨了，她知道我至少不会再像蛇那样藏掖其他秘密——我不需要辩解但我完全没有办法再理解自己的感受，没法再看清自己，因为我对玛多的爱让我彻底告别了我以前有过的美妙幻想——还有，之所以在和她的交往中这些不断冒出来的顾虑并没有阻挡住我和她关系的深入，是因为她不仅性感甜蜜，还对我很好，而且我们俩在海滩上时在别人眼里还真像是一对（不过也正是因为这个影响了我与那些地下人的关系，在但丁酒吧里他们看我的眼光变得越来越冷淡，在街上时也一样，原因自然是因为我把他们的玩偶夺了过去，而且还是他们那里最有头脑的一个女孩）——亚当也这么说："你们两个很配，你算是找对人了，"他其时仍然是我的艺术督导，像父亲一样管理着我——不仅是这些，而且也是因为，虽然不愿意承认，同她的交往可以说明，我们这些这个城市里的"闲谈阶层"——我们都属于这个圈子——的生活是多么的空虚，那些"闲谈阶层"想通过这种方式来证明他们生活态度的合理，而实际上是出于好色和淫欲——是威廉·赖希那本充满睿智的书《性高潮的功能》，是读那本书带来的瞬间的欣喜绝妙的发现，给了我清澈的感觉，那种自从知晓塞利纳[①]那种个人的现代的悲哀以来很长时间没有遇见过的感觉，如同卡莫迪拥有的清澈，那是一

---

① Louis Ferdinand Celine（1894—1961），法国小说家，二十世纪最有影响的作家之一。

九四五年，我第一次坐在他的脚旁，那种如同沃尔夫的诗歌一样的清澈（我十九岁时，读他的诗的感觉就是清澈），赖希的书的清澈则是表现在它是科学的，日耳曼精神的，美的和真的——那种可以说是与我在一九四八那年突然得知的息息相关的东西，即世界上最重要的就是爱，那种恋人们漫步在森林中时洋溢在心中的爱，在赖希那里，爱被扩大了同时也被缩小了，被专指成（男人的）：性高潮——高潮的反射条件——一个人没有正常的性爱和性高潮就不会是一个健康的人——我用不着详述赖希的理论，那都在他的书里——但是，玛多却经常说："哦别把那个赖希弄到我们的床上来，我读过他那本鬼书，我不想用他的书来解释我们的关系……我讨厌他说的那一套，"（我也注意到所有的地下人，实际上是所有我知道的读书人都会用一种奇怪的方式贬低赖希，即使不是读后马上就这么说，过后不久也会那么做）——此外，玛多从正常的交合中得不到快感或高潮，只有在这之后通过我给她的一点刺激（一种从我与我性冷淡的前任妻子相处中总结出来的老法子）中才能得到，所以要让她高潮到来对我来说并不是难事，但是她后来对我说："你这么做只是为了让我得到快感，你真是好心，"这样的话忽然间让我们两个人都没法接受，她又接着说："我想我们还是分开吧，我们总不在一起，而我又要想独立——"于是顾虑又起，开始考虑是否该把玛多看成是我长久的爱人和妻子，不顾家人的反对，尤其是我的母亲，我亲爱的母亲，尽管对我很好，但同时也对我严加看管（从我自己的感受和她对我的影响来说是这样的），真的那样——反正是影响了我——"莱奥，你总是和你母亲住在一起，我认为这对你不好，"早些时候，我的自信心还很足，玛多这样的话只是让我这样想："这仅仅是出自她的嫉妒，当然很自然，她自己没有什么亲人，就和那些接受现代心理分析法治疗的人一样，他们都恨母亲"——然后我就会大声说："我非常非常爱她，也非常非常爱你，你没有看见吗，我在想尽办法分配我的时间，在你们两个之间——我还要写作，要挣钱，当她在一家店里工作了一天，很疲倦，晚上回家来时，我把晚饭准备好了，你知道吗，那种感觉真好，晚饭好了，还把马提尼酒摆了上来，八点前把碗洗掉了，这样她就有时间看电视——那是我在铁路上干了六个月的活给她买的，知道吗？"——"这样看来，你为她做了好多事了，"亚当·穆拉德（我母亲认为他是个疯人，坏蛋）有一次也这么说："你真的已经为你母亲做了很多事，可以暂时忘掉她了，你有你自己的生活，"那也正是我母亲告诉我的话，在旧金山南部黑蒙蒙的夜晚，我们那个时候正和汤姆·柯林塞斯在月光下休憩，好多邻居也加入了进来，"你有你自己的生活，我不会干扰你，莱奥，你可以做任何你喜欢的事，你自己决定，当然，我没有问题，"我在一边呆呆地想着，意识到这只是我一厢情愿，认为我母亲真的很需要我，如果我不在旁边的话她会活不下去的，但是与此同时我也有满肚子的理由告诉我自己一年中可以离开她两三次，出外旅行，去墨西哥、纽约或者是上船去巴拿马运河——对玛多成千上万的顾虑，现在都烟消云散了（即便是没有来自赖希的点拨，结果也会是如此，他只是证明了生活是那么简单，只不过就是男人进入女人的身体，两个人轻柔地摩擦——这样的真理，这样简单明了的真理，但现在它真让我愤怒地要叫喊——我得出了我自己的关于两性的真理，那就是"直觉"）现在，顾虑不再有了。但是，即便这样，我还记得后来问过她是不是真的偷拿过伯纳德的黄色图片，最后一次她真火了："我告诉过你了，告诉过八次了，我没有拿过他的东西，我也告诉了你无数次我那天晚上穿的那件外套没有口袋，一个口袋也没有——根本没有，"但是这并没有让我想到（在我的愚蠢之极的头脑里）是伯纳德自己有毛病，他有点老了，毛病也多了，总是责怪别人这个那个的——"莱奥，你没有看见吗？还一个劲地问我"——这也成为我对玛多的最后一个顾虑，我想过，她或许还真是一个小偷，来偷我的心，一个白人的心，一个黑女人偷偷摸摸无声无息地将神圣的白人带走，为的是日后的祭祀仪式，要把那些白人一一炙烤（还记得田纳西·威廉斯[①]那个讲述泡土耳其浴的黑人和一个白人小同性恋的故事吗？）因为不仅是罗斯·沃伦斯坦曾经当面称我是同性恋——"伙计，你是同性恋吗？你说话的样子就像个同性恋，"他是在我告诉他用文雅一点语气说话后对我这么说的，"你今晚是不是吸了太多了？你最多吸三次就可以了，别人肯定要比你厉害，吸完后再来几杯啤酒也没有问题，别吸四次，三次就可以了，"我的话还真羞辱了他，因为在北滩这里他是一个老嬉皮了，而一个像我这样新来的家伙却从他们这伙人里偷走了玛多，还炫耀自己是一个大作家——这他根本没看出来——出过什么什么书，洋洋自得，像一个小阿飞——把他们搅得一团糟，玛多就是故事里那个泡土耳其浴的黑人大佬，而我正是那个小同性恋，陷入恋情中而且被肢解得四分五裂，装在一个粗麻布袋中带到海湾边，在那里被一块一块、一点一点分给鱼吃（如果那哀伤的海水里还有鱼的话）——唉，她

① Tennessee Williams（1911—1983），美国戏剧家，同性恋。

会偷去我的心，吃了它的——所以她就那样告诉我说：“我没有偷那张图片，我相信艾尔沃德也没偷，你也没有，就是伯纳德本人有问题，他有点恋物癖”——但是即便这样也没有说服我，直到那个晚上，那次——对她最深的顾虑从心中油然升起，都是因为她告诉我了那件事，那时她正和杰克·斯蒂恩住在商业街的一个破屋子里，靠近海员工会大楼，一次在抑郁中，她坐在杰克的一个包前想着是不是要打开它看看里面有什么东西，她想了好长一阵，后来杰克回家来了，查看了他的包，觉得有些东西不见了，他于是恶狠狠地、愤愤地说：“你是不是翻了我的包?”她几乎要跳起来说“是的”，因为她确实这么做了——“我的确想要翻的，一整天都在这么想着，突然间他盯着我看，那种眼神——我几乎要失控了”——但是她这么说了后也没有改变我脑子里偏执的多疑症，在那两个月的时间里，萦绕在我脑子里的是她说的话，“是的，我是翻了他的包，但是没拿什么，”我认为她事实上对杰克说了假话——但是现在看来，事实是她只是想过要这么做而已——我的猜疑都是偏执症造成的，这是我的自白——顾虑，就这样，烟消云散了。

现在我需要玛多，我要她——六个月前她告诉我她的心被一种疾病侵袭了，而且去除不了——这会让她变得更美丽吗？——不管怎样，我要玛多——因为，因为她就在我眼前，站在那儿，身穿黑绒衬衫，手插在口袋里，身形消瘦，慵懒，香烟叼在嘴里，烟雾盘旋着冉冉上升，剪得很短的黑发梳理齐整，油光发亮，她嘴唇上抹了口红，淡褐色的肤色，黑幽幽的眼睛，阴影在她的颧骨上闪动，她的鼻子，从下巴到脖子那一段柔软的曲线，那小小的喉结，如此嬉皮，如此帅气，如此美丽，如此摩登，如此新潮，如此不可琢磨，让我惊叹不已心跳不止，在林子中我的这间小茅屋里——我要她还因为她那次在街上模仿杰克走路的样子，真是让我惊讶不已，亚当也在场，但他严肃地看着她的模仿，全神贯注，并抱以怀疑的态度她所做的只是先从与她一同在街上走的这两个男人中间脱身而出，大步走在他们前面，在前面的人群中间开始轻轻地扭动胳膊，迈开大步，然后在街角停下来摆出一个姿势，脸朝上像是维也纳女哲学家——看着她的身形，我真是心动不已，头脑里闪现出那首歌——法语的……我可以用法语为她歌唱……

夜晚的家，我们一点小小的欢乐，她吃着橘子，吃的时候发出很多声音——

我笑了起来，她小小的黑眼睛看着我，因为笑得太厉害，她溜圆的眼珠都隐藏到了眼睑后面（脸都变形了，露出了她小小的牙齿，闪着光亮），我头一次在雷利·奥哈拉那里见到她，在屋子的一个角落里，我记得，我把脸凑近她的脸，和她谈论读过的书，她也把脸靠近我，那是会融化一切、淹没一切的海洋，我完全可以跳进去畅游一番，但我对那种浓浓的情绪起了恐惧，于是把目光挪开了——

玫瑰红的扎染印花大手帕包在她的头上，给我们的床点缀了喜悦，她像一个吉卜赛女郎，先是玫瑰红的，后来换成了紫色的，黑黑的短发从紫色的头巾里冒出来，眉宇间泛着磷光，衬着她褐色的皮肤，像林中的树木那样的棕褐色——

她小小的眼睛如猫那样灵动——

我们在夜晚放格里·马利根的唱片，声音放得很大，她边听边咬着指甲，脑袋从一边晃向另一边，慢慢地，像是一个在很虔诚做着祈祷的修女——

她抽烟时会夹着烟向上放在嘴里，然后眯缝起眼睛——

她一直读书到天暗，头靠在一边胳膊上，堂吉诃德，普鲁斯特，什么都读——

我们躺着，互相看着对方，眼神直直的，静静的什么也没说，头在一个枕头上——

有时候我的头在她的头下面，当她说话时我看见她的下巴在动，脸上现出一个酒窝，脖子上出现女人有的纹漪，我观察得非常非常仔细，眼睛直入她的身体，她的脖子，下巴，我知道她是我见过的最有女人味的女人，浅黑色的肤色，美若天仙，总是那么哀怨、深沉、平静——

当我在屋子里一把抓住她小小的身体，紧紧抱住她时，她大声叫起来，狠命地挠我痒，我不得不笑起来，她也笑了，眼睛发出光芒，她用拳头捶我，她还想用一根细软的鞭子抽我，她说她喜欢我——

夜幕下神秘的屋里，我和她躲了起来——

清晨，两个裹在破衣里的身体，相拥无间——

“我的妹妹!”我第一次见到她时头脑里突然间冒出这个词儿——

灯灭了。

我想象，和她一起在一个众人齐聚的大派对上，双双鞠躬，远远地有帕里斯[①]神在闪光。

① Paris，希腊神话中的特洛伊王子，因诱走斯巴达王妻子海伦引起特洛伊战争。

总是会想要试试她，那还是因为“顾虑”的缘故——真的，“顾虑”——我要在这里谴责自己，我的混账行为——为何会有如此这样的测试？简单说来，有两件事要提一下，第一，那个晚上阿里尔·拉瓦利纳，一个很有名的年轻作家突然出现在面罩酒吧，恰巧我正和卡莫迪在酒吧，他现在也是一个名声很大的作家了，那天刚刚从北非过来，玛多则在但丁酒吧的一个角落里，她于是在两个酒吧间穿梭来往，有些时候她一个人过去看看朱利恩以及其他一些人——我看见了拉瓦利纳，叫了他一声，他走了过来。——因此，当玛多从但丁酒吧过来让我回家，我不想离开，我告诉她这是一次很重要的文学会面，这两个人（一年前卡莫迪曾和我一起密谋一件事，那时我们正在墨西哥浪迹天涯，“嘿，写封信给拉尔夫·罗伊吧，问问我怎么能够见到那个帅哥阿里尔·拉瓦利纳，伙计，看看这本书《认识罗马》的背面，那家伙还真是人模人样，你说是吧？”关于这一点我很同情他，尽管他和伯纳德一样，有点怪异，但他对我的书很是熟悉，所以我就写了那封信）他没有回信，但现在冷不丁地出现了，就站在那儿，我一眼就认出来了，因为有一次在纽约的一个舞会上我见到过他，那会儿大家都穿燕尾服，我和一个风度翩翩的编辑在灯火璀璨的纽约与一些文人墨客会面，其中有莱昂·丹尼利恩，我冲着他叫了一声：“阿里尔·拉瓦利纳！到这里来！”他就这么过来了。——当玛多过来时，我很兴奋地对她耳语说：“这就是阿里尔·拉瓦利纳，你说神奇吧？”——“是的，但是我要回家。”——那些日子里，她对我的爱被我撇在了一边，她跟着我只是如同一条可爱的家狗到处追着我走一样（就像是在我神秘的想象中，我们在墨西哥的那种场景一样，她跟着我穿行在墨西哥城的大街小巷、贫民窟，像一个印第安女人那样，不是和你走在一起而是跟在后面)，我于是应付她说："等一等，你先回去，等我，我要和阿里尔聊聊，完后我就回家。"——"上一次你也这么说，结果你晚回来了两个小时，你不知道你给我造成了多大的痛苦。"（痛苦!）——"我知道，但是是这样的，"我把她拉到街边试图说服她，尽管我已经喝了不少，但为了表明还清醒着，我在蒙哥马利街还是克莱街上倒立，一些小混混从旁边经过，看到了，说了句："好样的!"——最后（她笑了），我把她送上一辆出租车，她回家等我去了——我回去见卡莫迪和拉瓦利纳，他们俩也都很兴高采烈，鼻子都贴在玻璃窗上了，这真是一个奇妙的年轻人的文学世界，"我要请大家一起来看看卡莫迪和拉瓦利纳，尤其是那个伟大的拉瓦利纳，尽管没有更比我伟大，不过也是足有名气、引人注目了，现在在这个面罩酒吧我们聚在了一起，简直不可思议，一切都联系起来了，雨夜的神秘、疯狂的大师级作家、未踏足过的道路……一切皆回到了一九四九，一九五〇年，历史像面包屑被收集到一起，集中到了这个面罩酒吧里来了"——（带着这样的思绪我回到了酒吧）坐下继续喝——后来三个人又一起到了佩特十三号，在哥伦比亚大街上，一个女同性恋集聚点，卡莫迪喝多了，先开拔了，留下我们两个继续在那里闲聊，啤酒还是上个不停，忽然间一种不可名状的恐惧感袭上心头，我仿佛觉得自己成了威廉·布莱克，要不就是那个疯狂的简，或者是患精神病的克里斯托弗·斯马特[1]，反正是酒精上了脑，行为失常，一把抓住拉瓦利纳的手狂吻

---

① Christopher Smart (1722—1771)，英国诗人。

起来，一边还叫喊道："哦，阿里尔，亲爱的——你会成为——你这么闻名——你写得那么好——我铭记在心——"胡说了一大堆，现在都记不清了，能记住的就是酒后胡言，拉瓦利纳是同性恋，人人皆知，这下是不是给了他一个信号？——我们来到了他在酒店里的一个套房里——第二天早上我醒了过来，发现躺在沙发上，心里一惊，突然意识到我根本就没有回到玛多那里，在出租车里他给了我——我问他要了五毛钱，他给了我一元，说："你欠我一元，"我赶紧从酒店里出来，在烈日下快速奔跑，因为酒喝得太多已不成人样，我来到她在天堂巷的住处，她正在穿衣服去做诊疗——哦，可怜的玛多，黑黑的小眼睛痛苦地看着我，她在漆黑的床上等了一个晚上，而眼前这个人跌跌撞撞地才刚刚回来，不仅如此，我还又冲下楼去买了两听啤酒，为的是让自己醒过来（拿"老公牛"巴隆的话说就是"约束一群凶狗"），她洗漱完毕出去，我在后面欢呼雀跃——我去睡了，等着她回来，下午晚些时候，我醒过来听到弄堂里孩子们的叫喊声——恐惧，恐惧感又一次袭上心头，于是决定："我要马上给拉瓦利纳写一封信，"信里附了一元钱，为自己喝得如此糊涂表示歉意，我的行为肯定是误导他了——玛多回来了，没有怨言，只到后来才有一点点的表现，日子就这样过去了，她很大度，也很忍让，原谅了我，在我出丑的几天后还给我写了一封信

亲爱的，

冬天马上就要到来

你不觉得很好吗？——

炎热的日子已经有很长时间，我们抱怨不断，现在酷暑马上就要过去，风中已有一丝凉意，你可以在穿过天堂巷的弄堂风中，在仰头看天空时，在街灯如波浪般闪烁的夜晚感受到——

> ——生活会变得更加宁静一点——你会在家里写作，会吃上可口的饭菜，还有，我们会在一起度过美好的夜晚，身心相拥——你在家里，可以休息好，吃好，因为你本不应该太哀愁——

事情的缘起是一天晚上我和她还有刚刚到来的尤里一起在面罩酒吧，他当时是我的一个小兄弟，后来成为敌人，突然间我说道："我感到有一种无法释怀的悲伤，就像要死一样，真不知怎么办?"尤里建议道："给萨姆打电话"，在悲伤情绪笼罩中我给萨姆打了电话，一般情况下，他不会理睬，他是一个报人，又刚做了父亲，没有时间胡扯，但我的情绪急切，所以他也很认真地回应了，让我们三个人到他在俄罗斯山的公寓里去，我们到了他那儿，我已是醉得比平常更厉害了，萨姆和往常一样给了我一拳，说"你个糊涂蛋，佩瑟皮耶"，还有"你肚子里全是垃圾"，他接着说："你们这些加裔美国人都是一个货色，我确信你至死也不会承认——"玛多在一旁看着，发笑，她只是喝了一点点，萨姆最后也喝多了瘫在那里，就和平常一样，但是并没有真醉，他倒是想醉，他趴在矮桌子上，桌子上面堆着三英寸高的烟灰盒，还有一些饮料和一些小摆设，他妻子刚把孩子从摇篮里抱起来，看着这一切，发出叹息——尤里没有喝，只是看着，眼睛瞪得溜圆，他第一天到这里时就对我说：

“你知道，佩瑟皮耶，我真的很喜欢你，我真的很想和你交流，”我本应该对他有所怀疑的，他对我这种天真行为产生了一种邪恶的兴趣，其实他真正感兴趣的是玛多——

——因为你并不应该太哀愁

这就是玛多在那个糟糕透顶的晚上写的东西，那么甜蜜，她本人却是心都要碎了——第二件事也差不多，是在那个和拉瓦利纳一起的晚上的后一晚，拉瓦利纳这个花季少年两年以前在一个疯狂的派对上曾经和米基在一张床上睡过，那个派对是我花了几天操办的，那期间我和米基住在一起，他是那个派对上的闪耀明星，大家的宠物，那个晚上我在面罩酒吧看见了拉瓦利纳，还有弗兰克·卡莫迪和其他人，大家都拽着他的衬衫，让他和我们一起到别的酒吧去，跟着我们走，在一片混闹中，玛多最后忍不住对我吼道：“要么是他，要么是我，见鬼，”我也算是一个地下人，但是大家对她与我的关系并不当一回事（她通常喝得不多，但是现在很会喝了）——她于是自己走了，我听到她说：“我们结束了，”但是我完全不相信，事情不会是这样的，她后来回来了，我又看见了她，我们又黏在一起，我又一次成为了一个坏孩子，那样子就像同性恋，这让我很头痛，早上在天堂巷醒来又喝了啤酒后尤其如此。——这是一个不会喝酒的人的自白——所以她的信才那么写：

因为你本不应该太哀愁——你要好了，我会更好原谅，忘却所有这一切愚蠢的行为，她只是想这样做，“我不想和你的那些朋友出去喝酒，喝得醉醺醺的，还老是去那个但丁酒吧，看到朱利恩那些人，我只想我们在家里安静地待着，听 KPFA[1]，读书，或者是别的一些事，比如去看演出，我喜欢那些演出，还有市场街上的电影，我真的很喜欢。”——“但是，我不喜欢电影，生活比电影更有意思!”（又一次扫了她的兴）——她甜蜜的信继续写道：

> 我心里有一种奇怪的感觉，脑中重新经历了一遍许多昔日的往事

——在她还是十三四岁时，她时常从奥克兰的学校里逃学，坐上渡船到市场街来，在那里看上一整天的电影，然后到处闲逛，脑子里全是电影留下的幻想，她会观察周边，看到各色人群，一个黑人小女孩闲逛在满是酒鬼、小混混、白人、警察、卖报纸的等各色人等聚集的街上，人群混杂，满是色眼，灰色的天空雨下个不停——可怜的玛多——“那时我会产生很怪异的性幻想，不是那种和人进行性行为的感觉，而是一种奇怪的状态，我会在街上花上大半天的时间试图弄明白是怎么回事，怎么会有性高潮的感觉，我很少会有高潮，我从不自慰，根本不知道怎么弄，有时我梦到我父亲或者是别的什么人离开我、弃我而去时，我会猛然间醒过来，腿中间湿了，在市场街时会有同样的感觉，只是那种焦虑都是从电影里来

---

① 旧金山湾区新闻与音乐广播电台，1949 年由听众集资创办。

的。”——我的脑子里出现了这些场景：灰蒙蒙的银幕上一帮子歹徒杯盘狼藉大雨倾盆子弹飞梭枪声犀利云雾荒野，疯狂的世界！——“亲爱的（大声说道），我真希望我能看到你在市场街上的那个样子——嘿，我敢说我看到你了——我发誓我真看到你了——你那时十三岁，我二十二岁——那是一九四四年，是的，我一定是看见了你，我那时候是个海员，我经常在那里，我认识那些在酒吧里的家伙——”所以她在信里这样说道：

> 脑中重新经历了一遍许多昔日的往事

也许，回溯过去的时光，那些日子，那些幻想，以及早些时候在奥克兰家里的可怕遭遇，她的姑姑歇斯底里地揍她，或者说几近歇斯底里地，还有她的姐姐们（尽管偶尔小姐妹们也会表现出亲密，睡觉前亲吻，在对方的背上写字等）让她不好受，她在街上漫无目的地逛游，同时还深深地陷入沉思之中，那些男人们个个都盯上了她，那些从幽暗的门洞里出来的黑皮肤男人们——信接下去写道：

> 我有预感，我害怕，但是一切又都那么清冷、沉寂——唯有无尽的夜晚才能抚慰，但同时这种感觉也愈发尖锐，愈发真切——仿佛伸手可触，仿佛更易解决

——那文字真的很有韵律感，我记得也就是从那时起，我开始钦佩她的才情了——但是与此同时，夜幕降下，我坐在我的工作台前，会这么想道：“她说的就是那一套，那种什么心理的东西，那种城

市知识分子用来分析什么原因和结果的东西，全是颓废的玩意，看不见喜悦，看不见意志，也不见勇气——兴奋之时，萎靡开始，这正是她的问题，她就像亚当，就像朱利恩，还有其他的那些人，害怕陷入疯狂，这种恐惧缠绕着她不放——感谢上帝，**我不是这样，不是我**”——

但是我为什么要对你说这些？可是你要知道我的情感都是真的，你也许看出来了或者感觉到了我说的这些话，为什么要写这些东西——

——很神秘，很有魅力——就像我经常告诉她的那样，细节不够，要多一点具体的细节，细节就是生活，我说，把你脑子想的都说出来，别掖着藏着，也别做什么分析了，有什么说什么，“这就是（我拿着她的信说），一个典型的例子——不过也没关系，她到底还是一个女孩——哼”——

你现在在我心中的形象很怪

——我看到了这句话的蕴意，就像树上的枝桠在轻轻摇动——

我感到一种距离把你我相隔，你或许也感受到了这个距离，它让我看到了你，温暖，友好

然后是一行小字体的字，是后来加进去的，

（充满爱意）

是为了让我在看到这封来自恋人的信中有“友好”这类字眼不那么沮丧——但这个复杂的句子实际上寓意不单单如此，因为它被改写过了，改写后的句子就让我觉得没那么有趣了——句子是这样的：

我感到一种距离把你我相隔，你或许也感受到了这个距离，照片上的你温暖，友好，（且充满爱意）——那是因为我们都在经历某种焦虑，虽然我们从来没有真正地谈起过，但它们非常相似——

她笔下流出的一种神力，延伸到了我身上，突然间我为自己感到可悲，我看到我自己就像她一样落入人生的海洋之中，但却浑然不知人生之苦，她本来应该是我的至亲，却不知道为什么会有这种距离感，我们俩被这种感觉缠绕着，深陷其中，就像在大海里一样——

我要睡了，为了做梦，也为了醒来

——这是暗示我们把梦记下来或者是醒来时把梦说出来，所有的那些梦（以后还会展示的）和我们有过的心灵交流，眼睛闭上后的通灵感应，所有的思绪都会在把光辉照向永恒的水晶吊灯里聚会——吉姆——还有，我也真的非常喜欢她说做梦，醒来时的那种韵律感，不管怎样，我为我自己拥有这么一个有文字感觉的女孩感到自豪，在我的这张超然若知的写字桌上我继续读道：

你有一张美丽的脸孔，我想像我现在这样一直看着它——

——那个纽约女孩的话语，现在却正从柔弱温顺的玛多口中说出，真有点不可思议，事实上我开始感到自豪，而且深信不疑（哦，平平常常的信件信纸，哦，我回忆起坐在空旷的纽约机场边的一根圆木上，看着载有邮件的直升机飞来，抬头望时我看见了地球上所有天使的微笑，她们写的信就在那里面，她们的微笑，那中间也有我母亲的微笑，她俯身在信纸上写下甜蜜的话语，写给她的女儿，那天使般的微笑就像工厂里辛劳工作的女工的笑脸，传递出无尽的祝福、美丽和勇气，我看到了这一切，可我又如何配说这话，看看我怎么对待玛多的吧）。（哦，天上的和地上的天使们，请原谅我吧——不是说即使是罗斯·沃伦斯坦也会进入天堂吗?）

请不要在意我用的连词和双重不定式还有那些隐含的话语

——我的注意力再次被激起，我想这也是她第一次意识到是在给一个作家写信——

我真的不知道要对你说什么，这个星期三上午我想跟

你交流一下

但是这封信到我手里时晚了很长时间，在她星期三见了我以后才到，所以也就失去了原有的那种效果

我们就像两个动物逃向温暖黑暗的洞穴，孤独地咀嚼痛苦

——我开始了关于我俩愚蠢的幻想（毕竟喝的那些酒起了作用，还有久居城市让我对城市起了厌烦），我想到了密西西比河的森林，森林中间的一个小木屋，只有玛多和我，让那些威胁要给黑人施以私刑的人见鬼去吧，我因此这样写道："我希望你那句'动物逃向温暖黑暗的洞穴'的意思是你要想做那样一个女人，一个真的能够和我居住在森林中的女人，万籁俱静，唯有你我，我同时像是光照万世的帕里斯，而你要和我一起变老，在我们的静谧的小木屋里。"（忽然间我觉得自己是威廉·布莱克，在清晨的伦敦，晨露未消，旁边的是他的柔顺的妻子，克拉布·罗宾逊[①]马上就要到来，他要带来一些蚀刻画，但早餐桌边的布莱克沉浸在对耶稣的想象中）——哦，玛多，真让人遗憾，你的眉宇间怎么就没有表现出有一丝这样的想法，我本想吻你，但却看到了自尊给你带来的痛苦，好了，别再用十九世纪的浪漫遮掩法了——生活是具体的——（你

① Henry Crabb Robinson（1775—1867），英国律师，生前撰写日记记录了很多名人的言行，包括布莱克。

或许可以在一个女人面前装模作样、神态飞扬、大说特说什么十九世纪之类的，但是一旦连基本的生活条件也没有了，也就什么都不管用了——这个女孩失去的东西我要把它找回来，它就隐藏在她的眼睛里，她未来的喜悦和力量之中——从他的嘴里我们只听到了这句话："是的，我爱你"）——信的结尾像一个漂亮的小馅饼——

> 给我写封信吧，请保重，我的朋友，我的爱人。哦（这几个字有很多涂改过的痕迹）（后面是很多个X，当然是表示无数个吻的意思），永远爱你的玛多（下面划线）

最奇怪的，最突兀的——是那个"请"字——她的最后一次恳求，虽然我们俩都没有意识到——而我竟然对她胡扯了一通，又发了一顿牢骚作为对她的信的回复，这都是因为那次手推车事件让我火冒三丈。

（但是今晚，这封信是我最后的希望）

* * *

跟前几件事一样，这个手推车事件也发生在面罩和但丁酒吧，我写作间隙来酒吧看玛多，那氛围让我们很想喝酒，不知怎么的，我突然很想喝法国勃艮第红酒，上个星期天我和弗兰克，亚当还有尤里在一起品尝过那酒——其实我要说的是**那场梦**——这个手推车事件的核心——哦，血腥的梦！梦中出现手推车，而且一切都有了预兆。这一次，和往常一样，又是一夜豪饮，还有和那个着红衬衫的小同性恋过了一夜——之后，大家自然又都起哄道："莱奥，你真是出了洋相，和那个红衬衫小子厮混，你现在名声大噪了。"——"但是我是想把他弄给你的。"——"随你怎么说。"（亚当说）"真的。”——弗兰克说：“你真是出名了。”——我说：“我不在乎，你还记一九四八年那个怪里怪气的作曲家西尔维斯特·施特劳斯对我很生气，因为我没有和他上床，仅仅因为他读过我的书，觉得很好，他就可以对我大叫大嚷：‘你的事，你的那些名声，我知道的很清楚。’——‘是什么呢？’——‘你和那个萨姆·维德在海滩上游逛，结识那些海员，给他们东西抽，这之后他们就任凭他摆弄了，我知道你们这些事。’——‘你从哪儿知道这些好听的故事的？’——你是知道这个事的，弗兰克。”——“我倒要好好想一想（弗兰克笑着说），只要看看你在面罩酒吧做的这些事，总是喝个烂醉，你要说你不是天下最胡来的家伙，我还真不信（典型的卡莫迪那种入木三分的话），”然后是亚当：“是的，那不假。”——喝醉了和那个红衬衫男孩待过一夜后，我和玛多在一起，睡觉时我做了一个最可怕的噩梦，所有人都在我们的床边，我们在床上躺着，看着一件件事发生。已经死去的简也在那儿，她在玛多的一个柜子里藏着一瓶托考伊葡萄酒，从柜子来拿出来后，给我满满地倒了一小杯，太满了以致酒从杯里溢了出来流到了床上（这是象征着要喝更多的酒，更加烂醉）——弗兰克在她的旁边——亚当走出了门口，走下一段摇摇晃晃的木头阶梯，来到了漆黑的、摆放着意大利手推车的电报山街，那儿聚集着一些地下人，他们正“专心致志地在看一个刚从俄国过来的老者”，他正在做一种仪式，手上拿着一个从一个木桶里取出来的鱼头（对了，在最热的那几天，玛多给一只从外面来到我们家的小猫一个鱼头，那个猫还真有了点人味，它会缠着要你抚摸它的脖子，不高兴时就对你喵喵叫，玛多给了它一个鱼头，在没有风的晚上味儿大的要命，我把一半鱼头扔到了楼下的桶里面，我打开冰箱想冰一下葡萄酒，手碰到了一团软软的东西，是一些内脏和鱼嘴，是吃了鱼身后剩下的，我把这些东西沿着防火道扔了下去，它们在那儿待了一个晚上，所以早上我醒来时，发现硕大的蓝色苍蝇在咬我，它们是闻到鱼腥味过来的，我全身赤裸，苍蝇们疯狂地朝我簇拥而来，这让我很恼火，另外，那个枕头也让我不舒服，我把这一切都归咎到玛多的印第安生活习俗，弄什么鱼头，还把一条鱼分成几个部分，她意识到了我的恼怒，但只是大笑而已，嗨，这只小鸟）——梦中还出现了那条小巷，亚当在屋里，还有那张我和玛多睡的床，和真的一样，我们身边有乱哄哄的声音——尤里也在那里，我把头转向一边（在被那些虫子叮咬了无数次以后），就在这当儿，尤里突然间把玛多摁在床上，两个人身子扭在一起，他疯狂地亲她——起初我没说什么——但当我看到他们继续这样，我一下子火了——这时我猛地给了玛多一拳，打在她的后颈上，这让尤里向我伸了拳头——我醒来了，我一把抓住尤里的脚后跟死死地抵在壁炉的墙上——从这个梦里醒来后，我把梦到的东西都讲给了玛多听，但没有说我打了她还有尤里那个细节——她（我们两个人有通灵感应，从悲夏到愁秋都有过体验，我有时晚上过来看她，而她则有感觉我要来）也像我一样梦到大家都在我们的床边，弗兰克、亚当，还有其他人，她还不断梦到她父亲在跑，在火车里面，她的感觉就与性高潮差不多。——“哦，宝贝，我不想再这样喝个不停了，要不这些噩梦会要了我的命的——你不知道，我在梦里是多么的嫉妒”（我对玛多仍没有这样的感受）——造成这个梦魇的原因是她对我与那个红衬衫男孩胡闹感到很不安（“实在是一个让人不能忍受的家伙，”卡莫迪曾经这么说过，“尽管长得很好看，但是，莱奥，你真的很可笑，”玛多也这么说：“你的行为像一个小孩，不过我喜欢。”）——她的反应当然是很冲动的，在面罩酒吧当着大家的面，包括那些从伯克利来的朋友，他们都听到了她说：“要么他，要么我!”更有意思的是，后来她的愤怒用一种很幽默的形式表现了出来。回到了天堂巷后，她在屋里看到了一只气球，可爱的年轻作家约翰·戈尔茨曾经住在我们楼下，他和巷子里的孩子们那时整天都玩气球，有些气球就来到了我们的门厅里，玛多于是就抱着气球（醉醺醺的）跳舞，推过来，推过去，拍上拍下，她身体的姿势不由得让我害怕，担心她是不是要犯病，她可是一直都在去医院做心理诊疗啊，但是她说的那些话，那么确切，似乎又什么情况也不会有，“你可以走了，我有这个气球。”——“你是什么意思?”（我，醉醺醺地躺在地板上，眼睛模糊）——“我现在有了这个气球——我不需要你了——再见——走吧，别打扰我了。”——尽管我醉得糊里糊涂的，但这话还是让我感到了分量，我躺在地板上，睡过去了，她则在玩气球，最后上床睡觉，天亮的时候她把我叫醒，我脱掉衣服上到床上——我们两个人双双梦到床边全是人的场景——我头一次感到一种**内疚加嫉妒**的感觉从我心里升起——这是整个故事的核心：我要玛多，因为她开始拒绝我了——**因为**——“但是宝贝，那只是一个离奇的梦而已。”——“我是那样嫉妒——我不能容忍。”——突然间我似乎又听到了我们两个人相处的第一个星期里，玛多说过的话，也是我曾经默默想到过的，那就是：实际上，在我的心里，我的写作要比玛多分量更重，尽管就像所有的浪漫情事一样，在最初的一些日子里，炽烈的情感可以把其他的一切抛在一边，但是随着热度慢慢降下来时，现实世界的理智和常识开始回归，所以我也就这么对自己说：“我的工作比玛多更重要。”只是，她在第一个星期就感觉到了，现在她这么说道：“莱奥，现在情况不同了——你的情况不同了——我也一样——我不知道到底是什么起了变化。”我心里很清楚，但是装作不知道，更不回应她——现在想起来，我记得，就在做了那个她和尤里亲热的噩梦之后，我察觉到情况有点变了，我能感觉心里有了芥蒂，一种新的怅然若失，眼前的玛多也似乎是另外一个人了——当然，这样的变化不仅仅发生在我身上，因为我做了那个戴绿帽的梦，也发生在她——梦中的主角的身上，尽管在她的梦中没有那个情节，但是显然她参与到了与梦相关、让我悲哀的、理不清头绪的生活之中了——我仿佛看到这个早上她看着我说，我们的关系过去了——这不是因为那个气球的缘故，也不是因为她说的那句“你现在可以走了”，而是因为那个梦，让我放不下、绕不过的梦，我都有点疯了，不停地想着这个事，到处说这个梦，喝咖啡时对她唠叨，最后当卡莫迪、亚当和尤里来时（他们也意识到我和玛多之间出现了某种涡流，都想知道是怎么回事，后来我发现他们甚至想参与进来）我开始跟他们叙述梦里的事，反复强调、强调、强调尤里和玛多那个情节，告诉他们每次我转头，都看到尤里在吻她——这些人也都非常想知道他们自己在我的梦中是怎么样的，我告诉了他们，但是轻描淡写地——一个阴郁的星期天下午，尤里出去买啤酒、菜蔬和面包——他吃得很少——我要说的不是这个，而是接下来看到的嬉闹场景，它让我心都碎了。我看到玛多和亚当在嬉闹，互相扭打在一起（亚当不是梦中的那个坏蛋，不过我猜想我当时肯定是把他看成尤里了），一阵心痛穿过全身，至今依然不散。身着牛仔裤的她扭动身子和他们绞缠在一起，看上去是那么可人，哦，那是怎样的痛楚啊！（我说："她很有力量，很壮，你没听说过她还打过杰克·斯蒂恩？不信，你就试试吧，亚当。"）——亚当先是和弗兰克争论擒拿技巧，意见不合的两人一下子就扭在了一起，此刻亚当则是把玛多摁在地板上，骑在她身上，完全是那种交媾的姿势（这本身并没有伤害我）——我为她的美丽，她和他们摔打在一起时的勇敢感到骄傲，她是那样帅气，无所畏惧，但又那么柔顺、温良，充满女性魅力。我想要知道卡莫迪的心中是如何想的（因为我觉得从一开始卡莫迪就对她没有好感，因为她是黑人，而他自己则来自得克萨斯，而且还一副风度翩翩的样子）。因为那个梦，尤里这个人在我的头脑里更加鲜活起来了，我对玛多的爱也增加了，猛然间我真正爱上她了——他们要让我和他们一起出去，到公园里去——这一次我已经和玛多说好，她同意了，玛多说："莱奥，我要待在这里，看书，做事，你和他们去，没问题。"——他们走出门，依次下了楼梯，我留在后面对玛多说，我爱她——她并没有像我期待的那样惊讶或者高兴——她现在已将目光放在尤里身上了，不光是我梦中看见的那种眼神，而且还更多了一点脉脉含情，把他当成了我的后继人了，这全是因为我对她持续不断的背叛和一次又一次的醉酒。

尤里·格里高利克：年轻诗人，二十二岁，刚从俄勒冈来，此前在一个大牧场里的食堂里端过盘子——个子很高，很瘦，金发，南斯拉夫人，模样很好看，做事鲁莽，特别是想压过亚当、卡莫迪和我，夺我们的风头，把我们三个人看成是"德高望重三人组"，作为一个无名小辈，但颇有才气的天才诗人，他自然整天想着怎样把挡在他前面的这几个家伙弄掉，出人头地——甚至还想着把他们的女人弄到手，这家伙生性不受拘束，是个乐天派——我倒是喜欢他，视他为又一个“小兄弟”（就像以前和雷利和亚当一样，我曾“教授”他们写作技巧），而现在我要把那一套教给尤里，他成了我的哥们，与我和玛多走在一起——他自己的情人，琼，离开了他，他曾对她很不好，但又想让她回来，她现在康普顿①生活，我很同情他，问过他往康普顿写信和打电话的情况，但我最想说的是，他突然间盯着我说：“佩瑟皮耶，我想要和你聊聊——我真的很想好好了解你。”——某个星期天在但丁酒吧喝酒时，我开玩笑说：“弗兰克迷上了亚当，亚当则看上了尤里，”尤里插话进来说：“我迷上了你。”

确实如此，他真的是这样的。在公园里和那些家伙们坐上一阵后，我疲惫地拖着脚步回家，星期天阴郁的天气就像我对玛多的爱引起的痛楚，让人哀伤，我要回家工作，吃周末晚餐，回来晚了，心中不免内疚，我看到母亲闷闷不乐，这个周末她一个人形单影吊，身上披着纱巾坐在椅子里……而我的思绪还全在玛多身上——我告诉了尤里“我梦见你和玛多在亲热”，此外，我们在去公园的路上路过一个卖汽水的地方，亚当要给萨姆打电话，我们在那里喝着柠檬水等他，我说：“上次我见到你的时候，我已经爱上那个女孩了，”他听完没说什么，我当然希望他是记住了。我不知道说这些有没有用。

我就这样思虑万千，想着她，想着我们在一起有过的美好时

---

① Compton，加州洛杉矶县南部的一个城市。

光，我意识到了一个事实，这个事实的重要性在不断放大，她是我所知道的唯一一个真正听得懂博普爵士乐而且还会唱的女孩，起初，在红色光线洒照下，我们在亚当房间那些亲昵的日子里，我记得她曾说过："当我精神恍惚、思绪迷乱时，我听到了博普乐声，从自动唱机还有红鼓酒吧里传来的声音，不管我在什么地方听到，我都会有一种新的、异样的感觉，没法描述。"——"到底是什么样的呢?"——"我真的没法描述，像是一阵浪穿过我，但又不止如此——我说不出来，你知道，没法用语言表达。嘀，嗒，嗒，嘀嘀嘀，"她唱了几个音符，那神态煞是可爱——那天晚上我们疾步穿过拉金街，走过黑鹰酒吧，亚当和我们同行，他跟在后面，紧挨着她的头，哼起了博普爵士调，唱得很是疯狂，我则不时地打断他，而她唱起了和声，非常合拍而且很有点现代的味道（我还从没有在别的地方听到过这样的调子，有点巴托克[①]音乐的味道，只是加进了爵士的调子），我还发出了爵士乐队里的低音提琴的声音（如同我在达文波特那个神奇的下午那样，唱出低沉轰鸣的声音，那个时候我是不期待会被人理解的），她则同样以和声相伴，就好像是奥西普·波珀的钢琴配以博普爵士，琴瑟相鸣（如此相配，让我想到了比利·埃克斯坦[②]的博普乐）——我们两个手拉手一路从市场街飞奔而下——心中充满喜悦，我们是从罗杰·沃克家一次糟糕的聚会里出来的（那是亚当做的安排，我默认的），那里全是一些乱七八糟的人，还有一个墨西哥年轻妓女，不过玛多却没什么不

---

① Bela Bartok (1881—1945)，匈牙利作曲家和钢琴家，1940 年移居美国。
② Billy Eckstine (1914—1993)，美国歌谣乐手，盛名于三四十年代。

舒服的，照样侃侃而谈，乐在其中——但是我们还是出来了，一路哼唱不断——

有一次我们在一块儿读福克纳，我给她读福克纳的《花斑马》，读得声音很大——当迈克·墨菲进来时，她让他坐下，一起听，但我感觉不对了，不能像之前那样读了，只好停住——第二天玛多一个人，孤零零地读完了整本《袖珍本福克纳文集》。

还有一次我们一起去拉金街看法国电影，在沃阁剧院看《低下层》①，我们牵手——尽管在市场街上她不愿让我牵住她的手，害怕街上的人会把她当成妓女，这也确实会给人这个印象，但是这却让我很不高兴，不过还是随了她，我们就这样在街上走，我想进一个酒吧喝一点葡萄酒，她却害怕吧台前坐着的一排戴帽子的男人，也是在这个时候我看出了她经常说的她对于美国社会的恐惧，一种缘于她黑人身份的恐惧，而以前这从没有引起过我的注意——我试图安慰她，告诉她和我在一起不会有什么事的，"甜心，我真的会成为一个名人，而你将成为人人尊敬的名人的妻子，所以不用害怕，"但是她却说"你不懂"，她这种小女孩式的恐惧倒也很可爱，让她变得秀色可餐，我于是也随她去，我们回了家，进入我们自己的、秘密的、黑暗中的温柔乡——

事实上，还有另外一些我们在一起的欢愉时光，其时我们，或者是我，没有喝酒，我们一整个晚上都在床上度过，互相讲鬼故事，讲我还记得很清楚的爱伦·坡的那些故事，然后我们自己编一些故事，最后互相做可怕的鬼脸、瞪圆眼睛吓唬对方，她向我描述

---

① 法国导演让·雷诺阿导演的改编自高尔基同名剧作的电影。

她白天在市场街上经历过的噩梦，那时她正患有紧张症（“尽管我那时不知道这个词是什么意思，我走路时身体僵硬，胳膊笔直不动，街上没有一个人敢和我说话，有些连看都不敢看我，我像死人一样走路，那时我还只有十三岁。”）（哦，她的嘴唇露出欣喜的样子，我看到了向外突出的一颗牙齿，我很认真地说：“玛多，你要立即去洗牙，就在你做诊疗的医院里，你可以在那里找一个牙医——都是免费的——”因为我在她牙齿的一角看到了牙垢，那会导致腐烂的）——她朝我做出一个可怕的鬼脸，脸绷得紧紧的，眼睛忽闪忽闪的像是天上的星星，这并没有吓着我，反而是让我更惊诧于她的美丽，我这样说道：“我在你的眼睛里看到了大地，你在我的眼里就是这样，你有那么一种美，这并不是因为我离不开大地、印第安人，或者一说起你我就唠唠叨叨地刹不住，而是因为我在你眼睛里看到了一种温暖——你做鬼脸的时候，我看到不是鬼脸而是欣喜——就像是一个角落里的婴儿床，旁边尘土飞扬，但是里面躺着的婴儿却睡得正香，哦，我爱你，有一天雨会落在我们的屋檐上的，亲爱的”——屋里点着蜡烛，所以我们的鬼脸就更加显得张牙舞爪了，鬼故事也更多了一分恐惧的色彩——我在这里是尽量往好的地方说了，不过还是不要忘了我的痛苦吧——

还是再来说说我们两人的眼睛吧。我们都闭上眼睛（当然还是在没有喝酒的时候，因为没有钱，没法买酒，贫穷本可以拯救我们的爱情的），“你准备好了吗?”我脑子里出现了闭上眼睛后见到的第一个东西，然后要她描述一下她看到的东西，真是神奇，我们看到的东西冥冥之中有一种联系，我看到了水晶挂灯，而她看到了泥沼地里的白色花瓣，与我在墨西哥和卡莫迪用意象交换的意象一模一样——玛多和我看见了同样的东西，有一些是形状稀奇古怪的东西，一些喷泉，有些我现在已经忘记了，因为也不是那么重要，但是却在我们互相描述之中汇拢到了一起，这种通灵感应真是让人欣喜不已，在我看到的水晶灯和她看到的花瓣之间达到了神秘的高潮——我看到她脸上掩饰不住的欣快，像是要把我吞噬下去，哦，我可以死了，别，别让外界打搅这一美妙时刻，上帝——蜡烛仍在摇曳，我在店里买了一堆蜡烛，屋角黑漆漆的，她赤裸着棕褐色的身体，快速奔向水槽——我们共用的水槽——我害怕向她描述我们见过的那同一种**白色**的意象，因为这样会提醒她我们之间的种族差异，它让我感到很内疚，现在想来这是因为爱意柔情的表现。

哦，昔日的好时光——晚上，走上诺布山街顶，带着一瓶皇家圣杯托考伊葡萄酒，酒香浓烈、馥郁，城市和海湾的灯光在我们的脚下，神秘叵测——我们坐在一条长凳子上，成双成对的恋人们和形只影单的孤行者们在我们面前经过，酒瓶在我们之间递来递去，我们说着话——她在讲述她在奥克兰度过的孩提时代。就像在巴黎一样——一切是那么柔和，微风徐徐而来，城市或许会热得发昏，但上下街道的行路者则仍然是疾步如飞——海湾的边上是奥克兰（啊，哈特·克莱恩[1]-梅尔维尔-我，还有那个美国之夜诗人兄弟会，曾经我以为那将成为我的祭坛，但，唉，现在谁还在乎！就是因为它，我失去了我的爱，因为它，我成了一个酒鬼、糊涂蛋、诗人）——穿过范尼斯大道来到水上公园海滩，坐在沙滩上，当我走过墨西哥人时，一阵强烈的音乐躁动在我身上升起，在过去的整整

① Hart Crane（1899—1932），二十世纪美国诗人。

一个夏天里，它一直在我心中萌生，我曾经有过的梦，我想要活力再现的愿望，像黑人、印第安人、丹佛的日本人、纽约的波多黎各人那样有活力，这个梦想在我和玛多一起走在街上时似乎成真了，在我的身旁，她是那么年轻、性感、亭亭玉立、同时又是那么的异样、嬉皮、鲜活，穿着牛仔裤的我感到那么自由自在，我们两个人都显得那么年轻（我说显得，是针对自己三十一岁的年龄说的）——警察让我们离开海滩，一个孤独的黑人在我们面前走过了两次，盯着我们看——我们在滑水道边上走，人们翻滚着、尖声叫着从滑水道下来，在月光下像是一些大虫子，看着这一切，她大声笑起来——我们嗅到了港口的气味，我们跳起了舞——

我记得那一次——在一个如同墨西哥高原或者是亚利桑那州干爽、清新的早上，我陪同她去医院做诊疗，我们没有坐公车，牵着手沿着内河码头走——我心中充满自豪，心想："在墨西哥她肯定也会像现在这个样子，没有人会知道我不是印第安人，我们在一起很相配，"我指着天上纯洁、剔透的云朵，说："亲爱的，墨西哥和这里一样，你会喜欢那儿的，"我们走过繁忙的街道来到那个灰色砖墙的医院，我本来是要从那儿回家了，但是她不想让我走，犹犹豫豫的样子，脸上的笑掩饰不住难过，我看到了笑意中的爱，于是同意留下，等她做完二十分钟的心理诊疗，她一出来，立即脸上放光，兴奋不已，快步奔向门口，那个我陪她来到的入口处，但她犹豫不定地徘徊在门口，几乎想取消这次诊疗和我出去闲逛，男人——爱——无价——我的宝贝——我所拥有的——无人能得到，即使他们能够得到，那也只是西西里人的半截子链条，接吻者吻到的德国靴子以及一把法裔加拿大人用的斧子——（我的意思是：我要把那些自以为是的诗人们一个个钉到伦敦的墙上）——在我等着玛多出来的时候，我坐在河边，旁边是沙砾铺就的在墨西哥常见的道路，还有草地和一排一排的房屋，我拿出一个素描本子，在上面寥寥几笔画上城市和海湾的天际线，点明城市里建筑的各个层次，从标准石油公司往下看到驳船上的水道，一些年老的船工们曾在那里遐想，人与人之间的差别真大这些不同的人，他们的想法会有多大的不同啊，前者是在摩天大楼顶层的老板们，后者是码头上的老水手，那些在灰色写字楼里的（楼下则是满是死尸的太平间）心理分析师们也只能让玛多知道这样一个事实，世界是如此巨大，而心理分析则仅是专注于一个小范围的分析，因为它只涉及表象，也就是分析原因和结果，说明为什么是这样，而不能改变——当她出来时，我把画的东西解释给她听，她并不在意，但她显然非常爱我，从内河码头到她住的地方，一路上她都拉住我的手，当我在第三大街与她分别，在晴朗温暖的下午跳上驶来的有轨电车时，她说："哦，我真不想让你走，现在我真的很想和你在一起"——"但是我得回去了，要把晚饭做好——然后写作——亲爱的，明天我会再来，记住十点准。"但是第二天半夜我才到她那儿。

我还记得那些时候，我们两人都达到了战栗的高潮，她说："突然间我晕过去了，"她是和我一起晕过去的，尽管她自己没有达到高潮，但是那种疯狂劲儿，足以让我们感受到了那滋味（赖希也是这样描述容易混淆的感受的），她的那种喜欢真是难以言表——我们在床上分享各自的感受，我向她讲述，她向我讲述，我们全身心用力，尖叫，翻滚——衣服扔得满天飞，跳向对方（在她去水槽的时候我不得不等着她，身体舒缓下来，说上几句笑话，逗得她大笑，水都从嘴里流出来）然后她跨过“伊甸园”轻轻地朝我走来，我把她抱上床，让她躺在我身边，我把她小小的身体扳过来朝向我，是那么的温暖，她身体的中心是那么的潮热，我吻她棕褐色的乳房，她柔滑的双肩——她的嘴唇不停地发出“嘶，嘶”的亲吻声，而实际上她并没有吻我，只是偶尔碰到了我，但是我还是要让她靠近我，让她那发着“嘶，嘶”声音的嘴唇贴着我的嘴唇，声音柔和悲哀，但实际上又不是如此——一个晚上她都会这样——当她身体不适时，当我们为此焦虑时，她会紧靠着我，胳膊挨着我的胳膊——这时她会变得像一只不会思考的疯狂的野兽——而我则会一整个晚上都在进入她的身体，直到最后终于拥有了她，我与此同时祈祷着，盼望着她也能拥有那心醉一刻，我能够听见她越来越急促的喘气声，我也急急地期待她身上那一刻的到来，这时，从厅房里传来了一个声音（或者是隔壁房间一个醉鬼发出的声音），她受到了干扰，心思一下散了，不得已笑了起来——但是，当那一刻真的来到时，我听见她哭叫起来，抽泣不止，突然间女性身体电触般的战栗的高潮感觉让她像一个小女孩一样哭泣，呻吟声在夜晚回响，那一刻足足延续了二十秒，当它过去时，她痴痴地说：“哦，为什么不能长一点呢?”“哦，什么时候还会有啊?”——“马上就会再有的，相信我，”我说，“你的感觉已经越来越好了。”——旧金山，潮湿，温暖，几艘老旧的平底驳船在退潮时轰鸣着过来，星星在夜空中闪烁，水里波浪翻滚，码头上有匪徒团伙丢弃的肢解的尸体，老鼠四窜，还有“影子”——我爱着的小玛多的影子，除了我的第一本小说以外，她还从没有读过我尚未出版的书，那部书确实有价值，但是文字风格过于沉闷，身心交流之后，现在我拥抱着她，期待有一天她会读我的书，进而仰慕我，还记得亚当有一次在厨房里突然奇怪地说："玛多，你是怎么看待莱奥和我这样的作家以及我们在这个世界上的地位的？"亚当知道玛多的想法与那些地下人差不离，而那些人让他既羡慕又害怕，他们的想法他是非常看重的——玛多并没有真的回答他，而是绕开了这个话题，所以我只有用我自己的书来套她的想法了——这就是我们在一起度过的好时光，不光这些，还有其他的，只是我记得模模糊糊的，但是我必须要说出来，天使们知道，她们会记录下来的——

但是，难道就没有不快的时候吗？——那些不愉快的时候其实和好时光一样多，在那些时候，我想着要对她好，本来也应该那样，但是最后却让我给搞砸了——在刚开始恋爱时，约会我会迟到三个小时，这对于刚相恋的人来说是太长了，结果她又生气又害怕，一大早，手插在口袋里闷声不响地在教堂附近走来走去寻找我，我从她家跑出来（看见她留下的说出去找我的纸条）（偌大的旧金山，从东到西，从南到北，站在栅栏边上的她看到的是一片荒芜，没有一丝爱意，戴着帽子的人们匆匆奔向公共汽车，无人在意栅栏边上这个裸露着身体的女孩，为什么？）——当我看见她时，我朝她奔去，半道上张开了手臂——

最糟糕的一次是有一次一团红色的怒火在我脑中升起，那时我正和玛多在雷利·奥哈拉家里，我们在一起喝酒，喝的是法国波尔多酒，大家喝得正是兴奋，我想到了一件事，把手搁在雷利的腿上，我说："听我说！听我说！"我急切地想说我的事，语调都有点哀求了，但与此同时玛多也在说话，而雷利整个儿把注意力放在她身上，还不时地和她搭上几句话，怒火在我空白的脑子里升起，我突然站起来冲向门，狠命地拉门，门锁上了，我把锁打开，冲出门厅，三下两下走下楼梯，脚底下像是抹了油，楼层在我眼前晃动，我的行为让屋里的人目瞪口呆，不知所措——半个小时后我打了电话回来，说是要在离雷利家三个街区的地方见她，但是还有希望吗?

还有一次，她需要一些钱买食物，我们已经说好我回家去取，然后给她带来并在她那儿待上一会，但是那个时候我还没有爱上她，相反，她可怜的要求却引起了我的烦躁，还有疑虑，对她本身的疑虑，于是带着这种疑虑我匆匆来到她的住处，她的朋友爱丽丝在那儿，这刚好给了我一个借口（因为那个女同性恋模样的爱丽丝，沉默寡语，行为怪异，难以相处），我把两块钱扔到水槽的碗里，在她的耳垂上快速地吻了一下，说道："我明天再来，"接着立马出门，也没有询问她是否可以——就好像是她拿了两块钱，接了一个客，而我心里并不舒服。

一个人要是心里有了疙瘩，怎么掩饰也掩饰不了——心情沉闷，尽管外表好像什么也没有发生，尿液在你的膀胱里积聚，肋骨收拢。

还有一次，她问我："亚当到底是怎么看我的，你从来没有告诉过我，我知道他不喜欢我们在一起，但是——"我于是把亚当对我说的一五一十告诉了她，而这本不应该让她知道的，因为会大大搅乱她的心境，"他说从社会的角度考虑，他现在是不会和你坠入爱河的，因为你是一个黑人"——我能够感觉到，她的震惊穿过房子的空间传到我的身上，然后沉沉地落下，我开始怀疑我告诉她亚当说的话的动机到底是什么。

另有一次，她的一个邻居，整天乐呵呵的年轻作家约翰·戈尔茨过来探访（他每天孜孜矻矻工作八个小时，为杂志写故事，崇拜海明威，经常给玛多一点钱，一个很友好的来自印第安纳的男孩，不像那种黏黏糊糊的神神秘秘的地下人，而是一副坦率、愉快的样子，在空地上和小孩们玩耍）他过来看玛多，只有我一个人在（我们两个人事先有安排，玛多那时正在酒吧里，前一个晚上她和一个她不太喜欢的黑人男孩出去，只是为了找乐，并且告诉亚当她这么做是因为她想再和黑人试一试，这让我很嫉妒，但是亚当对我说："莱奥，如果她知道你和一个白人女孩在一起，想试一试行不行，她肯定会高兴的）那个晚上我在她住的地方，边等边读书，年轻人约翰·戈尔茨过来借几根烟，看到我在那儿，他于是想和我谈论谈论文学——"嗯，我相信最重要的事是如何选择题材，"我听后立即光火了，说道："嘿，别说那些中学课程的玩意儿，我早就听到过了，早在你出生以前就已经听到过了，说点新的东西吧，关于写作新的有意思的东西。"——这一下把他震蒙了，头耷拉下来，这主要是因为我内心烦躁，另外也是因为他是那么温和，你尽可以朝他又喊又叫的——但是把玛多的一个朋友弄得情绪低沉太不友好了——何况这个世界并不是一个可以让你为所欲为的地方，我们到底要干什么，在什么地方干？什么时候干？戈尔茨突然号啕大哭起来，在半夜三更的时候。

在我们相恋的开始，我的一些看似非常有魅力的主动的行为无助于解决她的焦虑和恐惧，"顺着大腿的中间吻下去"——开始了但是突然间又停下了，所以后来在一块轻松喝酒的时候她说道："你突然停止了，就好像我是——"我停下的原因不如我那样做的原因重要，我的本意是引起她对性的兴趣，就好比是一个蝴蝶结，我要想办法解开，还要有趣味地去做——女人那温暖的地方，子宫，那男人热爱的地方，不……不是患自我癖症的、幼稚的醉鬼能够知道的……我过去的经历和感觉告诉我，你得双膝跪下，恳求女人的同意，请求她的原谅，原谅你的罪过，保护她，支持她，为她付出一切，为她而死，爱她，用一切方式去爱她——是的，据我所知，那是心理的原因（有那么几次我有点害怕，虽然没有表现出来，她的阴道给我毛糙的感觉，好像是碰上了树茬，这大概是因为她是黑人，不像别人那么顺滑，尽管区别并不大，而且实际上进入后我的感觉特别好，是最好的，非常的幼滑，湿润，而且温暖，好像里面有一座一座的山丘，但柔软，水嫩，她那儿的肌肉很有劲道，常常在不经意间会夹紧，像是拱起了一座堤坝，甚至让我感到了疼痛，我是在后来的某天晚上意识到了这一切，已经太晚了——），我现在依然还保留着对那个子宫的强大的收缩能力的忧虑，想起来，这也与亚当的经历有关联，在他第一次和她接触时，他曾突然间发出号叫，毫无先兆，以致不得不去看医生，给他包扎起来（后来卡莫迪过来了，用一个盛水罐子和一些麻布做了一个压力器，给他做了治疗）我现在不禁开始怀疑我们这个小女孩是不是蓄意要整我们，把我们弄个半死，亚当觉得也许是他的原因，但不管怎样，是她在用力收缩（如同女同性恋）（心知肚明），狠狠地教训了他，让他不得动弹，她也尝试这么对我，虽然没有成功，但还是把我弄得筋疲力尽——正如现在的我——哦，心理师们，我说的都是实话。

说了太多了。这都始于那个手推车事件——那个晚上我们在但丁酒吧喝酒，每个人都是醉醺醺的——尤里和我们一块儿过来的，罗斯·沃伦斯坦也在那里，大概正在向玛多献媚，尤里一整个晚上都像个孩子，不停地用手指敲打罗斯的后脑勺，罗斯（他常常会被一些小混混殴打）则转过身来，眼镜后面的一双眼睛瞪得老大，像耶稣一样胡子拉碴的脸很是僵硬，似乎他那死沉沉的目光就能把尤里钉死在地板上，在沉默了好长一阵后，他开口说道："嗨，伙计，别挠我了，"接着回过身来跟另外一些人去说话了，但是尤里并没有停下手，罗斯于是又一次转过身，把可怕的目光投向对方，当然他采取的是那个印度人圣雄甘地那样的非暴力行为（从他第一次同我说的话"你是同性恋吗？你说话的样子就像个同性恋"里，我就看出了他的行为方式，但这话从他那里说出，仍然让我觉得荒唐，我不免有点上火，我体重一百七十磅，而他仅有一百二或一百三，所以我对自己说我不能动手，否则他会大喊大叫，唤来警察，之后你会再揍他，但也会让你噩梦连连，你没法把那些地下人放倒在地，他们是世界上最没法用"打趴下"来对付的，他们代表的是新文化）——最后，沃伦斯坦起身到厕所去撒尿，玛多这时又拿上来三瓶葡萄酒，尤里便对我说："来，伙计，我们去厕所，扁那个家伙，"我起来和尤里一同去厕所，但并没有想对罗斯怎样，而是试图阻止他们间的争执——尤里这家伙表现了他的真面目，他与小混混差不到哪儿去，在少管所一次恶斗中为保护自己惹了事，被关了进去——玛多在半道上拦住了我们，说道："天哪，瞧你们在干什么，"（她吃吃地笑起来，那种玛多独有的笑颜）"要不是我挡住你们，你们还真要干起来了"——罗斯是她的昔日之爱，如今变成被她可怜的对象，我想这大概也是我现在的处境，不过，这么一说，我的文字与那些消遣读物也就没什么两样了，唉，可恶的文字。

然后照样是去面罩酒吧，啤酒，喝得醉上加醉，接着是步行回家，尤里刚从俄勒冈来，没有地方睡觉，所以问是否可以睡在我们那儿，我让玛多回答，因为是她的住处，但是我还是含含糊糊地说了一声“可以”，于是尤里便和我们一起回玛多住的地方，路上发现了一辆手推车，他说：“进去，我来做出租车司机，把你们两个推回家去。”——好吧，我们跨了进去，仰面躺下，还是醉得不行，那种红酒喝多了的醉，尤里则从北滩那个注定要和我们的命运纠缠不清的公园（那第一个忧伤的星期天下午，我们曾在那里逗留过，不祥的预兆）开始推手推车，尤里天使一直就那样往前推，我看见几处星星在头上晃过，还有几处街区的屋顶——脑子里根本没有一点觉得不对的地方，根本没想过那个可怜的意大利乞丐发现他的财产丢了会怎么样——我们就这样沿着百老汇大道走近玛多的住处，有一段时间我下来推，他们乘车，在朦朦胧胧的醉意中玛多和我哼起了博普曲子，就是那首“今晚星星出来了吗?”——然后我们把手推车随便停放在了亚当的门口，迅速地冲上了楼。——我们在地板上睡了一个晚上，尤里则在沙发上打了一个晚上的呼噜，第二天我们等着亚当回来，同时还想着他要是听了我们做的事不知会乐成怎样，亚当下班回来了，脸铁青，对着我们说：“你们是真的不清楚你们给那个可怜的亚美尼亚小商贩造成了多大的痛苦，你们没有想过吗？还把那个手推车停在我的门口，给我找事啊，要是警察发现了怎么办？你们是怎么了?”卡莫迪也对我说：“莱奥，我觉得这是你的杰作，”那意思也就是说是我一手策划的，当然事情不是这样的——那一整天的时间，我们一直在楼梯上跑上跑下的，查看手推车是不是被警察发现了，它一直在那儿，没有看见警察，看见的只是亚当的房东，在手推车前面晃晃悠悠地来回走动，等着看谁会来要回去，她在车筐里发现了一样东西，是玛多的钱包，我们躺在里面时不小心落下了，房东后来把它给没收了（玛多丢了几块钱，那个钱包是她仅有的一个）。我对亚当说："唯一可能发生的事是，警察发现了手推车，看到了里面的钱包，发现里面的地址，找到玛多，但玛多只需要说'哦，钱包找到了'，就这样，不会有什么别的事的。"亚当听后立马叫嚷起来："嘿，你们吵吵嚷嚷地跑到我这里来，把那辆有牌照的手推车搁在我的门前，还告诉我什么事也不会发生？"——我发觉他是真气恼了，于是准备跟他斗到底，"别对我瞎嚷，对别人可以，对我不行，我不吃这一套——那不过是醉酒时的胡闹，没什么了不起的，"我说道，亚当回应道："这是我的家，我想冲谁嚷就冲谁嚷——"听了这话，我起身把钥匙（钥匙是他给我配的，好让我随时进来）扔向他，但是这个钥匙与我母亲家的钥匙缠在了一起，我们在地板上花了不少时间把它们分开来，他拿了他的钥匙，我说道："不，不是这个，那是我的，你的在这儿，"他把他的钥匙放进口袋里，就此结束——我想着要立马冲出去，就像是在雷利家里那样——玛多在旁边看见我又一次发狂了——这样对她的情绪没有一点好处。（有一次她问我："如果我有一天发起狂来，你会怎么做？你会帮我吗？——还有，你是想帮我，但我却认为你要害我，那你怎么办？"——"亲爱的，"我说，"我会尽力帮你的，我会尽力宽慰你，让你明白我不会害你，你会明白过来的，我会保护你，"那种老一套的言之凿凿的套话，实际上我比她发狂的时候要多得多）——我感觉到一种非常强烈的敌意，我是说愤怒、怨恨、恶意从坐在角落里的亚当身上汩汩而出，在这个闷煞人的暴风雨般的氛围里我是怎么也坐不住了，它在这个小屋里无处不在（当然，这只是一种嬉闹，我们都说好了以后碰上这种情况也只当作嬉闹而已）——于是，我们又聊到别的事情上去了——亚当突然把钥匙扔回到我身上，钥匙落到我的大腿上，我原本会把钥匙套在手指上晃荡（似乎是表明在考虑怎么回应，似乎想展示一下我这个加裔美国人的精明之处），我没有这么做，而是像小孩一样跳了起来，把钥匙放回到口袋里，而且还"嘿，嘿"地笑了几下，这样会让亚当感觉好多了，也可以给玛多留下好的印象——我是"讲道理的"——但是她根本没有注意到，她在关注别的东西——不过，我还是恢复了平静，说道："不管怎样，那是尤里的过错，根本不像弗兰克说的那样，是我的'拙作'"——（这个手推车，还有这夜晚，与亚当在我那个预言式的梦中从木楼梯下来时看到的那个"俄国老者"旁边的手推车是一样的）——在我写给玛多赞美她的美丽的那封信里，我因此也"装出讲理"的样子，说出一些"稳重的、深层的、诗意的"话来，尽管实际上很愚蠢而且内心愤愤不平，比如我这样说道："是的，我很恼怒，把钥匙扔向他，因为'友谊，赞赏和诗歌都沉睡在让人尊重的神秘感里'，还有，因为我们身处的世界太美丽了，无法回到现实之中来，"诸如此类的废话，我猜想玛多在读这封信时肯定是眯缝着一个眼睛——这封信本应该给她带来一点温暖，本应该传递一丝十月阳光般的亲昵，但实际上信是以一种空洞的表白开始的："上一次我给你写过一封情书，但没有说什么"，下一句是："我很高兴知道你很诚实”，或是“你有一双诚实的眼睛”——这封信本应该星期六早上到，这样可以让她感受到我想给她的温暖，尽管我不在她身边，我在别的地方努力写作呢，但是一直到我去找她后才寄到，她在我面前读了信，没意思透了——这事肯定也伤害了玛多，我能感受到，她认为我对亚当又吼又叫是忘恩负义的愚蠢行为：“嘿，你没有权利冲他嚷嚷，真的，那是他的公寓，只有他才有权利嚷”——但是在那封信里我为自己有这个权利而辩护，反而几乎没有怎么提到对她的爱意。

这个手推车的事本身并不重要，但是我从中发现的、我的眼光快速掠到的，还有我的多疑症让我联想到的——玛多的那种言行，这一切都让我很郁闷，即使我怀疑自己看到的、理解的不一定是对的，因为我以前经常那样，但是——我们在楼梯上跑上跑下，在那张双人床上又蹦又跳，吵醒亚当，互相打闹，卡莫迪坐在床边，好像是在说：“你们这些孩子，你们这些孩子。”一群醉醺醺的家伙——有一次，我们从房间里冲进又冲出，玛多和尤里扑倒在客厅前面的沙发上，在这以前我们三个人都在这儿嬉闹过——但后来我到卧室去了，回来时看到尤里——他好像是知道我要出来——从沙发上滚下来，而玛多（她也许不知道我正好这个时候从卧室出来）则用手指着他，像是在说：“哦，你个坏蛋，”估计尤里刚刚对她有非分之想——我则是第一次目睹了他们的青春活力，这样的活泼劲与我整天愁眉苦脸、埋头写作形成鲜明对比，我觉得自己老了，所以我时常这样告诉自己：“你老了，你这个家伙，你应该为自己能够拥有这么年轻美妙的人儿感到庆幸”（而与此同时，心中也正在盘算着——实际上已经盘算了三个星期了，怎样甩掉玛多，同时又不伤害她，如果可能的话，最好不让她察觉到，那样的话我就可以回到更加舒适的生活中去，比方说，可以一个星期都待在家里，写我的那三部小说，挣上一大笔钱，然后再到城里走走，只是为了找乐，如果见不到玛多，那随便哪个小妞都可以，这就是我已经盘算了三个星期的想法，在我的头脑深处隐藏了多日，导致了我现在的矛盾行为，或许也正是前面提到的那个“我们床边世界的灰色罪恶之梦”中我充满妒忌的幻想的真正缘由）——现在我看到玛多暧昧地推搡着尤里，嘴里还叫了一声“哦，你”，我感觉有什么事正背着我发生，想到这里，我心里不禁一紧——尤里见到我从卧室出来时，他脸上的那种表情也提醒了我，他从沙发上滚下来大概也是心虚、内疚的表现，他对玛多有不堪的举动，这也让玛多噘起她那可爱的小嘴，还推搡了他一下，就像孩子似的。玛多还真像一个孩子似的，我记得头一次见到她的那个晚上，朱利恩正在地板上卷烟，她在他后面猫着身子，我则是在向他们解释为什么那个星期我不喝酒了（我说的是真话，在纽约的船上发生的事，把我自己都吓住了，我对自己说：“你要是还像现在这样喝下去，你会死的，你什么工作都找不到了，”所以到了旧金山后我就滴酒不沾，周围的人都对我叫嚷：“嘿，你面色真不错！”），那个晚上，我就是这么跟他们说的，大家拥挤在一起，我的脑袋和玛多的还有朱利恩的碰到了一块，他们那样子就像小孩一样，一副天真模样，听着我讲述我的喝酒史，“一听又一听，连续喝上几天，我猜想我肯定是有酒瘾了，”他们只是听着，像孩子一样，没有任何评论，但显然一副很好奇也很敬畏的样子——就像她现在对尤里这样（尤里的年龄和玛多相仿），“哦，你”，醉意迷蒙中我并没有对此多加注意，我们后来睡了，玛多和我躺在地板上，尤里睡在沙发上（怎么看都像孩子，一个被惯坏的孩子，一副可笑神态）—— 这也是第一次那个嫉妒之梦的神秘罪恶的情节在现实中显现，从那次手推车事件开始，到我们去布朗伯格家，那是最可怕的经历了。

一切还是要从面罩酒吧开始。

夜晚，群星璀璨，像是撒下点点希望。让我们走吧，我们去看朋友，电话铃响，人们进进出出，衣服，帽子，声明，杰出的报告，大都市的激动，喝上一轮啤酒，又来一轮，话语越来越美妙，越来越兴奋，喝吧，再来一轮；子夜时分，渐渐地，已有几分醉意的兴奋的脸孔越来越狂野，人们身影摇晃，整个酒吧笼罩在烟雾和酒兴之中，好吧，我们的酒吧侍者，就像是艾略特诗中的那个预言者，说："酒吧要打烊了！"——这个时候，一个名叫哈罗德·桑德的年轻人走了进来，玛多几年以前碰巧认识了他，他是一个年轻的小说家，看上去就像莱斯利·霍华德，不久前，出版社刚刚接受了他的一部稿子，所以他在我的心里占有了一席之地，我还真想一口吞没他的才气——羡慕、嫉妒、文学的贪欲，这便是我对他感兴趣的原因——如同以前类似的场合，我对玛多的注意力不如尤里对她的多，尤里这些时候一直和我们在一起，当时我仍未对他起戒心，只是听他在抱怨个不停："我没有地方可待——你知道吗，佩瑟皮耶，还有什么比没有地方写作更糟糕的？我没有女人，什么也没有，卡莫迪和穆拉德不想让我在他们那儿再住下去了，"但是，他的话并没有进入我的脑子里，关于尤里我以前曾经对玛多说过这么一句话："他就像是一头墨西哥种马，猛然来到你身边，把你最后一支烟夺走，"说了这句话后，我们两个人都笑了起来，因为每当玛多经济拮据时，就会有一个需要“帮助”的人出现——我倒不是指尤里就是那样的人（不过我确实想要踩踏他一下，原因当然不言自明了）——（那个星期尤里和我在一个酒吧里谈了很长时间，边喝波尔图葡萄酒边聊，他坚持说一切都是诗歌，而我则想要区分自古就在争论的韵文与散文的不同，他说：“听着，佩瑟皮耶，你相信自由吗？——如果是，那么一切就是诗，自由自在，伟大的散文是诗，伟大的韵文是诗。”——“是的，”我说，“但是韵文是韵文，散文是散文。”——“不，不，”他叫嚷起来，“所有的都是诗。”——“好的，”我说“我不怀疑你相信自由，或许你是对的，来，再来一杯。”然后他给我读了他的“最好的一行诗”，听起来有点像不常听到的“梦幻曲”，好像是那种小杂志上的诗歌，不是他的最好的诗——我早已经读过他的一些更好的诗，写的是他艰辛的孩提时代的事，还有写猫的、写贫民窟里的母亲的、写跨在垃圾箱上的耶稣以化身出现在贫民窟里廉租房上面的鼓风机上，耀眼闪光，这些东西他写来很拿手，写得很好——“不，这样的梦幻曲不是你的强项，”但是他坚持说是他最好的，“要我说，如果你是灵光闪现的一瞬间写出来的，那才是好诗。”——“但是，我就是这么写出来的——直接从我的脑子里流淌出来，变成文字，虽然听起来好像是事先冥思苦想过，但不是这样的，全部是瞬间到来，就像你说的，是一种自发的灵感！”——他说的让我很怀疑，不过他提到自发的灵感倒是让我对他多了几分尊重）。尤里几乎每个晚上都和我们一块出去——像一个影子——他以前就认识桑德，所以也和桑德一起出入面罩酒吧，那个年轻作家一脸春风得意，但也常常是脸挂“讥讽”，外衣翻领上会粘上一张大大的违章停车传票，我们三个人对他充满了了解的渴望，强迫他坐在我们的桌子边上——逼他和我们聊天——我们一大帮人从面罩酒吧去佩特十三号，一路上（越来越让我想起手推车的事，还有玛多的那一声“哦，你”，记忆时而清晰，时而充满痛苦）尤里和玛多开始互相追赶，推来推去，在路边扭打在一起，最后玛多拿起一个很大的空纸盒子向尤里扔过去，他又把纸盒子扔回来，他们又像孩子一样了——我走在前面和桑德在很严肃地说着话——他也像是看上了玛多——我似乎还不能（至少没有试过）向他说明白她是我的恋人，我不喜欢他那么明显地盯着她看，以前有一次吉米·洛厄尔也有过那样的表现，那个混血海员在亚当家的一次聚会中突然打电话来，说是要过来，然后就到了，还带着一个斯堪的纳维亚的船友，他看着玛多和我，问：“你和她有性关系？”我回答是的。有一晚在红鼓酒吧里，亚瑟·布莱基[1]发疯一样地演奏，塞隆尼斯·孟克[2]则是汗流浃背地用琴弦在引领整整一代人，我称他为“博普圣僧”，在那以后的一个晚上，这个超级迷恋爵士乐的吉米·洛厄尔把身子靠向我，说道：“我想和你那个小妞来往”（以前我和勒罗伊常常互换女友，所以他提出这事，我并不惊讶），“我去问她会有问题吗？”我回答说：“她不是那种女孩，我知道在一段时间里她只和一个人好，如果你去问她，她就会这么回答你，伙计”（那时还尚未感到有什么痛苦或者嫉妒，因为这恰好发生在那个嫉妒之梦的前夜）——想和洛厄尔说明白——我是要她的——但是嘴却变得结巴起来——我想直截了当告

① Arther Blakey (1919—1990)，美国爵士乐鼓手。
② Thelonious Monk (1917—1982)，美国爵士乐钢琴手。

诉他的是："听着，她是我的女孩，你要明白你在说什么，如果你想要她，你得先通过我，你明白我说的意思，是不是?"——跟那种性欲旺盛的人就得那样说话，而跟这个温文尔雅的年轻人桑德就得换种口吻说话了："桑德，玛多是我的女孩，我是说……"——不过他的眼神却老是离不开玛多，这也是他总是和我们在一起，一块儿到佩特十三号的原因，但是在街上和玛多嬉闹在一起的却是尤里——所以，后来我们离开那个地方时（那是一个不景气的女同性恋酒吧，一年前还挺星光灿烂的，穿着红衬衫的杜娜·巴恩斯[①]在这里进进出出）我跳进桑德的那辆旧车，坐在前排，想着他保准会开车带我们走，挤在他边上的另一个目的是可以方便和他说话，还可以不让他和玛多挨在一起，要不醉意上头的他肯定会被女人味十足的玛多吸引住，我留出空间让玛多坐在我旁边——但是事与愿违，玛多一转眼就跨过前排坐到后面去了，尤里一个人坐在那儿，他们两个人嘻嘻哈哈打闹在一起，他们是闹得如此欢，我都不敢往后看他们到底在干什么，心里想：那个梦（我把那个梦说给所有的人听了，弄得满城风雨，也告诉了尤里）看来是要成真了。

我们在天堂巷玛多住处的门口停下来，玛多也是醉意迷蒙的样子（桑德和我决定要趁着酒意继续开到洛思阿图斯[②]，然后再拉上其他人去奥斯汀·布朗伯格家再弄上一个派对），她对我们说："如果你们要去找布朗伯格，那就你们两个人去好了，尤里和我待在这里"——我的心立即沉了下来——与此同时，却很高兴听到她终于

① Djuna Barnes（1892—1982），美国女作家，现代主义流派重要人物。
② Los Altos，美国加利福尼亚州圣克拉拉县下属的一座城市。

说了这话，印证了我的猜疑，哦，上帝。

我暗自思忖："那好，伙计，甩掉她的机会来了，"（为了这我已经算计了三个星期了）但是听到她这么说，我还是觉得不真实，我，我无论如何也不能相信她会这么说。

但是从路边走向门口时，尤里拉住了我的胳膊，玛多和桑德已经上了那个鱼头形状的楼梯，"我说，莱奥，我一点都不想和玛多有什么的，她太强了，我要你知道我不想和她有什么的，我想做的是，如果你们去那儿的话，在你的床上睡觉，明天我还有一个约会呢。"——但是现在我也没有心思留在天堂巷过夜了，因为尤里要在这里过夜，事实上他已经向床边走去了，我对尤里说："嘿，起来，别在这里睡，我们（我和玛多）要用这个床，到那边的椅子上去。"——于是乎，没有什么比这更让我要离开这里了（一方面是身体累了，另一方面则是用上了脑筋），所以我同意和桑德（尽管不是那么情愿地）到洛思阿图斯去，把布朗伯格酒吧的屋顶掀翻，我转过身，眼睛盯着玛多，话中有话地说："你和尤里待在这里吧，你这个贱女人"，但是她却拿出了她的旅行小包，把我的牙刷和她的一些东西放到里面，这意思是她要和我们一起走——最后是我们三个人走了，留下尤里一人在床上。途中，在靠近海边的高速路上的一处夜灯下，一阵凄冷的感觉袭上我的心头，在布朗伯格家的周末注定要在羞辱和恐惧中结束，趁着桑德下车去买汉堡的功夫，我忍不住问起玛多："你跳到后面和尤里坐在一起，你为什么要那么做？你为什么说要留下来和他待在一起？"——"我是个傻妞，我当时神志不清醒，"但是我不想再相信她了，我的头脑漆黑一团——艺术短暂，生命长久——此时此刻，妒火像一头飞舞的恶龙在我的心头游动，我完全不能自已，“你和尤里一直在一起，这与我说给你听的那个梦一模一样，太可怕了——哦，上帝，梦还真能成真。”——“亲爱的，事情不是这样的，”但我已不相信她的话——从她的神态可以看出，她有一双青睐青春的眼睛——再怎么也蒙不过我，身经百战，十六岁乳臭未干之时就已经恋缠上了一风骚女子——当然不否认有点夸张。我心中堵得不行，一个人蜷缩在车后排，不再理她——老破车往前行驶着，桑德原本是期望在周末能和大家快活地侃上一阵，却不料被夹在两个为情愁煞的人之间，耳边时不时地响着片言只语，“但是，亲爱的，我没想到你会那么想。”很显然，桑德明白这和尤里有关——不幸的是，一路上他只能一个人操弄方向盘了，他拿出了写小说一半的劲儿，在沉沉黑夜中朝向黎明驶去。

在天蒙蒙亮时，我们到了布朗伯格家门口，停好车，按响门铃，我们三个人全都羞羞答答的样子——三个人中我最羞赧——布朗伯格很快就出来了，一看到我们就雷鸣般大喊一声，表示欢迎：“莱奥，我不知道你们互相认识”（他是指桑德，他非常钦佩桑德），我们进门，立马冲到布朗伯格那名声大得不得了的厨房端起咖啡和朗姆酒。布朗伯格是世界上最有意思的人，留着一头短黑卷发，就像那个嬉皮士女孩罗克珊，长长的眉毛还卷成束带蛇的样子，天使般闪亮的眼睛，走路时摇摇晃晃的如同婴儿，极擅言谈，写短篇散文，还做一些真正的研究，有一个世上最好的个人图书馆（极其出名），就在他的屋里，这个图书馆与他的学识很相配，与他的收入不符——他的房子是从父亲手上继承来的——他也是卡莫迪的铁杆朋友，以前倒没有听说过，并准备和他一块去秘鲁，他们想要在那儿认识一些印第安男孩，闲谈艺术，走访一些文学人物，诸如此类的闲雅之事，在玛多和我相恋的一段时间里，我还曾向她灌输过一些东西（古怪的、如何行事文雅之类的事），但是到了后来，玛多则很厌烦那种拿腔拿调的说话模样，花里胡哨的、曲里拐弯的用语，而对于这些东西，这个大眼睛翻闪、兴奋劲十足的大块头布朗伯格则是真正的行家里手，“哦，我的亲爱的，这可真是太美妙了，太美妙了，要我说，要比盖斯科因[①]的翻译要好得多，好得多，尽管我还是相信——”桑德很会模仿他的说话腔调，他们两人是惺惺相惜，英雄互赏，在旧金山这个如同古罗马般大气的都市里谈论起文学、艺术、音乐来，厨房里已经到处是垃圾，布朗伯格（穿着睡衣）起身冲向楼上去拿三英寸厚的法国版热内的著作，或者是老版本的乔叟，或者拿到什么是什么，玛多黑睫毛忽闪着，还在想着尤里（我的猜测），坐在厨房角落里的一张桌子旁，身边的咖啡和朗姆酒渐渐凉了——哦，坐在板凳上的我，心碎，心伤，心绪烦乱，一杯又一杯，直喝得浓愁上眉头——时间已是八点，鸟儿们开始叽喳唱响，布朗伯格的大嗓门也许是世界上最大的声音之一，可以让厨房的墙壁响起阵阵回声——他拧开了留声机，这个房子里真是设施齐全，而且还非常之昂贵，法国酒、冰箱、带着话筒的收音机，还有地窖等等。我想要看一眼玛多，但我不知道我的脸上会是什么样的表情——我害怕看到那种祈求的眼神，“别烦忧了，宝贝，我说过了，我已经告诉过你了，我是个傻妞，做了傻事，对不起，对

① David Cascoyne（1916—2001），英国超现实主义诗人，曾翻译过德国诗人荷尔德林的诗歌和法国超现实主义诗歌。

不起——”那种“对不起”的眼神最让我难受，我不自觉地用眼角的余光向她看去——

窗外的蓝色鸣鸟此刻也沉寂下来，让人更加意志消沉，我向布朗伯格说到了此事，他问我：“莱奥，今天早上你是怎么回事?”（奇形怪状的眉毛下一双炯炯有神的眼睛盯着我看，似乎要把我看穿，把我都逗笑了）——“没什么事，奥斯汀，早上我看窗外时，发现那些鸟都郁郁寡欢的样子。”——（还有，此前，在玛多到楼上上厕所时，我还向这些个饱学之士说到了“用情不专”，这肯定让他们感到很惊讶，尤其是我那模样，胡子拉碴，瘦削憔悴，傻呆呆的，醉汉一个——哦，用情不专!）

尽管我心情低沉，但他们还是要尽情享受这个聚会，在楼上的那个大书房里他们听上了威尔第①和普契尼歌剧的唱片（书房里四面墙壁，从地毯到天花板都排放着书，什么三卷本的《启示录真谛》，克里斯托弗·斯马特著作和诗歌全集，什么这个全集，那个全集，谁谁谁写于一八三九年或一六三八年或者是别的什么年代的什么集子）。我抓住一个机会说：“我要去睡了，”时间已是十一点了，我也是应该累了，在地板上坐了那么长的时间，而玛多则是在书房的一个角落里，一直端着那种淑女的样子（有一次我看见那个著名的独臂人尼克·斯佩恩坐在那个地方，那还是早年的时候，布朗伯格兴致很浓地为我们放《浪子的历程》② 的原版录音唱片）但看上去像是没了魂似的——肯定是我的痛苦把她也弄得心绪不

① Giuseppe Verdi（1813—1901），意大利杰出歌剧作曲家，代表作品有《弄臣》、《茶花女》等。

② *The Rake's Progress*，俄国作曲家伊果·斯特拉文斯基的作品。

宁——我的忧郁也传染给了她——我心软了——在某一瞬间我觉得或许我应该原谅她，找个借口过去跪在她的脚边，当着大家的面把头靠在她的膝盖上，但实际上大家都不在乎我们的事，桑德就不会来管这种事情，他早已经沉浸在音乐中了，还有那些书，那些充满智慧的谈话（世上再也不会有比这更好的地方了，巧的是，尽管我已经疲惫得不行了，但是这个想法还是闪过了我乱哄哄的脑子，过去经历过的都历历在目，所有的相识、相爱、焦虑此起彼伏，如同一段交响乐的旋律，但是我开始决意要把这些抛到一边，原因就是因为这个体重一百零五磅的女人，这个穿着红色凉鞋、露出棕褐色脚趾甲的女人，她把我的心堵住了）——“哦，莱奥，亲爱的，你看上去很无聊。”——“根本没有！在这里我怎么可能无聊呢！”——我很想让布朗伯格知道我内心的情绪，“每次我到这里来，总觉得有点不对劲，我想对你的款待或者是你漂亮的房子说些好话，但说出来的却总是那么难听，整个都拧乱了，你知道吗，今天上午我心里乱腾腾的，就像窗子外面的景象，凄凉不堪。”（有一次也是这样不请自来，不知怎么跟他解释，那一次是在天还没亮时，我和查利·克拉斯纳，还有他的孩子，加上玛丽和另外一些人，到布朗伯格这里做客，喝着杜松子酒和斯淮普饮料，我喝得酩酊大醉，整个儿不省人事，还装出一副沉思的样子，最后大白天的就在大家面前睡在房间中央的地板上——尽管那一次离现在有很长时间了，但到了这里，不知怎么的，我又成了这个样子）——“没什么，奥斯汀，我只是有点不舒服——”有一点我知道，桑德肯定是暗暗地告诉了他一些我和玛多的事，玛多一直沉默不语——在布朗伯格看来，她肯定很奇怪，一个黑人嬉皮女孩身上穿着只值两块钱的衣服（也许我还估高了呢），神色古怪，深沉，一本正经，似乎是这个屋子里最滑稽同时又最一本正经、难以接近的天使——后来，她告诉我，她也真的感到很孤单，好像没人要她。我，于是，不去想这么多了，也想不了这么多，干脆到房间里睡觉去了（上一次我和查利在那里赤裸着身体和玛丽一块跳曼波舞），并且是一下子睡了过去，因为太疲倦了，但是做的全是噩梦，直到三个小时后才醒了过来，时间是下午，绝对的清纯、清净、清爽，鸟儿们在吟唱，孩子们也在唱歌，我感到我是布满灰尘的垃圾桶里的一只蜘蛛，这个世界与我无关，这个世界是因为那些更加清纯的生物而存在的，他们是永恒的，不受变故的影响——

我在睡觉的时候，他们三个人钻进了桑德的车，随后便驶向了二十英里外的海边，他们两个男的一头跃进海里，游泳，玛多则独自一人在海滩上逛游，时间仿佛静止了，她的双脚和脚趾——我是那么喜欢它们——压入浅色的沙滩里，碰到下面小小的海贝和海葵还有干枯的从海里冲刷上来的海草，海风吹拂着她的短发，仿佛是永恒之神来到了天堂巷（这些都是我在床上躺着时遐想的）（我还看到她的嘴噘着，神不守舍，因为遭到了莱奥这个家伙的冷遇，莱奥自己也正苦恼不堪呢，玛多孤单一人，也不知道如何加入布朗伯格和桑德聊的艺术什么的话题，她不知所措？）——所以当他们回来时，她来到我的床边（在她过来之前，布朗伯格已经急匆匆地上楼，一头撞开门大声嚷着："起来，莱奥你这家伙，我们在海边你却在睡大觉，这不公平！"）——"莱奥，"玛多说，"我不想和你一块睡觉，是因为我不想到晚上七点时就在布朗伯格床上醒来，这我受不了，我受不了——"她是指她正在接受的治疗（她现在已不再去了，这完全是因为和我以及我那帮哥们混在一起，整天喝个不停），在这种纷乱的生活中、在和我的爱的纠缠中治疗的停顿使她对于体重增加和神经紊乱的焦虑不断增加，可以想象当她和对她已有点木然的莱奥一起在陌生人的（当然，实际上也不完全是陌生人的）床上醒来，她会感觉多么可怕。一时间我猛盯着她看，不是在听她的祈求和抱怨，而是深深地被她眼神里的那种光亮吸引住了，那种撩拨过尤里的光亮，那种无论在哪里都能照亮和撩拨整个世界的光亮，这不是她的过错，哦，我的光，我的爱——

“你说的是真心话吗?”（“天哪，你把我吓住了，”她后来说，“你那样子让我突然觉得我分裂成了两个人，有一个离你而去，而另一个——这，这真的把我吓住了——”）但是在我问“你说的是真心话吗”时，我心里真的很痛苦，来自那个让我挥之不去的梦的痛苦（“上帝善良，他治下的生活远不会像我们梦里的生活那样凄惨”，我有一次看到过这句引语，但忘了是从什么地方看到的）——痛的感觉开始蔓延，在布朗伯格床上醒来时的苦痛感觉让我想到了上一次我也是这样宿醉后在这里醒来，又想到了我一生中所有宿醉之后的清醒，在这一刻感受至深，“天哪，现在真是到了走向结束的时候，你不能再这样继续下去了，这样不明不白的状态你还能维持多久？你的神经还能经受多少敲击——哦，你，你会死的，就像鸟儿停止鸣叫——那是一种征兆——”但是越是思虑，脑子越乱，自己要做的工作被撇在了一边，身心疲惫，脑力枯竭——曾经想过到铁路上去工作，现在如何也想不起来了——哦，上帝，纷乱无边，胡思乱想，几近崩溃，都是因为那个要寻求唯一的爱的想法在作乱——玛多就在我的旁边，身体倚靠着我，神情黯然，倦怠，哀伤，她用手抚摸我胡子拉碴、不忍卒睹的下巴，透过我的身体，她看到了我的恐惧并且感触到了我因为痛苦和无能为力的颤抖，像是要回应我的那句“你是说真心话吗”，我听到了来自她的心里深处的回音——“宝贝，我们回家吧。”

“我想——我们等一会，等到布朗伯格也离开，然后再和他一块坐火车走——。”我站起来走进洗手间（他们在海滩上时，我进来过，还回想过以前在这里发生过的一件事，想起来仍然痒痒的，那也是一个在布朗伯格这里度过的周末，只是更加疯狂，可怜的安妮夹着发夹的头发飞舞，素面朝天，脸上不做任何粉饰，可怜的勒罗伊在另一个房间里纳闷他妻子在洗手间里干什么呢，后来他在黑夜里疯狂地开车时，才意识到我们大概在那儿干了些什么，我现在想到了那天早上我给勒罗伊造成的痛苦，都是那个叫做性的东西作祟的缘故）——我走进洗手间，洗了一把脸，下了楼，尽量振作起来。

但是，我仍然不能盯着玛多的眼睛看——我心里自问——“为什么?”——在被绝望包围中，我似乎是预感到了事情将要发生。

好像那天晚上发生的事还不够多似的，当晚玛多被扔进了一场两个人的争夺战之中——战士尤里面对战士莱奥——布朗伯格先是打了几个电话，然后挑了几件生日礼物，随后便准备坐车去赶四点四十七分开往市区的一百五十一次火车，桑德（可怜的桑德）开车带我们去公交车站，在街对过我们先进了一家酒吧，在那里喝上几杯快酒，玛多闷闷不乐，对自己、对我都高兴不起来，她留在车后座上，想要眯上一会儿——她在想着如何才能走出现在这个难堪境遇，只有我可以帮她，但条件是她要再给我一个机会——顺便提一句，在酒吧里，作为一个插曲，我惊讶地发现布朗伯格又开始大谈特谈起艺术和文学起来，而且还说了好多鬼知道他从哪儿得来的离奇古怪的逸事，布朗伯格只顾自己在那儿瞎侃，桑德饶有兴致地在听——他也是个怪人，两个人凑到一起去了——我出来告诉玛多我们决定要改坐晚一点的火车，因为要回去取忘拿的东西，她没有说什么，这对她来说无所谓，她依旧是紧闭嘴唇，一脸沉默——哦，我的爱，我失去的爱（一句老话）——如果当时我能知道的话，就像现在我已经明白了一样，那么我就不会又回到酒吧里去，继续一些别的话题，并用伤人的眼神，看着她，让她一个人孤单单地待在车里，无人安抚，而是会坐进车里面，坐到她身旁抓住她的手，告诉她我会一生爱她、呵护她——"因为我爱你，这不用理由"，但是当时不要说我远没有意识到这样的"爱"，我脑子想的还是要如何摆脱她——后来，火车来了，五点三十一分，一百五十三次，拖延这么长时间后，我们终于上了火车，向着城里驶去——火车经过旧金山南部，经过我的家门口，我们坐在车厢里的座位上，面面相觑，列车又经过了海湾地带的几家住宅的宽大后院，我兴致勃勃地（装出来的）指给她看一辆因撞上一台啤酒花采摘机翻倒在轨道旁边的棚车，看到了吗？看，前面那闪着铁皮亮光的东西，哇哦——但是大部分时间则是互相看着对方，冷冷地，直到最后说了这么一句："我要流鼻涕了，真的，"——我心中发酸，有一种想哭的冲动，同时又搜肠刮肚，绞尽脑汁想说上那么一两句话缓和一下气氛——但是悲哀还是笼罩着我们三个人，火车向前驶着带着我们走向欣快、恐惧，直至最后的爆发，如终究要爆炸的氢弹。

——在市场街一个人声鼎沸的角落我们与布朗伯格道别，周围是一大堆脸露愠色的人群，我们陷入一片混乱之中忽然间，似乎两个月来我们之间的心理状态在现实中显现出来了，我没有握住她的手，但是我还是很迫切地走在前面，带着她穿过人群（为了走得快一点，讨厌这一大堆人），不是我不想握她的手而是我心中不适，没法握她的手，而且此时又（痛苦地）想起她自己常常坚持不要我在街上握她的手，否则路人会以为她是个妓女——就这么想着，我们来到普赖斯街（哦，命中注定的普赖斯街）朝天堂巷走去，路边有很多孩子，看着那些年轻的面容姣好的墨西哥女孩们，我在心里轻飘飘地对自己说："不是吗，这些女孩个个都比玛多好，我要做的只是从中选一个就可以了……不过，哦，不过，哦"——我们谁也没有说话，我看到了她眼神里透露的哀怨，以前我也察觉过，但是我看到的更多是那种印第安人的温情，正是那种温情让我在那些烛光摇曳的幸福夜晚里不由自主地对她说："亲爱的，你的眼神让我看到了你无限的爱意，这种温情不仅来自你的印第安血统，还来自你的黑人血统，但最重要的，你是一个纯洁无比的女人，我看到了你身上充满最原始、最饱满的情意和母性。"——现在我又看到了那种哀怨，但没有了温情——"伊甸园在非洲，"有一次我曾这么说过——但是现在我心中的伤痛让我只感到了怨恨，心绪也就随之转向，沿着普赖斯街我们一路上时不时会看到一个墨西哥女孩或者黑人女孩，我对自己说"妓女"，她们通通都一样，就知道骗你，把你骗个精光——好像这么一来，就可以重回过去与她们的关系了——玛多觉察出了我的阵阵敌意，但还是沉默不语。

谁在我们天堂巷家里的床上？除了尤里还会是谁！——他一副

兴致勃勃的模样——“嘿，我一天都在工作，累坏了，回到这里来休息休息。”——我决定要把心里想的告诉他，于是在脑子里想着用什么词语，尤里看着我，察觉出了紧张的气氛，玛多当然也看到了，这时响起了敲门声，约翰·戈尔茨（总是那么深情地天真地对玛多有好感）进来了，他也看出气氛不对，“我来借一本书”——脸上表情僵硬，大概是想起了我曾让他难堪——拿着书他立马就离开了，尤里从床上起来（玛多在屏风后面换衣服，脱下聚会穿的裙子，穿上家里穿的牛仔裤）——“莱奥，给我把裤子拿过来。”——“起来，自己去拿，就在椅子上，她看不见你”——这话很怪，话一出口我就觉得很怪，我朝玛多看去，她还是闷声不响，躲在屏风后面。

趁着她去洗手间的时候我对尤里说：“伙计，昨天晚上我对你和玛多坐在车后座打打闹闹很嫉妒，不开玩笑，真的。”——“这不是我的过错，是她先弄起来的。”——“听着，你这家伙还真是一个——你还真是一个能吸引女人的家伙，她们都像蜂找花一样扑向了你——我是说你离她远一点。”话音刚落，玛多回来了，很警觉地朝我们看，她没有听到我们在说什么，但显然察觉到了大概的意思，尤里立即伸手抓住还没关上的门，说道：“嗨，我要去亚当那儿，待会儿在那儿见。”

“你对尤里说了什么？”——我把刚才对尤里说的一字一句地给她复述了一遍——“天哪，我受不了这里的紧张气氛”——（我偷偷地把我对尤里说的话重新想了一下，发现我的语气并不像处在我这个位置应该有的严厉的样子——像摩西对他的部落说话一样的严厉，反而用一种“诗人”的腔调在和尤里说话，尽管让他知道了我的不满，但并没有在言辞上让他感受到我的真实情感）——我偷偷地检讨了我的怯懦——伤心油然而起，我要去见卡莫迪——

“宝贝，我要去——你觉得那家哥伦布超市里会有鸡卖吗？”“我看见过——你来做，我们会有一顿美味鸡肉晚餐了。”——“还有，”这是我对自己说的，“可一顿美味鸡肉晚餐又能怎样？你是那么爱尤里，你看，你一走进来他就要离开了，那是因为我的嫉妒给他造成的压力，还有，我梦中的预言就要成真了，不是吗？”“我要（大声地说）去见卡莫迪，我很难受——你留在这里，烧菜，然后吃——一个人吃——晚一点时候我会回来，带你出去。”——“总是这样，不是吗？我们总是离开，离开，从不单独相处一会儿。”——“我知道，但是今晚我心里不好受，我要去见卡莫迪，别问我为什么，我有一堆伤心的理由，我就是要去见他——毕竟那天我给他画过素描。”（那是我第一次用铅笔画一个斜躺着的人体，卡莫迪和亚当看了后都惊讶地称好，我很为此骄傲）“在画了几幅后，我发现了埋藏在他眼睛下方皱纹里的悲哀，我知道他也会——”（这还是对我自己说的——我知道他也明白我现在有多么伤心，我知道他的悲哀都是在各处游历时得来的。）玛多不知道要说什么，我突然想起刚才我给她复述我对尤里说的话时漏掉了一些话（实际上把漏掉的补上了，我还是不能说全），“他对我说：‘莱奥，我不想和你那个女孩玛多来往，我看错眼了——’”“哦，这么说，他看错眼了！去他的，说这样的话！”（在原本应是充满愤怒的眼神里，我看到了一丝欢快在闪动），我听到了她话音里对“去他的”的强调，很有点那些上了毒瘾的人说话的腔调，她这种说话的方式曾让我很惊诧，我觉得她很具现代感，有一次我问她：“你是从哪儿，从什么地方学到所有那些你知道的东西以及这种有趣的说话方式?”但是现在听到她这样子说话，只是让我越发气恼，因为这是在说尤里的事，她似乎是在骂他，但从她那样子看，她又好像并不是从此就不想再见他了，“他真的是那么说的吗?”好像她要当面质问他似的。“哦，”我说道，“你想去亚当那儿的聚会，是吧?在那儿你可以质问他，让他见鬼去——你还真是容易看穿。”

“上帝啊，你是在笑话我了，说我容易看穿。”

“不是吗，事实就是这样，你以为我看不出来，一开始你根本不想去亚当那儿，现在你知道尤里在那儿——如果这不叫容易看穿，那天知道什么才叫容易看穿。”——“又在笑话我了，上帝!”（她转而大笑起来），我们两人继而都大笑起来，笑得前仰后翻，不能自已，一时间就好像什么也没有发生过，就好像是电影短片中的那些街上匆匆忙忙去干活儿的无忧无虑的人们，但是在我们内心深处，我们像是身在同一个神秘故事中的人物，故事里风雨交加，气氛愁哀（正如在银幕上的那些漂亮演员一样，脸上的表情是一回事，心里想的是另一回事）心中狂风暴雨般不断膨胀的情绪如同一个锤子在不停地敲打着，“砰，砰，砰”……对不起，我被带到了这个世界上……

长话短说，还是让我说说接下来发生的事，亚当把门打开，刹那间好像世界为之洞开，亚当神情有点严肃，而且眼神里还带点神秘，好像不是那么欢迎我们，我看出来了——“怎么了?”很快，我发觉除了弗兰克、亚当和尤里外，还有其他一些人在。“我们有客人在。”——“哦，”我问，“贵宾?”——“我想是吧。”——“谁?”——“麦克琼斯和菲莉丝。”——“什么?”——哦，看来我得直面我的头号文学敌人了，巴利奥尔·麦克琼斯，或者是离开，从前我们曾过从甚密，一起喝啤酒，两个人肩靠肩高谈阔论，啤酒都撒在对方的膝盖上，我们相谈甚欢，交换看法、互借书籍、评论文学，这个家伙事实上还受了我很多影响，比如说，他学了我的说话方式和风格，还有关于嬉皮士或者是垮掉一代以及地下人的发展由来，我曾对他说："麦克，你可以将这所有的事情写成一部出色的书，不过先别走漏风声去，等到最后一刻崭新亮相。"他是这么做了，我也读了，亚当和我去看他时还对他的稿子评头论足，很是苛刻，但是当书最后出来时，他们答应给他两万美元，从来没有听说过给这么一大笔钱的，我们这些垮掉派家伙于是就上北滩和市场街游逛，在纽约时，则到时报广场游荡，但是亚当和我在私下却有不同看法，"麦克琼斯不是和我们同道的——他属于另一个世界——那个冒着傻气的中产阶级世界"（亚当语）。就这样，他功成名就之时，正是我最落魄之际，完全被出版商遗忘，更糟糕的是，我还整天因为毒瘾而神志不清，我很为自己恼火但并没有太低沉，还算能冷静下来，后来又经历了一些挫折，还到其他地方旅行，之后我改变了心态，在船上工作时，给他写了道歉信，不过还是把信给撕了，他也时不时地给我写信，而亚当则充当了一个圣徒的角色，在我们中间传递一些我们关于对方的好话——好了，现在我不得不面对麦克这个家伙了，要跟他握手言和，让那些不愉快都过去吧——不过，不要让玛多有所察觉，她是一个很重独立、不想受任何情绪影响的人。好吧，既然麦克琼斯在这里，我就立马大声说道："太好了，真是好极了，我一直盼着见到你呢，"我冲进客厅，越过一个人的头（尤里的头，他正要站起来）把手伸过去和巴利奥尔的手紧紧地握在一起，我们在一起坐了一会儿，大家都是拘束的样子，甚至都没有注意到玛多在那儿很是难堪，不知道如何摆正她的身体（在布朗伯格那儿，还有在别的地方也都是一样，可怜的黑天使）——最后，我实在没法忍受那种文质彬彬的谈话，只有琼斯和尤里在那里嘀嘀咕咕（还有菲莉丝，他的女人，她一直在瞪着我，像是要知道我还是不是那么疯狂）我们走进卧室，在一片漆黑中，我躺倒在床上，还想着要让玛多一块躺下，但是她说："莱奥，我不想睡在这个黑漆漆的地方。"她走了出去——尤里跟了进来，系着亚当的一条领带，他说："我要出去给自己找个女孩，"在这里，与客厅隔开的地方，我们两人竟然可以说上几句悄悄话了——一切芥蒂皆可化解。但是，我发觉琼斯坐在沙发上不动，他是真的不想和我说话，也许还希望我最好离开呢。所以当玛多又转悠回卧室——这个我借以藏身之地，也是心酸和羞愧之处时，我问她："你们都在那儿说些什么啊？博普音乐？别告诉他任何音乐的事。"——（让他自己研究去！我怒冲冲地自言自语）——我是博普的作者！——后来，他们让我把啤酒拿到楼下去，当我抱着几瓶啤酒来到楼下时，他们都在厨房里，麦克头一个咧嘴在笑，说道："莱奥，给我看看你画的那些画，他们告诉我你画过，我要看看。"——于是，我们又成为朋友了，一块儿低头看那些素描，尤里也拿出了他画的东西，而玛多则在另一个屋里，又一次被冷落了——但是，这对我们来说可是一个重要的时刻，我们还仔细研究了卡莫迪的画，画的是南美丛林深处一些村庄，画面黯淡，和安第斯山上的镇子，你可以看见云朵在空中飘动，我注意到了麦克身上式样好看、价格昂贵的衣服和手表，我为他感到骄傲，现在他还蓄起了一簇很吸引人的胡髭，这让他看上去更成熟了——我把我的看法告诉了大家——喝下去的啤酒此刻也让我们兴奋起来，他的妻子菲莉丝开始招呼大家吃晚饭，一种欢宴的气氛在空气中荡漾。

在红色灯光照耀下的客厅里，我看见琼斯单独和玛多在一起，像是在问她什么问题，我看见他咧着嘴在笑，自语道："佩瑟皮耶这家伙又给自己找了个漂亮妞。"——他在听玛多说话，玛多已经知道了麦克琼斯是何许人也，也清楚他要了解什么，所以很是一本正经地发表关于博普音乐的看法，比如，她说道："我不喜欢博普，我真的不喜欢，在我看来这就是垃圾，博普音乐人里有太多的垃圾了，我听到的是垃圾。"——"哦，"麦克调整了一下他的眼镜，"这倒是很有意思。"——我于是走上去，说（看着玛多），"你是不是不喜欢自己的出生?"——"你这是什么意思?"——"你不是博普的孩子吗?"（或者，"你本来就来自博普音乐，不是吗?"反正就是这样的一些话），事实上，麦克和我都是这么认为的——后来，我们这帮人一起蜂拥到另外的聚会去，玛多穿着亚当的一件黑色长绒夹克（在她身上看上去很长），戴着一条也是长得有点夸张的围巾，看上去就像是一个波兰小地下工作者，一个名叫什么卡佳的躲在下水道里的神秘人物——一副很沉郁的样子，眼望天空。

之后，在我还醉醺醺的时候，我让帕蒂·科达凡过来和我们一块喝上一点，然后，他邀请我们到他住的地方继续喝酒（他女人总是要求他陪着回家去，所以在聚会场所你总是找不到帕蒂，芭迪·庞德曾经说过："他太帅了，我都不敢看他，"确实，高个子、金头发、大嘴巴，来自蒙大拿[①]的冷峻牛仔，行动却慢悠悠的，说话也

① 书中第 17 页提到帕蒂·科达凡来自东华盛顿，应为作者记忆的混淆。

慢条斯理的）玛多却似乎对他不感兴趣，她总是想着要离开，不仅是帕蒂这里，还想离开其他那些在但丁酒吧相聚的地下人，我刚刚也差点惹恼了他们，因为我冲着他们喊了一嗓子："来吧，我们都要去帕蒂那儿，朱利恩也去的，"听到我这么说，朱利恩立马跳了起来躲到罗斯·沃伦斯坦后面，其他人也各自四散，他们心里这么想着，"嘿，佩瑟皮耶这个家伙冲着我们喊，是想让我们再跟着他去那些愚蠢的地方去呢，怎么就没有人来制止他呢？"玛多依旧是没有兴趣的样子，在尤里的催促下，我到电话间给萨姆打了个电话（他正在上班），说好晚些时候在他工作地方对面的酒吧里见——"我们大家都去！都去！"现在我真的是在大叫了，实际上连亚当和弗兰克都已经哈欠连连、准备回家了，而琼斯早就不见人影了——我们还是到了帕蒂那儿，我在帕蒂家的楼梯上上下下，不停地给萨姆打电话，还冲进到帕蒂的厨房里拉住玛多，要她和我一同去见萨姆，我在厨房里的吧台边时，罗斯·沃伦斯坦也到了，眼睛朝上，大声叫嚷道："是谁让这个家伙进来的，嗨，这是谁啊？你怎么到这里来了！嗨，帕蒂！"嚷个没完，像是要把他原有的不满一股脑儿都倒出来，"你有病啊？"我听到这么一句，没去理它，还口道："哥们儿，我要把你这里掀翻天，如果你不闭嘴的话，"或者是其他类似的狠话，记不得了，反正是很狠的，足以让他晕乎一阵了，你看他那模样，脖子僵直，不声响地退了下去——我拽着玛多出去，上了一辆出租车到萨姆那儿去，夜色下的一切皆如一个旋转不停的舞台，我听到玛多声音低低地说，像是从很远很远的地方传来的那样，"莱奥，亲爱的莱奥，但是我想回家睡觉。"——"嘿，见鬼！"我还是把萨姆的地址给了出租车司机，她说"不"坚持要回去，给了司机天堂巷的地址，“先把我送到那儿，然后再去萨姆那里，”但是我是铁定了心非去不可，而且我知道，如果我先送她到天堂巷，再去萨姆那儿的话，那边的酒吧就关门了，所以我坚持不依她，两个人争着要把地址给司机，而司机就在那儿候着，就像电影里常见的一幕情景，猛然间，一股火蹿上心间（类似的情况以前也有，为了维护形象，）我跳出车子冲到外面，跳进另一辆出租车里，递上萨姆的地址，哗，如一阵风，车子疾驶而去——夜幕下，玛多独自一人留在出租车里，困乏，心酸，亚当原本说好要给她一些钱买三明治，但混乱中忘了这件事，后来他给了我，让我给玛多，而我现在要用这些钱付车费了——可怜的玛多只能又一次孤单一人回家，那个疯狂的醉醺醺的家伙又一次走了。

我想，我们之间结束了——我终于跨出了这一步，还了她一报——无论怎样它都会来的——

知晓冬天即将来临，这岂不更好—
生活于是会趋于
平静——你将回到家
给我写些什么吧。
曾度过那些愉快的夜晚，和
你在一起——而现在你到家了
休憩，好好吃饭，因为
你不应再太哀愁了——当我知道你很好时
我也会感觉好点

还有

给我写些什么吧。

万请珍重

你的朋友

和我的爱人

哦

爱你

玛多

求你了

实际上，预兆和预感早早地就在那儿盘旋了，从一条小路笔直转入天堂巷，我会抬头往上看，看看玛多屋里的灯是否还亮着，还亮着——“总有一天，莱奥，亲爱的，这里的灯将不会为你亮着”——她说这话还并不只是因为我和尤里那些人的那些事——“总有一天，你希望她在那儿时，她会不在那儿，灯将熄灭，你还会抬头看去，但天堂巷只是一片漆黑，玛多将会离去，这是你最不愿看到、也不想要的。”——一直以来，我就知道这会发生——那天晚上当我奔跑着离去时，这种预感即在我的脑子里闪过，我在酒吧里与萨姆相见，他和两个记者在一起，我们又叫上酒水，我把钱碰撒到地板上，我迫不及待地想喝个一醉方休（因为我失去了我的爱!），后来冲到亚当和弗兰克那儿，又一次把他们弄醒，在地板上嬉闹翻滚，弄出很多声音来，萨姆撕破了我的T恤衫，朝台灯猛击过去，我们不停地喝波旁威士忌，似乎又回到了以前肆无忌惮的日子里，这仅仅是又一次在黑夜中无尽的喧闹而已……醒来，早上，头一天晚上宿醉留下的头痛和失落在告诉我："太晚了。"——起身，踉跄来到门口，地板上全是乱七八糟的东西，开门，回家去，亚当在后面对我说，因为他听到了我弄水龙头的声音，"莱奥，回家去吧，好好养一养，"他是感觉到了我有多么心乱意烦，尽管他并不知道我和玛多间的事——到了家后，我还是晃悠个不停，不能静下来，只能在屋里转个不停，似乎什么人马上就要死了一样，仿佛能嗅出空气中死亡的气息，我于是出门来到旧金山南边的铁路旁，哭出声来。

坐在一根遗弃的铁轨上，天上悬挂着一轮新月，身边是以前的南太平洋铁路，我哭不仅仅是因为我甩掉了玛多——其实心中根本不确定是不是要离开她——而且事已至此，已覆水难收了，我看到了她感伤的眼泪从夜空中落下，我看到了分别刹那间，我们两个人眼神中闪露出的恐惧——但是奇怪的是，就在我仰望天空，心中冥思之时，在月亮的表面，不，是在天空的某个地方，我看到了我母亲的脸孔——我知道我是在想念我的母亲了，脑子里立即出现这样一个场景：一次晚饭后打了个盹，噩梦袭来，那天和今天一样，我上蹿下跳，一刻都不得停歇，那时我看到了我的母亲——确切的情况是这样的，睡觉醒来，电视上正在播放阿瑟·戈弗雷[①]的节目，我看到母亲的身影在我的眼前，深邃的眼睛，一动不动的嘴唇，滚圆的颧骨还有那闪着亮光的眼睛，整个脸模糊不清，起初我还以为是一个噩梦呢，会把我吓住，但是没有——走在铁路边上，脑子里

① Arthur Godfrey (1903—1983)，美国电台和电视主持人。

乱哄哄的，在我为失去玛多，为如此愚蠢地离弃她而哭泣时，我想到了母亲对我的爱——那个模糊的身影，那张出现在我的梦中的辨认不清但意味深长的脸孔，嘴唇微张仿佛是那么放心不下，我听到她在说：“可怜的小莱奥，可怜的小莱奥，你受苦了，人都是要受苦的，你一个人太孤单了，我会来照料你的，放心我会一直看着你的，我的天使。”① ——母亲，我的母亲也是天使——眼泪从我眼中汩汩而出，“哗啦”，我听到有什么东西打碎了，我的心也碎了。我在那儿坐了一个小时，眼前是巴特勒大道和一个巨大的玫瑰霓虹灯，还有十个街区之长的伯利恒西部钢铁公司，天上星星闪烁，周边是火车头里溢出的燃煤烟味，烟雾弥漫，火车从我身边开过，在黑夜中开向南旧金山机场，你可以看见那盏混账信号灯在黑暗中发出一片红光，像是烟花绽放在悲凉深秋夜晚的加州天空，不再纯洁，黑夜不再迷人，冬去春来、秋夏周复，宛如树木生长——那个住在城市南边的人从干净的市郊屋里出来，走到这里，藏在车厢里冥思——心碎。我全身无力——是从心里流出的血液，我想，哦，亲爱的上帝，让我来承受这一切吧，让我呻吟吧，让我赎罪吧，让痛苦从我的肉体和血液中流过吧——女人都心地善良——这我知道——女人爱你，女人呵护你——你却很快背弃女人的爱，如啐一口痰到你自己的脚上，哦，这就是人的本性——

铁路边上那一阵突如其来的哭泣，我真的不太明白到底是怎么回事，实际上也弄不明白——只是在心中对自己说：“你看到了那个女人的脸，那是你母亲，她爱你，她深深地爱你，这些年来一直

---

① 这一段话原文先是法文，后是英文。

在护着你、支持你；而你，却是一个混蛋、一个醉鬼——她从不抱怨，哪怕是一丁点——因为她知道以你现在的情况，你没法出外谋生，没法自己照料自己，也找不到另一个能够照顾你、永远爱你的女人——因为你是愚蠢的莱奥——夜晚星光闪烁，而你深陷在黑暗之中，可怜的人儿，没有人会在意你，而你现在还抛弃了一个女人的爱，只是因为你仍然不理智地要和那帮爱闹事、神志不清的人在一起寻欢作乐。”

总是这样。

这次发生在普赖斯街充满痛楚的不愉快就这样结束了，玛多和我后来又和好了，我们约好在星期天晚上再相见，根据我的安排（那天在抽了大麻、脑子兴奋的时候我制订了这个计划，还蛮自满的，“这是我做过的最好的一个安排，知道吗，有了这个安排我又可以回到爱的生活中去了，”这么说是因为我脑子里想的都是玛多的身体，赖希所说的身体的用处，同时还继续写我的那三本小说，出人头地，两不误——）（安排写好后，发信给玛多让她审阅，那上面这样写道：“晚上九点到玛多那儿，睡觉，第二天中午回来，下午写作和吃晚饭，饭后休息，九点再回到她那儿，”周末的安排留了点空当，“可能要出去”）（喝个几杯）——整整一个周末脑子里想的都是这个日程，度过了这段痛苦的时间后——星期天晚上九点我冲到了玛多那儿，正如日程上安排的那样，她的窗户里没有亮光（“我就知道这一天总会来的”）——但是门上有一张小纸条，留给我的，在走廊里的洗手间急急上一个厕所后，我看了眼纸条，上面写道：“亲爱的莱奥，我十点半回来，”门没有关（一直就是这样），我进去等着，一边还阅读起赖希的书来——这本大部头保健书来她这儿时我总是会带在身边，至少可以有所准备，“给她好好的来一下”，万一今晚是最后一次呢，坐在屋里，眼观四周，我心中暗暗想着——十一点半了，她还没有回来——是害怕我了？——不愿相见？——（“莱奥，”后来，她对我说：“我真的认为我们结束了，你是不会再回来了。”）——但是，她不是还留了那张让人充满希望的纸条吗？希望没有消失，她并不想伤害我，让我在黑夜里等——不过我还是走了，因为十一点半了，她还没有回来，我去了亚当那儿，给她留了一个纸条，让她给我打电话，还在上面写了别的话，但是又擦掉了——所有这些不愉快的细节导致了那次在普赖斯街上的悲痛之事，那件事发生在我们度过了雨水交融的一晚，有了“成功”的性事之后，那一次我对她说：“玛多，你现在真是我的宝贝，”因为，她也知道，我那次成功地让她感受到了，而且是两次，后来，我们头一次在一起度过了一个甜蜜的下午，似乎是真正和好了，但是可怜的玛多会时不时地抬起头来，说：“我们真的应该分开，我们从没有在一起做过什么事，我们说过要去墨西哥，但是你又要去找工作做，我们在一起住过一阵子，你还记得说过的那些话吗？那么让人憧憬，但却都是幻想，从没有实现过，因为你从没有想过要去做什么，从没有行动，弄得我也这样了——我都好几个星期没去做诊疗了。”（那天，她写了一封辞真意切的信给她的诊疗师，恳求原谅，允许她再次回去）——从我在铁路边上哭泣后回到天堂巷，到孤零零地在她漆黑的屋里等着她时，所有这一切都变得那么不真实了，不过那张小纸条还是拯救了我们，尽管只是短暂的，那天晚上我到底还是找到了她，后来她在亚当那里给我打了电话，让我去丽塔那儿，我带了啤酒去，后来迈克·墨菲也来了，他也带了啤酒来——最终又是一个鼎沸喧闹、醉入梦里的夜晚。早上，玛多说："你还记得昨天晚上你对迈克和丽塔说了什么？"我回答："当然不记得了。"——一整天，白日明明，蜜蜜甜甜——我们做爱并许下诺言要做这个要做那个，尽管都是小事——甚至都没有起身上厕所，到了晚上时，她说："我们去看一场演出吧，"（用她那可怜的一丁点支票）——"天哪，我们会把你的钱都花光的。"——"去他的，我才不在乎呢，我就要把钱花光，也就只有这点了，"她重重地说道——她穿上她那件黑色绒衣，往身上洒了些香水，我走近她，嗅闻她的脖子，天哪，真是香甜！我比任何时候都想要她，但是她却躲开了我的双臂——我去握她的手，却感觉她像灰尘一样飘浮不定——肯定是有问题。"我从出租车里出来那一刻是不是让你生气了？"——"莱奥，你的行为就像个小孩，那是我看见的最没有头脑的行为了。"——"对不起。"——"我知道你会说对不起的，不过我还是要说那是我看到的最有病的行为，而且这样的事一而再地发生，还越来越严重，唉，不说了——我们去看电影吧。"——我们出了门，在黑色绒衣外面她又套上一件小巧的红色雨衣，我以前从没有看到过，但是见了让我心碎，她急急地往前走，短簇的黑发让她看上去有点怪异，像——像你在巴黎见到的某个人一样——我只穿着我那件老旧的铁路司机工作服，里面只有一件衬衫，十月的天气让我感到一丝寒意，天上飘来一阵雨滴，走在她的旁边我止不住打了寒颤，我们在普赖斯街快步行走——方向是市场街，看电影——我想起了那个周末从布朗伯格家回来的那个下午——我们两个人的嗓子都好像有点发堵，我不知道是为什么，她知道。

“亲爱的，我要跟你说个事，但是你要保证，我说了后你还会和我一起去看电影。”——“好的。”——停顿了一会儿，我迫不及待地问：“什么事?”——我猜想她要说的肯定是这样的话：“我们还是分手吧，你知道我不想再这样了，这不是因为我不喜欢你，而是，而是到了现在，我们两个人都应该明白我们之间的事了——”就像以前一样，碰到她说这样的话，我总有办法应付，我会回答说：“那好，我想，我猜，我看，我们这样吧，等等——”因为你知道男人总能让小女人屈服的，女人都是顺从的，尤其像她这样的小女人——于是我自信地等着她往下说，尽管天气是那么的阴冷，周边一副凄凉悲哀的氛围。“你知道那天晚上”（她想了好一阵子，想说明是最近的哪个晚上——我帮她弄明白了是哪个晚上，我的手勾住她的腰，我们的身体紧挨在一起，向普赖斯街和哥伦布大道的交叉路口走去，北滩的角落此刻显得越发诡异，因为我想到了往事，来旧金山后经历过的场景此时在我头脑里翻腾着，现在我对它有了自己的想法，我不禁沾沾自喜——我们终于确定下来，她要告诉我的是一个星期六的晚上，也就是我在铁路边哭泣的那个晚上——那股猛然间升起的感觉，哀从心来，哭泣，还有在空中看到的身影——我甚至还想打断她，告诉她我那天晚上独自一人在铁路边的感受；另外，既然她提到了那个星期六的晚上，我也想弄明白她身上是否也发生了什么不好的而我应该知道的事情——）

“是这样的，我去了但丁酒吧，但并不想待在那里，想要离开——尤里想在那儿待着——他给一个什么人打了电话——我在电话旁——告诉尤里有人打电话找他”（这是她原话，说话不连贯），“尤里到电话亭里接电话时，我回家去了，因为我太累了——可是，早上两点时他来了，敲门——”

“为什么?”——“为了找一个地方睡觉，他喝醉了，一头冲了进来——后来——就——”

“嗯?”

“就，就这样，我们睡在一起了，”——整个那种嬉皮士语言——听到她说完最后一句话，我的脚步还是那么有力，但是我的肚子以下的部分却泄气了，要陷塌到了裤子里面，腰部以及整个身体像是有一种松软的感觉，像是要掉入到一个无底洞里去——身边的街道刹那间也变得那么索然寡味，过往行人是那么乱哄哄，如野兽般乱窜，街上的灯不知为什么要开得这么亮，根本没有这个必要……哦，这个伤心的世界——她说“我们睡在一起了”时，我们刚好走过石子路，我小心翼翼地跨上路缘，没有看她——我朝哥伦布大道看去，心里想着立马离开她，就像有一次我在雷利那里一样——但我没有这么做——我说道：“这不是个人待的世界，”——但是声音很低，她根本没有听见，即便听见了，也不做任何回复，过了一会儿，她又继续说道：“还有其他一些事，就是，就是，我还是不说了——”她有点结巴，说得很慢——我们两人还是晃晃悠悠朝着电影院走去——放的是《斗牛壮士》[1]（当我看到斗牛士听到他的好朋友和他的女友开着他的车从山上翻下去的消息流露出的悲伤时，我哭了，看到那些牛时，我的眼泪也流了下来，因为我知道那些牛肯定会死去，我很清楚那些牛在斗牛场里的命运）——我想要抽身离开玛多。（“别这样，”她说，一个星期前，我突然开始提

---

① *The Brave Bulls*，1951 拍摄的一部美国西部片。

起亚当与夏娃，并把她比成夏娃，像她这样美丽的女人足以让男人干任何事，“别叫我夏娃”）——但是现在叫不叫都没有关系——朝电影院走去时，她突然在积着雨水的人行道上停下来，哆嗦地说：“我要一条围巾，”随后便转身走进一家店里，这让我很不爽，我也只得很不情愿地转身跟在她后面，离她有十步远，我意识到从普赖斯街和哥伦布大道一路过来，我一直没有想明白到底怎么办好，现在我们已在市场街上了——她在店里的时候我心里一直在挣扎，我是不是现在就离开，车费我有，要做的只是快速跨过街道回家去，等她从店里出来后会发现我不在了，她会知道你又一次食言了，不和她一起去看电影，就像以前你多次许诺不算数一样，但是这一次她会知道你是出自男人的本能，你是有理由这么做的——不过这又有什么用呢？我感觉被尤里捅了一刀——我感到被玛多羞辱了，被她抛弃了——我转过身，迷茫地往店里看，这个时候玛多刚好走了出来，头上包着一条紫得刺眼的扎染大头巾（因为这个时候雨滴开始落下来，她不想雨水把她为了看电影而梳理齐整的头发弄乱了，所以花钱买了这块头巾，尽管她钱本来就不多）——看电影时我握紧她的手，一直握了十五分钟，我都没有意识到有这么长时间，我觉得她肯定以为我是在讨好她，像恋人一样手握着手看电影——她的手很温暖，神情很茫然——这个深色眼睛的女人俨然是一个陌生人了——看完电影出来，我心情忧郁，她却像没事一样径直在寒风中走向车站，不一会儿她又离开车站，把我带到一个温暖一点的地方等车，一会儿这儿，一会儿那儿，她动个没完，我不由得在心里嫌起她来。

回到她家里，我们坐下，她坐在我的腿上，约翰·戈尔茨来看她，没想到也会见到我，我们闲聊起来，一聊就聊了两个小时，我本来想着要走的，但是不知怎的来了精神，我想要戈尔茨知道我尊重他，也喜欢他，所以就在一起待了两个小时——但实际情况是，我发现他让玛多感到不舒服，因为他大谈特谈文学，很多东西玛多不明白也没有兴趣，而另外一些东西她则早就知道了——可怜的玛多。

后来他终于走了，我搂紧坐在我腿上的玛多，她开始说起男人间的"战争"——"他们总是你争我斗的，对他们而言，女人就是一个战利品，对尤里来说，你手中的战利品不是那么有价值了。"

"哦，"我应道，不无悲伤地，"不过我真的应该多注意那个家伙一点的，他说过街上有的是他要的情人，各个角落都有——知道吗，她们都一样，别黏住一个不放。"

"不是这样的，不是这样的，尤里巴不得你现在就跟他去但丁酒吧，在那里你们两个人可以尽情谈笑，拿我做靶子，他会告诉你女人都是骚货，而且到处都有这样的女人——但是我觉得你和我一样，你只要一份爱——男人知晓女人的本性，女人是有本性的。"（"是的，"我在心里说，"是有一个本性，那就是你的下体。"）"男人手里掌握着这个，所以他就可以到处炫耀，做出那种样子来。"（此前我刚给她读过《芬尼根守灵夜》的头几页，还给她讲解了一番，芬尼根总是在利菲河畔"建，建，建那个超级建筑"——粪堆而已！）

"我没有什么可说的，"我心中暗自想着，"我要是不那么冲动，你还会觉得我是一个男人吗？"

"就像我说的，你们都在战争中。"

“女人也有战争——”

哦，接下来我们还可以做什么呢？我想——我现在可以回家了，可以肯定的是，一切都结束了，不单单是她已经厌倦了，经历得太多了，她还刺伤了我，她让我尝到了戴绿帽子的痛苦，变化无常的她，一切都像那个梦预示的那样发生了，哦，那该死的梦——我想象着自己一把抓住了尤里的衬衫领子，将他掀翻在地，他抽出一把南斯拉夫造匕首，我则举起一把椅子朝他砸去，所有人都在看着我们……我的白日梦并没有停顿，我看着他的眼睛，突然间，我看到了一个小丑天使发出的强光，他让人间的一切都成了玩笑，我意识到我与玛多之间也只不过如此，我想着：“可笑的天使，从地下人中间飞翔起来的天使。”

“亲爱的，这由你来定，”我听到她在说，“来看我多少次都可以——但是就像我说过的，我喜欢独立。”

于是，我回家去了，失去了她的爱。

于是，我写了这本书。

皮克

第一章　我和爷爷

从没有一个人像我爱自己那样爱过我，除了我的母亲以外，但她已经死了（我的爷爷，他太年老了，他能够记起一百年前的事，但是上个星期或者昨天发生的事他却记不起来）。我的父亲很久以前就不见了，没有人能够想起来他的脸长得什么样。我的哥哥那个星期天下午穿着新衣服出现在屋子前，他是从那条老路上过来的，爷爷和我在坐在门廊前的椅子里一边摇晃着一边说着话，我的哥哥没朝我们看一眼，有一天他也不见了，从此再也没有回来过。

一个人的时候，爷爷说他要去照料那几头猪，要我去修补前面的篱笆，他说："一百年前我看见过上帝大人从篱笆那儿过来，他还会来的。"我的姨妈加斯塔尼娅摇摇摆摆地过来，蛮有把握地说，嗯，没错，是有这么回事，她也无数次看到过上帝大人，次数多得数也数不清了，她边说还边"啊，啊"地赞美上帝，她说："这些福音都千真万确的，不过小'画刊评论'①杰克逊（也就是我）还得去上学，学识字读写，"爷爷于是抬起头来盯着她的眼珠看，像是要朝那里啐一口烟草嚼碎后的汁液，但是他还是这么说道："那个那个我不反对，"他说话就是这个腔调，"但是他要去的那个学校不是上帝的学校，还有他从此没法再修补篱笆了。"

我就这样上学去了，放学后从学校回家来，发现学校里没有人知道我来自什么地方，我不知道人们是不是称那个地方为北卡罗来纳。反正我觉得那个地方一点都不像北卡罗来纳。他们说我是这个学校肤色最黑的孩子。这我早就知道，因为我看到白人孩子从我家门前经过，我也看过粉红色皮肤的孩子，我还看过蓝皮肤的、绿皮肤的，还有橘黄色皮肤的，最后是黑皮肤的，但是从没有见过有谁像我那样黑。

不过，我并不在意这些东西，我的生活过得很惬意，在很小的时候我就会给自己做很漂亮的馅饼，焦味飘得四处都是，坐在门廊前的爷爷噘起了嘴巴，不停地抽着他那个绿色的旧烟斗。有一天两个白人男孩过来看到了我，说我那么黑，跟黑人孩子没什么区别。我对他们说，这有什么，我早就知道了。他们说我太小了，不知道他们在玩什么东西，我现在确实不记得是什么东西了，不过那时我回答说那个孩子手上拿着的是一只大青蛙。他说那不叫青蛙，叫蟾蜍，他说蟾蜍会让我蹦得老高老高的，一百英里之高，他说得是那么确切，声音是那么大，说完之后那两个孩子就一溜烟地跑上爷爷房子后面的小山上不见了。我就这样知道了有一个地方叫北卡罗来纳，有一种东西叫蟾蜍，晚上做梦时我还梦到了它。

在十字路口达纳斯通先生让我和我的那条老猎犬坐在他店门口的台阶上，那真是一个幸运的傍晚，我从收音机里听到了奇妙的歌声，那么清晰，那么动听，达纳斯通先生还教了我几首，先是两首、三首，后来教了七首，我把它们都唱了出来。有时候奥蒂斯先生开着他的又大又旧的汽车过来，给我买来两瓶乐倍②饮料，我把

---

① Pictorial Review Jackson，指皮克的名字 Pictorial Jackson。
② 七喜公司生产的名为“Dr. Pepper”的饮料。

一瓶拿回家给爷爷，他说奥蒂斯先生是一个大好人，他认识奥蒂斯先生的爸爸和他爸爸的爸爸，那肯定是一百年前的事了，他们都是好人，爷爷说。这些事我都知道；我们还都一致认为乐倍这东西口感真不错，喝在嘴巴里嘶嘶地响。这下你知道了吧，那个时候我的生活有多么的惬意。

下面我来说说我们住的地方。我爷爷的房子东倒西歪的，说不定哪天就要塌下来，房子用锯木盖成的，那种从林子里刚刚锯下来的木头，但是现在这些木头都已经腐烂不堪了，中间开裂。屋顶像是要滑落下来，落到爷爷的头上。他却并不在意，还是会坐在那儿，摇晃着椅子。屋子里面很干净，就像一穗干的老玉米，赤脚走在里面沙沙作响，不信你可以试试。爷爷和我睡在一张很大很旧、嘎吱响的床上，这张床占据了屋里大半个地方，它太大了。猎犬睡在门口，门总是开着的，只有冬天来临时才关上。我去砍木柴，爷爷在炉子里把火点上。我们坐下吃豆子、绿色菜，还有腌肉，喏，这儿有一把大勺子，我吃了很多，直到肚皮撑不下为止——当然是在吃的东西多的时候。加斯塔尼娅姨妈时不时地给我们拿来食物，上个星期，下个月，她都准备好了。拿来的东西有腌肉、面包、瘦条肉。爷爷在地里种豆子，在篱笆边上的那块地里种玉米，我们把嘴里咬过、嚼不动的东西拿去给猪吃。猎犬也吃。房子就在地的中间。地那边是路，沙子路，已经被走得硬邦邦的，石子一颗颗的到处都是，骡子也会走在路上，经常还会有汽车驶过掀起一阵阵灰尘，足足往天上蔓延有一英里之高，我在哪儿都能闻到尘土味，我自问道："这个时候上帝为什么就不来帮忙弄弄干净?"没办法，我只能自己擤擤鼻子。再过去一点是达纳斯通的店，在十字路口上，林子里的松树上有一只老乌鸦，每天早上“嘎嘎”叫个不停，为了把它赶走，我就在树下“呱呱”学着它的声音叫，这让我很开心。另外一个方向向前是达纳斯通先生的兄弟种的烟草地，还有奥蒂斯先生住的一个很大很大的房子，贝尔小姐的房子在田地的中间，贝尔小姐希望能活到爷爷那样的年纪，然后像他那样抽着烟斗。对了，她喜欢我。每天晚上大伙儿不是睡在这个房子里就是睡在那个房子里，反正每个房子都可以睡，你听到的唯一的声音是一只老猫头鹰——“喔喔”地在林子里叫唤，还有蝙蝠飞来飞去的声音、猎犬的吠叫声和黑暗中蟋蟀嚯嚯的鸣叫声。另外从镇子里传来“嗖嗖”的声音，你知道那是什么。你唯一听不见的是一只老蜘蛛在织网的声音。我走进木屋里弄破了一张蛛网——待我把蛛丝从脸上拂去后，它又织成了另一张网。天上那边有很多很多颗星星闪亮闪亮的，地上这里湿漉漉的就像是下过雨一样。我上床睡觉，爷爷叫嚷道：“小子，你的湿脚离我远一点!”但是只一会儿我的脚就干了，我舒舒服服地躺下。透过窗户我看见了外面的星星，我睡得很香。

你现在知道了吧，那个时候我的生活很惬意。

第二章　出事了

可怜的爷爷，有一天早上他起不来了，大伙从加斯塔尼娅姨妈那儿过来看他，他们说他那样子是要死了。我低下身把头搁在爷爷的枕头旁，他告诉我不是那么回事。他随后大声吼起来让所有的人都出去，只让那条猎犬留下，忠实的老猎犬趴在床底下发出呜呜的哀叫声，舔着爷爷的手。加斯塔尼娅姨妈“嘘，嘘”地叫着，要赶它出去。“出去，出去，狗儿。”加斯塔尼娅姨妈把我带到水泵旁帮我洗脸，她拿着一块破布擦抹我的耳朵，停下，拿着抹布的手揪住耳朵一个劲地拧，拧，直到我都疼得快要死了。对了，那个时候，我哭了，爷爷也哭了。加斯塔尼娅的儿子从路那边奔跑过来，不一会儿来到我们跟前，不一会儿他又撒腿跑回去了，我没有看过跑得这么快的。很快奥蒂斯先生来了，开着他那辆又大又旧的车子，停在门口正前方。奥蒂斯先生个子高，身体壮，长着一头黄头发，他记得我，对我说：“嘿，小东西，你还好吗？”

他过来拿起爷爷的手，翻起他的眼皮，手伸到一个黑包里掏一个东西，他要拿着这个东西听爷爷的身体，大伙都靠拢来，也要听，加斯塔尼娅姨妈一巴掌把她儿子赶开，奥蒂斯先生把一只手放到爷爷的胸前，他们两个人互相看着对方，神情是那么严肃，奥蒂斯先生做完了他的工作。“老兄弟，”奥蒂斯先生对爷爷说，“你还好吗？”爷爷咧嘴笑了笑露出蜡黄的牙齿，他嘿嘿地笑着对奥蒂斯先生说："那儿有一个烟斗，很够劲儿，"说完朝奥蒂斯先生眨巴眨巴眼睛。没有人知道他说这个是什么意思，但是奥蒂斯先生清楚，爷爷大笑起来，他笑得那么开心，身体都摇晃起来了，就像是一只负鼠爬上树梢把整棵树晃得摇动起来。奥蒂斯先生说："在哪儿?"爷爷指指柜子，他还在笑个不停，见到奥蒂斯先生他很开心。他真的很喜欢奥蒂斯先生。奥蒂斯先生从柜子顶端拿下他们两人说的那个烟斗，因为放得太高，所以我从没见过。那个烟斗是玉米棒子芯做成的，是爷爷制作的最好最大的一个烟斗。奥蒂斯先生拿着烟斗看，表情现出忧愁，我以前从没见过他这样。他说："五年了，"他就这么简单说了一下，那是他最后一次见到爷爷，爷爷也知道这一点。

过了一会儿，爷爷睡着了，大伙儿站在一起说话，好像没有一个人想着要去睡觉。我听出了他们说的意思。他们说爷爷病得很厉害，肯定要死了，接下来，他们如何来照顾我，皮克。哦，大伙儿都哭了，哭得很伤心。加斯塔尼娅姨妈和她的朋友琼斯小姐也哭得很伤心，因为她们像我一样很爱爷爷，加斯塔尼娅姨妈的儿子也哭了，那些从路那头过来看爷爷的小孩们也都哭了。在门外呜呜叫唤的猎犬走进门来。奥蒂斯先生告诉大家别着急，或许爷爷很快会好起来的，但是他并不肯定，所以他要想办法把爷爷送到医院去，到了那儿他会好起来的。大家都同意这是个好办法，并感谢奥蒂斯先生，因为他自己出钱给爷爷去看病。"这个孩子"，他对加斯塔尼娅姨妈说："你和丈夫还有你父亲肯定能照看他吗?"加斯塔尼娅姨妈说："上帝大人会看着他们的。"奥蒂斯先生说："是吗?我不相信他会，不过你一定要好好照看他，你记住，有什么事来找我。"哦，我的主啊，听到大伙儿这么说，我哭了。他们把可怜的爷爷抬到车上，就像抬一条被车轧过的猎犬那样，把他放到车后座上，然后送他到医院去，这个时候我又哭了。看到加斯塔尼娅姨妈关上门，我哭了，爷爷他从不关门的，在过去的一百年里一次也没有关过。一阵巨大的恐惧打蒙了我，我只想趴在地上挖一个洞钻进去躲在里面哭，我从出生后看到的就只有这个房子和爷爷，现在他们要把我拽离这个空无一人的屋子，爷爷自己都快死了，无能为力了。哦，主啊，我想起爷爷说过的“上帝从篱笆那儿过来”的话，想起他说过的奥蒂斯先生是一个大好人的话，还有冲着我的湿漉漉的脚嚷嚷的事，这一切就像是昨天的事，但现在他已经远走了，我号啕大哭，你们，你们不感到羞愧吗？

第三章　加斯塔尼娅姨妈的屋子

就这样，顺着大道他们把我带到了加斯塔尼娅姨妈的屋里，那是一间很大的旧屋，墙都裂了，有十一个人住在里面，从小小孩到老爷爷杰尔基，他整天坐在屋里，年老眼瞎。这儿一点都没法和爷爷家相比。到处都是窗户，还有一个大砖头烟囱，一个门廊，这个屋子太需要清扫了，还有椅子也一样，门口的木板上到处都是西瓜皮和沙子，都没法出门。天哪，我有生以来见到的苍蝇都没有在这里见到的多。不，我不想待在这里。后面院子里有一些树，一些樱桃树，我双手抓住树杈荡来荡去很好玩，但是那六七个小孩会在那里叽叽喳喳嚷个没完，那里的猪也没有爷爷家里的好，一点都不懂事。我从没有见过这么讨厌的猪。不，我不想在这里待下去。晚上还没有地方睡觉，只能和三四个小孩挤在一起，那些胳膊肘横在我的脸上，我睡不着。

杰尔基爷爷，那个老头让我害怕，他说，“把那个孩子带过来”，他们就把我带过去，他抓住我的胳膊，用一只巨大的浑黄的眼睛看着我，但是眼神是斜的，可怜的老头，他的视线越过我的脑袋，什么也看不见。另外一只眼睛里什么也没有，眼球凹陷在他的脑袋里。这个老头没有眼睛。他紧紧地拽住我，把我都弄疼了，他说：“就是这个孩子。我一天还揪不到他一次。”加斯塔尼娅姨妈冲过来把我拉开。“你干吗要诅咒这个孩子，你已经诅咒大家七遍了，还不成？是他爸爸弄坏你的眼睛的，不是他的错，他只是个孩子。”杰尔基爷爷大声叫嚷起来：“他死了，见鬼去后，我还要揪他七次，没有人能阻扰我。”“不行，绝对不行，”加斯塔尼娅姨妈也嚷道，希姆叔叔，他是加斯塔尼娅姨妈的丈夫，过来把加斯塔尼娅姨妈拉到门外，我呢，我跑到院子里躲起来，因为我太害怕杰尔基爷爷了，怕他伸过手又来抓我。不，真的，我不喜欢加斯塔尼娅姨妈的屋子。

杰尔基爷爷常常像蛇一样悄无声息地，坐在一个角落里咬他的膝盖，大家吃饭时都围坐在一张高高的桌子旁，听到说话声，杰尔基爷爷会说：“是你吗，小东西？”他指的是我。我躲在加斯塔尼娅姨妈后面。“来，过来站在我旁边，让我揪你两下，这样就还剩下四下了，然后诅咒就算偿清了。”“别理他说的话，”加斯塔尼娅姨妈对我说。希姆叔叔没有说什么，他也从不朝我瞧一眼，唉，我真的很害怕，我难受得要命，我不想在加斯塔尼娅姨妈这里待下去，而是跑去树林里，孤单地、满心忧郁地死去。加斯塔尼娅姨妈说我病了，瘦了十一磅，我真的感到很不好受，没有力气，整天在泥地里躺着。“你干吗老在那儿哭呢，孩子？”她对我说，“看，脸上弄得都是泥。”她帮我把泥擦掉。我生病不是因为加斯塔尼娅姨妈，而是因为杰尔基爷爷、希姆叔叔，还有那些朝我扔沙子的小孩。而且也没有人带我去医院看爷爷。“哦，主啊，我不能再这样哭下去了。”

杰尔基爷爷，他把手伸出窗外一把抓住了我，把我弄得生疼生疼，我一下倒在地上像死了一样，他大叫起来，高声说道：“我抓住这个小东西了，我第二次揪他了！”然后，他开始数数：

“三！——四——！”加斯塔尼娅姨妈使劲把我拉开。“我看见那个迹象了，我伸手抓住他的时候，看见那个迹象了，”杰尔基爷爷大叫道，“你现在逃不掉了。”加斯塔尼娅姨妈猛地大哭起来，倒在床上手脚乱动，那些小孩子们不知所措，赶紧朝外面跑去告诉在地里和骡子一起干活的希姆叔叔，他一路颠跑着过来。主啊，这个时候，杰尔基爷爷这个老头走到门廊来找我，想伸手抓住我，他正好来到我站的地方，好像他的眼睛根本没有瞎一样，但是恰巧他撞到了椅子，摔倒在地疼得叫喊起来。大家都发出了一声：“啊！”希姆叔叔扶起老头把他抱进屋里放到床上，那个老头喘着大气。希姆叔叔，他叫我的一个表兄把我带到门外，我和那个表兄走到门外，听到希姆叔叔和加斯塔尼娅姨妈互相叫骂起来。

“你这个蠢女人，把这个身背诅咒的孩子带来干什么？”希姆叔叔怒吼道。加斯塔尼娅姨妈不停地祷告，“哦，上帝大人，他只是一个孩子，他没对任何人做过任何坏事，上帝大人你为什么要让这个无辜的羔羊遭遇如此羞辱和苦难，他只是个孩子啊。”“上帝说什么不干我的事，”希姆叔叔吼道。加斯塔尼娅姨妈说，“主，上帝，他身上流的血也是我身上流的血，我的妹妹的血就是我的血，哦，上帝，亲爱的耶稣，把我们从罪恶中拯救出来吧，把我丈夫从罪恶中拯救出来吧，把我公公从罪恶中拯救出来吧，把我的孩子们从罪恶中拯救出来吧，亲爱的上帝，也来拯救我吧，把加斯塔尼娅·杰尔基从罪恶中拯救出来吧。”希姆叔叔从屋里来到门口，朝我狠狠地看了一眼，走开了，加斯塔尼娅姨妈一个晚上都在祷告，他也就没有什么可说了。杰尔基爷爷睡着了。

那个比我大一点的表兄带我沿着道路往前走，指给我看前面的镇子在什么地方，他知道我无依无靠，孤苦伶仃。他说：“今晚，星期六，大家都去喝酒，到那边的镇上去，他们在那里狂欢，那是他们的活动，”我说：“你说的狂欢是什么意思？”他说：“嘿，你不知道？他们放很响的音乐，边唱边欢闹还跳舞，都在那个卡车上。星期六晚上我看见的，有一只很大的烤猪，爸爸拿着酒瓶喝酒，就像这样——”他把他的头甩向后面，这个表兄，有一个很大很大的脑袋，他做出那个样子给我看，然后说道：“呼——呼，”接着他跳起来，手舞足蹈地表演给我看，“就是这样跳的，不过你不能去那儿玩了，因为你被诅咒了。”就这样，我和表兄两个往前走了不一会儿，看到了镇上的灯光，我以前从没有看见过这样的灯光，我们在一棵苹果树下坐下，看着前面的这一切。但是我的情绪很低落，根本没有心思看那些东西。主啊，这个老镇上的一切与我有什么关系！

我跟着表兄一会儿往这，一会儿往那，后来我漫无目的地走回树林里，沿着山路来到达纳斯通先生的店门口，听到收音机里传出歌声。接着，你猜怎么着？我顺着那条路来到了爷爷家。那儿静极了，空空荡荡，一个人影也没有，我想着最好就死去算了，倒在地上立马死去最好。那只老猎犬来到爷爷家叫了几声，他已不在那儿了，我也不在这里住了，没有人住在这里，狗儿还是叫个不停，好像要把它的心都叫喊出来。

一百年前爷爷看见过上帝从篱笆那儿过来，现在他在医院里要死去了，再也看不见什么篱笆了，什么也看不见了。我问主道：“主，你为什么要对爷爷这样？”

我记不起来加斯塔尼娅姨妈家的房子了，在那儿发生的一切事情也都想不起来了。

第四章 哥哥来带我走

像我这样的小孩不回家还有什么可睡觉的地方，我虽然不想再回到加斯塔尼娅姨妈那儿了，但是除了那个可怜女人的住处我还有什么地方可去的呢？所以我不得不又穿过黑色的树林往回走，我看到了加斯塔尼娅姨妈，她在等着我，在厨房里提着个油灯。“睡觉吧，我的孩子，”她对我说，那么地温柔，我就躺下来睡到她的膝盖上，就像是睡在我母亲的膝头上，那时候我还很小，母亲还活着。“加斯塔尼娅姨妈会照顾你的，别怕，”她说道，抚摸着我的头，我睡着了。

后来，我病了，在床上躺了两天，三天，七天，外面一直在下雨，加斯塔尼娅姨妈给我弄吃的东西，有糖、玉米粉和甘蓝叶。杰尔基爷爷，他坐在屋子的另一头，说：“把那孩子给我带过来，”但是没有人把我带过去，也没有人告诉他我在什么地方，加斯塔尼娅姨妈告诉大家都不要作声。杰尔基爷爷手伸出窗外抓住了表兄，就像他抓住我一样，但是他自语道：“不是，我想这不是那个小东西。”表兄这时嚎起来，就像我被抓住时那样嚎叫。

我睡了两天，一直沉睡不醒，加斯塔尼娅姨妈让我表兄去找奥蒂斯先生，但是奥蒂斯先生上北边去了。“**北边**哪里？”她问表兄，表兄说：“什么哪里，他就是上**北边**去了。”“我是问他去北边的什么地方了？”表兄说：“他去**弗吉尼亚北部**了。”可怜的加斯塔尼娅姨妈垂下头，不知道如何是好了。

奥蒂斯先生是走了，加斯塔尼娅姨妈只好为我祈祷，她还叫来了琼斯小姐一块儿为我祈祷。

希姆叔叔，他来看过我一次，对加斯塔尼娅姨妈说："我想这孩子是要跟他爷爷走了，"加斯塔尼娅姨妈抬头望着屋顶，"阿门，这个世界太不适合这小羔羊了，耶稣救救这个孩子吧。"希姆叔叔说："我想他是不会来管的，我们总算少了一张嘴吃饭，"加斯塔尼娅姨妈怒声说："哦，上帝，别让我的男人再陷入罪恶中了。"

"闭上你的嘴，女人，这个男人没时间扯淡什么罪恶不罪恶，这个冬天他添不了新炉子了，因为那块烟草地遭了诅咒了，自从这个男孩来了以后，虫子就开始吃烟叶了。"说完他一脚踹开门出去了。

这是我听到这个男人说的最长的一段话。

一个星期六早上我在床上躺着，嘿！外面忽然有很多人在说话，喊叫，声音很大很大，我伸出头来想看看是怎么回事，但什么也没有看见。他们都从门廊这边进来。我把头转向里边，我是病人。不过，你猜进来的是谁，小孩们叽叽喳喳地跟在他后面的那个人是谁？

我的天哪，来的人竟然是我的哥哥，他变化真大，自从离开爷爷和我以后，他整个模样都变了，我根本就认不出来站在门口那个人是谁，他头上戴着一顶小圆帽，帽子上面有一颗小扣子，头发从下巴处开始悬在脸的两侧，他很瘦，细条个，很高，脸上写着歉意。见到我时他笑了，大声笑起来，来到我的床边，伸出手来摸我，眼睛直勾勾地看着我。"见到他了，"他说道，他并没有对着任何人说话，他只是自言自语，边说边露出笑容，我呢，我惊讶得话都说不出来。我太惊讶了，以致都在床上坐了起来。

那些小孩一个个都咧着嘴窃窃地笑，加斯塔尼娅姨妈忙乱得不得了，可怜的人儿，她不停转身朝后看，她害怕希姆叔叔这个时候回来，因为他也不喜欢我哥哥。“我说，约翰，你都去了哪儿了，现在来这里干什么？”她问我哥哥，他只是回答：“嘿，嘿，”然后就跳起来，做出那些很滑稽的动作，满屋子地跳来跳去，把我逗笑了，那些孩子们也都跟着我大笑起来，杰尔基爷爷突然间说道：“你们都在笑什么？”

“我回来是要把小皮克带走，姨妈，让他坐上我的神毯，带他去**北边**，去**纽约**，姨妈大人，”他说道，做出一个很好玩的鞠躬动作，还把帽子从头上拿下来，我们都看到了他的头。我和那些小孩又一次被逗笑了，这绝对是一个充满欢乐和笑声的一幕。“谁在那说话？”杰尔基爷爷问道，“小东西们在笑什么？”但是没有人告诉他。

“你到底为什么来这里？”加斯塔尼娅姨妈问哥哥，他把他的帽子夹在胳肢窝下，回答道：“为什么？不就是为了来接我的弟弟，所以就来了，”他不再做那些滑稽的动作，小孩们还踮着脚尖，因为他们还想继续看热闹，但是大人们的神情开始严肃起来。

这个早上对于我正是个大好天，我起身在床上蹦来蹦去，我玩得气喘吁吁，心中很是高兴，哇哦！

“你不会带走你弟弟的，”加斯塔尼娅姨妈对哥哥说，他说道：“不，我会的，你为什么说不会？”“为什么？”加斯塔尼娅姨妈说道，“你这个不明来历的人想这样走进来就把这个还在生着病的孩子从这个家里带走?”

“这不是他自己的家，加斯塔尼娅姨妈，”他说，这个女人这下来了气，怒声道:“别叫我姨妈，姨妈的，谁都知道你是个没数的人，没干过什么好事，就知道喝酒闲逛，每天晚上都瞎混，你家里人需要你的时候你却不见了人影。快滚，快滚。”

“谁在那里?”杰尔基爷爷喊叫道，他身子在椅子上不停地动弹着，手扶着把手朝四处张望。这时，那些孩子们还有我早已经不再笑了。

“女士，”哥哥说，“瞧你说的，”加斯塔尼娅姨妈还是嚷叫道:“别叫我女士，你别想就这么从我这里把这个孩子带走，把你从你爸那里学到的坏东西教给他。不是吗?”她高声说道，“你比你爹好不到哪儿去，你们杰克逊家族里就没一个好东西。”

就在那一刻我像是看到了我的一生。“那个家伙是谁?”杰尔基爷爷大声问道，这个老头像是发疯似的怒气冲天，我从没有见过他这个样子。他拿起他的手杖，紧紧地抓在手里。就在这个时候，希姆叔叔出现在门口，当他看见哥哥站在屋中央那儿，他的眼睛立时瞪圆，像鸡蛋那么大，眼珠突出，眼白分明。他说道，声音不大但清清楚楚:“小子，你在这里不受欢迎，你自己心里清楚。”他身子没动，但一只手伸向门后抽出一把铁锹来。“快离开这儿，”加斯塔尼娅姨妈急忙扭头说，继而张口准备大叫，但是没有喊出声来，所有人都在那儿等着看会发生什么。

第五章　争吵

你知道，我哥哥他并不害怕希姆先生拿着那把铁锨，他说道："我不准备拿这把椅子打人，也不想伤害任何人，因为我是心平气和来到这里的，但是杰尔基先生，你要是不放下铁锨，我想我就会抓住这把椅子不松手，"他抓起那把椅子，那样子像一头狮子。他的眼球都红了，眼前发生的这一切他一点也不喜欢。希姆叔叔看着哥哥，然后再回过头来看着加斯塔尼娅姨妈，他说道："这个小子在这里干什么，快告诉我，听到了吗？"

她告诉了他。他说道："好了，闭嘴吧，女人，"他又转向我哥哥，说道："你们请，请出去，快点出去，"他指着门说。

"抓住他，希姆，"杰尔基爷爷嚎叫道，他又离开椅子站了起来，提起他的拐杖，叫嚷道，"儿子，用这个棍子击他的脑袋。"

"让那个老东西坐下去，"希姆叔叔说道，但是加斯塔尼娅姨妈开始哭嚎起来，她又提起了我的事，她不想让我哥哥带我走，她哭道："不，希姆，不，这孩子还在病中，要是饿着了、冻着了或出了任何一点小问题就会病得很严重，和那个家伙在一起保不准就会发生这样的事，要是真那样，上帝就会诅咒我，用烙铁烙我的心，把我赶下地狱，上帝也会同样这么对你，对我们这一家子人的，"她叽里呱啦地哭叫道，一脸眼泪，看着让我揪心，她走过来抓住我，把我拉到人群后面去，一个劲地亲吻我。哦！

"把你的衣服穿上，皮克，"哥哥对我说，希姆叔叔这时放下了铁锹，哥哥也把椅子放下，加斯塔尼娅姨妈一直哭个不停，可怜的女人紧紧抓住我，我一点都动弹不得，看到事情变成这个样子真让我难受得不行。希姆叔叔过来一把抓住加斯塔尼娅姨妈，把她拽开，我哥哥找了件衬衣给我穿上，加斯塔尼娅姨妈尖声大哭起来。主啊，我找了双鞋子，一顶开着洞的帽子，我准备好走了，哥哥把我扛在肩膀上，我们朝着门口走去。

但是，你知道这时发生了什么？奥蒂斯先生开着他的汽车晃晃悠悠地来到了门口，他从车里出来，敲了门后探头朝屋里看，说："发生了什么了？"他看着人群，把帽子朝后推了推。

这下，大伙儿都七嘴八舌说开了。加斯塔尼娅姨妈说得最多，声音最大，又喊又叫的，谁都听不清她在说什么，奥蒂斯先生一边听着，一边静静地看着其他人，什么也没说。哥哥把我从肩膀上放下来，他扛着我，边上这么多人在乱喊乱叫，他都站不住了，奥蒂斯先生抓起我的手腕，听了听，然后又翻起我的眼皮看，就像他弄我那可怜的爷爷的眼睛那样，接着他又朝后退了几步，把我从头到脚看了一遍，说道："看来，皮克的身体是恢复了，是不是？好了，现在你再把事情从头到尾给我说一遍，可以吗？"等加斯塔尼娅姨妈说完后，他不住地点头，"是的，是的，嗯，嗯，"然后说道，"太太，是这样的，我不想干涉你们的事，不过我不认为当初同意把这个孩子托付给你的决定是错的，但同样地，我也不认为他现在适合继续留在这里。"他说了他的意见后朝希姆叔叔看了看，希姆叔叔说："是的，先生，我也是这么想的，自从他来了后就没有安宁过。"奥蒂斯先生于是走向杰尔基爷爷那儿，向他道声好，杰尔基爷爷说："又一次听到你的声音真是太高兴了，奥蒂斯先生，"他坐在那里脸上堆满了笑容，因为奥蒂斯先生来看他了。

奥蒂斯先生接着又说道："我是欠了这个孩子的爷爷一个情的，我要让他得到好的照顾，"他转身对我哥哥说话，我猜想他并不喜欢我哥哥，因为他边说边摇着脑袋："在我看来你也不能照顾好这个孩子。你在北边有工作吗？"

"是的，先生，我有工作，"哥哥回答说，他显得很认真，又把帽子夹在胳肢窝下，但是奥蒂斯先生看来并不认同他，他问："是吗？你在路上时就只穿着这件衣服吗？"他这么一说，大伙儿都打量起我哥哥的衣服来，那确实不像一件正经的衣服，奥蒂斯先生说道："你只有这么一件军用夹克，你的裤子边上都是洞，而且这条裤子也不怎么合身，裤腿那么肥大，都快掉到膝盖处了，我不知道你怎么还能穿着它，你上身还穿着件红衬衫，但看得出来一直就没有洗过，脚上的士兵靴都破烂不堪了，头上的那顶贝雷帽也是那个样子，所以你说说你这个样子回到家里来让我怎么相信你有工作？"

"先生，是这样的，"哥哥回答说，"纽约现在流行的就是这样的风格，"但是这个回答并不能让奥蒂斯先生满意，他说道："你是说留山羊胡子这样的？知道吗，我刚从纽约回来，我没有什么不好意思告诉你，这是我第一次去纽约，我的想法是那个地方不适合居住，对白人和有色人都一样。我想你完全可以在家里照料你的弟弟，毕竟你爷爷的房子还在，你也可以在这里找个工作，就像你在其他地方找工作一样。"

"是这样的，先生，"哥哥说道，"我妻子在纽约，"奥蒂斯先生听后立马问道："她有工作吗？"我哥哥支支吾吾了一会儿，说：

“是的，她也在工作，”奥蒂斯先生于是说道：“那样的话，白天谁来照看这个孩子？”我哥哥的眼球顿时又变红了，因为他想不出话说了。知道吗，我原来一直是怀着期望的，我和哥哥走向门口时我是那么的高兴，但是现在看来我又呆在这个鬼地方走不了了。

“白天他可以去上学，”我哥哥说道，他看了奥蒂斯先生一眼，从他的眼神中不难看出这次谈话让他筋疲力尽，心存惶恐，奥蒂斯先生笑了笑，说道：“嗯，我不怀疑你的好意，但是纽约的交通那么糟糕，谁来负责接这个孩子放学回家？在那个人人一副冷面孔的城市里谁来带他过马路，看着他不被卡车或者其他的车辆撞着？还有，这个孩子在那儿能呼吸新鲜空气吗？此外，到了十四岁时谁能保证他交的朋友不是那些带枪藏刀的家伙？在我的生活里我从没看见过那些事。我不希望那些事会发生在这个孩子的生活中，我想他爷爷在他最后弥留的日子里也是这样想的，我这么做只是因为我欠我的老朋友一份情，在我个子还不及他的膝盖时，他就教我怎么钓鱼。”说完，他深深地叹了口气，对加斯塔尼娅姨妈说道：“唯一正确的做法是把他放在一户好人家里，直到他长得足够大了可以自己做决定为止。”他从外衣口袋里拿出一个很好看的本子，转开一只很漂亮的钢笔，在本子上很潇洒地写起字来。“明天早上我要做的第一件事就是打电话，做出一些必要的安排，与此同时，这个孩子可以先在这里待着，”他对加斯塔尼娅姨妈说，“因为我相信，太太，你会把一切都料理好的。”是的，奥蒂斯先生讲得很有道理，也让所有人听着很舒服。

但是我一点都不觉得舒服，因为我不想再在加斯塔尼娅姨妈家里多待一分钟，多待一个晚上，多待上任何一点时间，也不想去什么奥蒂斯先生说的**好人家**里，我也不愿看到我哥哥一人孤单地、忧伤地沿着他来的路回去。可是没办法，他不时地扭过头看看，可怜的哥哥，抬起他那**军用靴**子慢慢地踏起一阵尘土，加斯塔尼娅姨妈的孩子们一个个跟在他后面，他们都很喜欢他，想看他跳来跳去、鞠躬弯腰的样子，就像他刚进来时在屋里做的动作那样，但是他没有再做。奥蒂斯先生一直在门口和希姆叔叔说话，直到我哥哥消失在树林里，然后奥蒂斯先生钻进他那辆大汽车里，走了。

好吧，只留下了我。

第六章　我跳窗逃走了

夜幕降临，大家都上床睡觉了，我和三个小不点表弟睡在一个床上，我一点都睡不着，我对自己说：“唉，接下来还会有什么事发生在你身上?”我很焦急、烦恼，还哭不出来，想好要做的事都做不成了，哦，上帝，这真是一个漫长的夜晚。

可是，后来我知道我睡着了，因为我醒过来听到几只猎犬在门外叫唤，希姆叔叔打开房间的窗户，喊了一声，声音像唱歌似的：“闭上你们的嘴，别乱吼了，”加斯塔尼娅姨妈问：“那些狗为什么叫唤?”

希姆叔叔朝外看了看，回头说：“那边树上有一只黑猫，”他重新睡他的觉去了。加斯塔尼娅姨妈说道：“黑猫离我的狗远一点，”她做了个手势，接着也回头睡她的觉了。

这时我听到了睡在窗边的小表弟威利斯说道：“谁在那儿?”我听到有一个声音，轻轻地说：“嘘，”我看清了，哇，是我哥哥在窗外，我和威利斯从亨利表弟的身上爬过去，把我们的鼻子抵住纱窗，一会儿乔纳斯也过来了，也把他的鼻子抵住纱窗。“是那个会跳舞的人，”小威利斯说道，嘴里发出“嘻——嘻——嘻”的声音，我哥哥将食指竖在嘴边，说：“嘘——嘘，”我们于是都竖起耳朵听加斯塔尼娅姨妈和希姆叔叔的声音，杰尔基爷爷睡在一个角落里，他们都在沉睡中，打着呼噜，外面猎犬们还在叫唤着，所以他们根本听不见我们的声音。

“你来干什么，跳舞先生?”小威利斯和小乔纳斯问道，小亨利醒了过来，叫道：“压着我的腿了!”他叫得很响，我们几个赶忙跳上床钻进被子里，我哥哥则猫身躲在窗户下面。

好险，我都屏住了呼吸。但是没有人醒来。

我们几个又回到窗户旁，小心翼翼的。

“你还会跳那种舞吗?”乔纳斯问，小不点亨利醒来了，看见我哥哥站在窗户边，他擦了擦眼睛，问：“你要跳舞是吗?”他总是要重复乔纳斯说过的话。我哥哥说：“嘘——嘘，”小不点亨利竖起食指放在他的嘴巴上，转过身，轻轻推了我一下，好像是我压着他的腿似的，随后大家又都看着我哥哥。

“我是来带皮克走的，”我哥哥掩着嘴轻声说，“但是我明天或者明年会回来跳舞给你们每个人看，还会给你们每人五角钱，明白了吗?”

“你为什么现在不跳呢?”小威利斯和乔纳斯说道，“就一点点可以吗?”小不点亨利也说：“就一点点，嗯?”我哥哥头转向一边，看着大家，说：“是的，我还是真的相信是有天堂的，”他又对我说道：“皮克，你快去悄悄地把衣服准备好，我来给他们跳舞，”我赶忙把衣服准备好，我哥哥摇曳着步伐在月光下的院子里轻轻地舞动起来，那些小孩们一个个都乐不可支地看着，脸都笑圆了。知道吗，你肯定没看到过像他那样在月光下的舞蹈，这些孩子以前也没有看过别人那样跳舞。

“快闭上你们的嘴，别再叫唤了。”希姆叔叔在房子的另一端那里喊了一声，大家立马沉寂下来，俯身躲起来，你从没见过有人的动作像我们这么快的。但是希姆叔叔只是在说那些狗，可怜的沉睡中的人儿。

一会儿，大家又都抬起头来。

我哥哥把窗帘卷起来，一边说着“嘘——嘘”，一边探头进来，乔纳斯也发出“嘘——嘘”声，小不点亨利跟着说“嘘——嘘”，我抓住哥哥的脖子，先把头伸到外面，接着双脚也落到了外面，真是谢天谢地，谢地谢天，我看了看周围，都不敢相信是站在黑咕隆咚的院子里了，我们一切齐备，可以走了。

“我们走，”我哥哥说，他一把将我放在他的背上，就像他在下午将我扛在肩上那样，我们转过身来，看了看窗户旁的那几个孩子，他们是那样地难过，都像是要哭了的样子，我哥哥知道他们的心思，他说道：“别哭，孩子们，我和皮克明天或者明年会回来的，我们会在一起好好玩一玩的，我们要一起去溪沟里摸鱼，一块儿吃糖，玩棒球，说好听的故事，爬树，吓唬在树下走过的人，还有其他好玩的事，你们就等着吧，听懂了吗？”

“是的，先生，”乔纳斯说，小不点亨利也跟着说：“是的，”小威利斯也点头说道：“懂了。”我和哥哥就这样走了，穿过院子，越过篱笆，走进树林里，无声无息，哇！我们走了，我们做到了。

第七章　我们来到镇上

爷爷，这是最黑的一个夜晚，我和哥哥刚走到树林里，月亮就被云遮住了，月亮像是一个瘦小的香蕉，皮包骨头，月光微弱，躲在云层之间时不时向外张望。天也变得很冷，我冻得发颤。我猜想大概一场暴风雨要到来了，是要来告诫我点什么，因为这时我有一种不祥的感觉，不像刚出来时那样快活。好像是有一些事情我忘了做了，或者是忘了从加斯塔尼娅姨妈那儿带什么东西出来了，但是我知道其实并没有这样的东西，我只是在瞎想而已。主啊，我为什么会这样心里七上八下的，胡乱想个不停，自己吓唬自己？穿过树林，走过前面黑乎乎的一片，我们听到了火车声，不过那还好远好远的，我和哥哥只是在风刮过时听到，“呜——呜”的鸣笛声——一会儿就听不到了，好像是要朝山上开去。哎哟，真冷，真黑，真阴。但是我哥哥他一点也不在意。

他一直背着我走过林子到了一个开阔地，把我放下，说道：“哈，我不能就这样一直这样把你背到纽约去吧，”于是我就跟着他走，来到一块玉米地，他停下来说：“嘿，你肯定你能走吗？你前几天不是还病着吗？”我说道：“是的，先生，我只是有点冷，”说完继续往前走。

我哥哥说：“来，我给你一件外套披上，”继而又说，“来，上来，小东西，”他又一把将我背上背，从眼角那儿瞧着我，“听我说，皮克，”他说，“你真的非常肯定要跟着我走，对吗？”我回答：“是的，先生。”

“嘿，你干吗老叫我先生，我是你哥哥啊。”

“是的，先生，”我说道，停下来，又说道，“是的，先生，哥哥，”我真不知道如何说才好了。我猜想，我是有点害怕了，因为我不知道我们要去哪儿，就是到了要去的地方，也不知道会发生什么事，似乎让哥哥来带我走，这事有什么地方不对头，我也不像刚开始时那么兴奋，那么高兴了。

“听我说，皮克，”他说道，“你只用跟着我走，一直到我们的家里，还有，叫我斯利姆，大家都这么叫我，知道了吗？”

“是的，先生，斯利姆，”我回答道，很快意识到不对，停住了，又说道：“是的，斯利姆。”

“对了，就这样，”他笑道。“你看见那只在杰尔基院子里那棵树上的猫了吗？那些猎犬们朝它叫个不停，知道是怎么回事吗？是我把它放到那里的，让那些狗不会注意到我，那只猫派了大用场，给我们带了好运。瞧，前面！”斯利姆指着前面的一棵树，围着树转了起来，突然人躲在树后面不见了，像狗一样朝树上叫唤，然后又“噌”地做出猫上树的动作，我们两个人都笑了起来。爷爷，他就是那个样子的。

“可怜的小家伙，”他说道，叹了口气，把我往背上面耸了耸，“我知道你是心里害怕，就像那些大人一样，对什么东西都害怕。《圣经》里说过，你必流离飘荡在地上①。你还没到十一岁，不过我

---

① 见《圣经·旧约·创世记》第4章，第12节。

想你早已经知道这个了。知道吗，我来就是要把你变成一个流浪人。”我们又开始一起走，不一会儿，看到了前面镇子里的灯光，他没有说什么。从这里开始我们算是走上了大道。

“来，现在让我来告诉你，我们要去哪儿，”我哥哥像是看穿了我的心思，摸透了我的焦虑，他说道：“从现在开始我们要做好朋友，互相了解，这样才能一起在这个世界上闯荡。听到爷爷的消息后，我就知道你会有麻烦了，所以就对希拉说了，她是我妻子，以后她就是你的新母亲了，她同意我的想法，对我说——去，把那个可怜的孩子带来。就这样。”他停了停，又说道：“希拉是一个极好的女人，你不久就会知道的。所以我就来到了南边，因为我是你唯一剩下的亲人，你也是我唯一的亲人，小家伙。你知道奥蒂斯先生为什么要给杰克逊爷爷那个茅屋和那块地吗？——还有，为什么奥蒂斯先生今天要帮你吗？”

“不，先生，斯利姆，”我说，我真的很想知道是怎么回事。

“那是因为你爷爷自出生以来就是奴隶，奥蒂斯先生的爷爷是他的主人，这下明白了吗？”

“是的，先生，斯利姆，从没有人告诉过我，”我说道，不过好像我有一次听到他们说奴隶什么的，这勾起了我的记忆来了。

“奥蒂斯先生，”哥哥接着说道，“他是一个好人，他觉得他需要时不时地帮助一些有色人，他有自己做事的方式，而且出发点是好的，尽管我不认同他的方式。其实每一个人都是好心的，用他们可怜的方式来表达他们的好心。加斯塔尼娅姨妈是一个最好心肠的人，可怜的女人。希姆叔叔也不是一个坏人，他只是不喜欢像你和我这样的流浪人，可怜的人。在他内心深处他并不恨任何人。杰尔基老爷爷，他只是一个疯老头，如果发生在他身上的事也发生到我身上的话，我不确定我是不是也会那样。一会儿我再告诉你是怎么回事。知道吗，我不想看到你寄养在谁家里，就像今天奥蒂斯先生要做的那样。你知道为什么加斯塔尼娅姨妈要收养你，而杰尔基家的男人们却不要你吗？”

关于这事，我是真想知道，我问：“为什么？”

“那是因为你的爸爸，阿尔法·杰克逊，也是我的老爸，在十年前一次可怕的斗殴中把杰尔基老头的眼睛弄瞎了，我们两家从此就结下血仇了。加斯塔尼娅姨妈，她是你妈妈的姐姐，一直非常爱这个妹妹，一直照料她直到她死去，那个时候爸爸刚从监狱劳动队里服刑五年出来，其中三年在迪斯莫尔沼泽[1]，但他出来后没有回到母亲身边。”

“他去哪儿了呢？”我问哥哥，还试着想起我父亲的面貌，但是没用，想不起来了。

“没有人知道，”哥哥说，他往前走着，脸色阴沉，“小家伙，你父亲是一个疯子，是一个坏人，以前是，现在也是，不管他是活着还是死了，也不管他今晚会在哪儿。你母亲老早以前就死了，可怜的人，那个时候她跟疯了一样，但没有人指责她。唉，”哥哥转过头看着我说，“你和我是从黑暗中来的。”说完，脸色更加阴沉。

现在，我们从沙泥地路来到了平整的路上，那是我见到过的最平整、走起来最舒服的路，路边与小溪交界的地方还有一些白色的标杆，上面挂着一些闪亮的珠宝之类的东西，中间的地方画着一条

---

① Dismal Swamp，在美国东部。

平整的白线，还有好多好多这样的东西。哇！在前面那边是镇上的灯光，有三四辆汽车从我们身边疾驶而过，“呼——呼——呼。”

“我说，”我哥哥说道，“你还是要跟着我走吗?”

“是的，先生，斯利姆，我当然是要跟着你的。”

“好的，”他说，“你往前看，我们要走那条路。嘿，大家注意了，我们来了，”他大声喊道，旁边并没有人，我们两人并肩沿着大道往前走，路边有一些白色的房子，我们两个人都精神十足，感觉特好，我哥哥说道：“看，我们到镇子外面了，”他挥舞起他的手臂，高叫：“呜，呼!”我们雀跃着往前走去。

我们走过一间很古老的白色房子，很大，有我们穿过的那个树林那么大，房子前面有白色的旗杆，门廊，看上去很漂亮，房子背面有很多透亮的大窗户，从窗户里映射出来的灯光洒在漂亮的长满青草的院子里，我哥哥说：“这儿是克莱·塔克[①]·杰斐逊·戴维斯[②]·卡尔霍恩[③]将军的家族的府邸，他是邦联第十七团师旅的一位退役英雄，左臂挨过一枪，得过金星紫勋章，现在已有一百多岁了，名字刻在葛底斯堡战役阿波马托克斯[④]战场纪念碑上，哇!”这些话他是一口气说下来的，好像他什么都知道。

我们经过一间又一间很齐整的房子，这一片都是这样齐整的房屋，走过这些房子后，出现在眼前的是一些不规整的房子，都是砖

---

① 指亨利·克莱（Henry Clay　1810—1903），美国废奴主义者，外交官。

② Jefferson Davis（1808—1889），美国内战期间南方联盟政府总统。

③ John Calhoun（1782—1850），美国政客，极力维护黑奴制。

④ 葛底斯堡，美国内战中一著名战役所在地，林肯在此发表著名演说。阿波马托克斯战役是美国内战最后一站，南方军队最终投降。凯鲁亚克在这里把这些不同人物和地点都融合在了一起。

红色的，灯光从各个地方透出来。哇！我从来没有看见过这么多的灯，还有旗杆、玻璃窗，也没见过这么多人在那些又平又宽的路上行走。“这里是镇上了，”我哥哥说，对了，很久以前我和我母亲坐小汽车来过这个镇上，我们是来看电影的，不过我那时还太小，不记得什么了。现在我又一次来到镇上，但是我已经长大了，我还要和我哥哥一起闯荡世界呢。所以，一切看上去都是那么壮观。

我们绕到一间黑黑的老房子后面，我哥哥对我说：“你在这条巷里等我，我去买些路上吃的三明治，”他把我从背上放下来，因为他非常累了，他抓住我的手，带我往前走。我们来到巷子的尽头，正对的那条路灯火通明，但巷子里很暗，刚好适合我在那里等。“那里有一个鸡棚屋，”他说，“我会很快回来的，不要让别人看见你，就怕杰尔基家里的人醒来后，发现你不见了，派人来找我们，听见了吗？站在这里别动。”他说道，把我推到红砖墙边，让我坐下来，然后他穿过街道走了。

就这样，爷爷，我在那里靠着墙，抬头仰望两面墙上方的天空，我听见汽车的声音，人说话的声音，各种各样的声音，从各个地方传过来，知道吗，那是所有的人在同一时间做着事情时，用他们的手、脚、嗓子发出的声音，听起来是那么清晰。我在乡间从没有听到过这样的声音，我听到过的只有晚上小溪的潺潺流水声，汩汩地、欢快地流着。我就这么静静地听着，似乎除了我以外，所有的人都在忙碌着。街的那边是那个鸡棚屋，就是那种小小的破旧棚屋，但是里边却灯光亮堂，一张长桌子的前边坐着人，他们在吃东西，东西的味道很好，我闻到都要流口水了。那里还传来阵阵收音机里出来的音乐声，我在街这边听得很清楚，一个男声唱道：“你在什么地方啊，宝贝，我到处找你，你怎能如此对我，你难道不知道我很在意?”那收音机里的音乐真是好听，是我听到过的最好听的音乐，那个收音机是一个很大的、像盒子一样的东西，旁边有红黄色的灯光在闪烁。门的上方有一个屏幕，屏幕上一个轮子在空转，发出“嗡嗡”的声音，从这个轮子后面很远的地方还传来另外的“嗡嗡”声，听起来那个轮子还要大得多。我猜想，我听到的是世界之轮发出的声音。是不是，爷爷？哦，我真的很开心。

我对自己说：“我从这里往前走两步去看看，”我沿着墙往前挪动，看到了街上更多的东西，哇！真亮堂，真好看。

我哥哥从那个鸡棚屋里出来，手里拿着一个纸袋子，街那边过来几个人，他们看见了他，叫道：“嘿，斯利姆，你从纽约到这里来干什么?”他叫道：“嘿，哈里，嘿，雷德托普·特诺尔曼先生，嘿，斯莫基·乔先生。你们在这里干吗呢?”他们说道：“哦，我们刚好闲晃到这里。”然后他说：“好久没有听到你们几个的消息了，”他们说道：“哦，我们这儿那儿到处走。嘿，你这段时间过得怎么样?”我哥哥说：“哦，就随性而至，到处找乐呢，你们明白的。”他们说：“哦，”随后他们就离开了，大家都说下次再见。

是的，我真的非常喜欢这个镇子，从来不知道这个地方是这么热闹的。

我和哥哥穿过巷子又回到镇子的边上，我们走得很快，感觉很好，因为一会儿我们就可以吃三明治，哥哥说我们要在那个十字路口等巴士，巴士一会儿就会来了，上了巴士后我就不会再受冷了，他也一样。“知道吗，今晚我们不会在巴士站里过夜了，”他对我说，他又接着说道：“唉，唉，不过谁又在乎呢？你要是就像我一样相信上帝，那就没什么区别，你听见了吗，上帝?”

然后我们坐在那些挂着闪亮珍珠这类东西的白色旗杆前的墩子上等巴士，等了有半个小时，或者是一个小时，我不记得了到底多长时间了。

巴士终于来了。那大块头轰隆轰隆地开了过来，车身上还写有“**华盛顿**”字样，驾驶盘后面的那个人降下速度，但是汽车还是嗍的一下从我们身边过去了，好像根本不会停下来的样子，车子过后掀起一阵风沙，一股热气扑到我的脸上，终于巴士在前面一个地方停下来，我们奔了过去。坐上那个庞大的东西后，我对自己说：“谁知道这个大东西会带我到哪儿去，但是从现在开始我哥哥会照看我了。”

从那以后我再也没见过加斯塔尼娅姨妈了。

第八章　巴士北上

爷爷，车上没太多东西可说的，很多事都是在纽约发生的，要说我做了什么，那就是坐在那儿呆望。

哥哥和我付了那个人一些钱，然后我们走过车座里的人到后面我们的座位上，所有的人都在看我们，我们也看他们，我们在沙发座上坐下，说是沙发其实一点也不软，坐下后我们越过前面那些人的脑袋朝前看驾驶员，他关掉灯，轰的一下启动汽车，车速越来越快，车头前的两盏大灯射出光亮引导着我们向前开去。哥哥很快就睡觉了，我一点睡意也没有。半个小时，或者是一个小时后，我心里想着我们是离开了北卡罗来纳，因为路的两边从黑色变成了棕褐色，房子也不见了，只是原野一片了。我猜那是大片大片的树林，没有任何房屋，幽暗的？漆黑的？是那么凝重肃穆的？这就是加斯塔尼娅姨妈大声祈祷时说到的那个原野。

雨倾倒在原野上，路一片湿漉，在雨中孤寂地延伸下去。

看着窗外很有点害怕，我很高兴能在车里面和这些人在一起。

一整个晚上我都在看着车里的人，他们大多都在座位里睡着了，太黑什么也看不见，我努力地张望，但还是什么也看不见。反正那个晚上我不想睡觉。

我对自己说："皮克，你现在要去纽约了，是件大事吧，不是吗？"我在自己身上拧了一把，感觉真好。

这时，我开始犯困了，眼皮耷拉下来了，因为在家里和在加斯塔尼娅姨妈那儿时，我都是在晚上的这个时候睡觉的，所以我知道我现在是要睡了，这就是那个晚上我做的所有的事。

早上我醒来抬头看看，我在哪儿了，还在巴士里，嘿，我还真有点不相信了，对自己说："梦里有这么多的颠来颠去，原来是在车里啊。"我看看旁边的哥哥，他还在睡觉，把边上的空位都占了，身子伸展开来睡得很舒服，我很高兴看他还在睡觉，因为我知道他肯定是很累了。我朝窗外望去。

你知道吗，我从没有看见过这么开阔、这么壮观的景象，后来在去加利福尼亚的路上看到了比这还要开阔还要壮观的景象。告诉你吧，我看到的就像是我第一次睁开眼看到的那个世界一样。那是一条大河，两边都是树，河水汹涌奔腾，有一英里宽，在远处变得平坦了，我猜想它是流到海里去了。在远处的一座山上有一幢很大的白色老房子，门前有旗杆，就像是那天晚上我看到的那个房子，那个哥哥说从阿波马托克斯战场退役的英雄将军的老房子；在河的另一边，我看到了一个巨大的，大的有点吓人的屋顶，全白色，圆形，就像是一个倒扣过来的杯子，稍远处有一些树林，树林中间隐约可以看见一些房顶。前面座位的一个男人对他妻子说："看，亲爱的，那边是国会山的大圆顶，"他抬手指着那个地方，是的，就是那个。一阵风吹过来，那是最舒适、最柔和的风，在河面上吹起涟漪，向外荡漾开去，那是我看过的最宁静的景色了。阳光照在那个巨大的漂亮的圆顶上，反射回来倾洒在一面大旗子上，旗子挂在圆顶上的一根金色的旗杆上，光亮耀眼。还记得我和你们说过我们的巴士昨晚颠簸了一宿经过的那片土地吗，现在我们来到了它的中间了，我从没有看见过有这么多白色的、这么开阔的一个城市，哥哥醒来了，告诉我说："这儿就是华盛顿，我们国家的首都，美国总统在的地方，"他边说边用手揉眼睛，我仔细看去，这个华盛顿城还真热闹，因为我听到很多很多的声音，这时巴士的速度慢下来，前面河边有红光，我把头伸出窗外去看。是的，我从没有看见过这么辽阔的天空，那么多的漂亮的深暗色的云块在这个早上在美国首都华盛顿上空飘浮。

后来，爷爷，我都没怎么睡觉。华盛顿城内很热，我们在那儿停下来，要换乘另外一辆车，那上面写着"纽约"，车内很拥挤，世界上所有人都在这里排队登上那辆去纽约的巴士，坐在里面汗流不停。我只靠在哥哥胳膊上睡了一会儿，别的时候都没法睡觉，只得直直地坐在后排座位上，脑袋靠在哥哥的肩上，很不舒服，他的可怜的肩膀非常热。那个巴士司机叫了一声："下一站，巴尔的摩，"他就这么叫了一下，立马去干别的什么了，好长时间以后才看到他回来。唉，我真希望我们还能回到头一个晚上在原野上开的那个车里。车里面到处是婴儿的哭喊声，我想他们肯定也和我一样不好受。我朝窗外看去，看到的只是墙，一边是墙，另一半也是墙，太阳照在屋顶上，阳光很烈，哇！太热了，我都要热出病来了。我对自己说："为什么没人把窗户打开呢？"我看了看周围，所有人都在流汗，但是没有人要去开窗户。我对斯利姆说："我们把窗户打开吧，要不我们就会死的。"斯利姆于是使劲地又抓又拽又掰那个窗户，但是一点都弄不动它。"咳！"他说，"这肯定是那种非常现代的空调车。咳！"斯利姆说，"快点走吧，车子，快来点空气啊。"前面的一个男的转过身来，朝我们看了一眼，他也试图要打开窗户，但是弄不动，随后他一边流汗一边开骂了。这时过来一个大个子当兵的，他伸出手来使劲地往上拽窗户，但是窗户照样一动不动。于是大家只好干瞪眼了，一点办法都没有，汗流浃背的。

这个时候，那个巴士司机回来了，斯利姆还在那儿拽窗户，他看到了，说道："别去动它，这是空调车，"说完他在前面按了一个按钮，同时启动了车子，还真是的，立马一阵无比舒适的风在车里吹了起来，只是大家很快就感到冷飕飕的，我身上的汗水变成冰水了。斯利姆于是又一次去拉窗户，他想弄一点热空气进来，但是还是拉不动窗子。我们只能透过窗户看外面美丽的绿色田野，斯利姆说那里是**马里兰**，他说他真希望能坐在阳光灿烂的草地上。我想别人大概也是这么想的。

爷爷，告诉你吧，在路上旅行真不好受，一点也不舒服，但是你可以看到好多好多有趣的东西，而且以后再也看不到相同的景色了。

我们到了费城后，有些人下车了，我们于是在前排座位找了新的位子，靠近司机的地方，我们还买了冰冷冰冷的橙子味汽水，当你感到身体不好受时，没有什么比喝这个更有用了。斯利姆说："我们现在可以坐在前面了，因为我们过了梅森-狄克森线[①]了，"我问他什么是梅森-狄克森线，他说就是《吉姆·克劳法》[②]之线，我又问他谁是吉姆·克劳，他说："就是你，小子。"

"我不叫吉姆·克劳，"我说，"你知道我叫皮克托伊拉·杰

---

① Mason Dixie Line，正式说法是 Mason-Dixon Line 历史上美国南北分界线，在马里兰州和宾夕法尼亚州之间。

② Jim Crow Law 指于 1876—1965 年间在美国许多地方实行的种族隔离法和政策。

克逊。”

“哦，”斯利姆说，“是吗？我怎么就不知道呢，哈哈。嘿，吉姆，”他说道，“你不知道根据那个法律，巴士过了梅森-狄克森线南边后，你就不能坐在前排座位？”

“你为什么要叫我吉姆？”

“嘿，吉姆！”他很认真地看着我说，“你真的不知道这条线？”

“什么线？”我说。“我没看到什么线啊。”

“怎么会呢？”他说，“我们刚刚在马里兰不是经过了那条线吗？你没有看见梅森和狄克森在路中央举着那个线牌吗？”

“哦，”我说，“我们是从那根线上压过去了，还是从那条线下面经过了？”我使劲地回想了一下，但什么也没有想起来。“我想，”我说，“我刚才肯定是睡着了。”

斯利姆大笑起来，揪揪我的头发，拍拍他的膝盖。“吉姆，你真逗。”

“那根线是什么样子的？”我问他，我还太小了，知道吗，我不知道他是在开玩笑。哦，斯利姆说他也不知道那根线是什么样子的，因为他和我一样也没有看到过。

“但是这根线是有的，只是它不在地上，也不在天上，只在梅森和狄克森的脑子里，就像其他线一样，什么国界线，州界线，三八线，欧洲的铁幕线，它们都是人们头脑中想象的线，和地上的线没有什么关系。”

爷爷，你知道吗，斯利姆很认真地说着这些事，也不再叫我吉姆了，说完后他又自己对自己说：“是的，就是这样。”

司机先生回来了，叫了一声：“去纽约的乘客都上车，”就像刚才我跟你说过的，旅行只往前走，不回头。哇哦！在朝纽约的方向一直往前，路上其他车子穿梭如鱼，那个司机坐在驾驶盘后面，只是动动他的胳膊，眼睛盯着前方，把大巴士开得飞快。任何一个从路边经过的人看到我们的车过来肯定要立即停住不动，让我们的车先过去。那个司机只是一个劲地往前飞速开去，他不管旁边有什么。路上其他车也是这样，有些都差点撞着我们的车了，在我们身边"嗖，嗖"地疾驰而去。我猜想我们这个车要是在路上撞死了人也停不下来，即使停下来了，你也找不到被撞飞的碎片，那些碎片只有到了下一个镇子才可能被找到。爷爷，你肯定没看过有人这样开车，快得像风刮过一样，每个人都是一副不在乎的样子。告诉你，我都不敢睁开眼睛看。

斯利姆，他又睡着了，这次他的头靠在我的胳膊上，就像在华盛顿时我的头枕在他的胳膊上一样，他的眼睛紧闭，前面刚好是玻璃窗，巴士司机在很专注地开着车，带着我们一路向前。斯利姆一点也不害怕，他睡得很沉。对了，我真的很喜欢他，我对自己说："皮克，昨天晚上他来带你穿过树林并让你不要担心时，你不应该害怕的。现在，皮克，为了斯利姆你要快快成长了，你不再是一个乡下小孩了。"

我透过玻璃窗往前看，这辆庞大的车正往北朝纽约驶去。

第九章　纽约第一夜

现在我来告诉你在纽约发生的事，事情发生得很快，我根本没有时间去看看纽约是什么样子的。我记得，我们是在五月二十九日那天到的，但是三天后，我们又收拾上路了，所以你知道吗，要在纽约生活得需要多快的速度，我们就是那样的。

看到纽约时我还在巴士上面，斯利姆在座位上推了我一下，说："我们到纽约了，"我往外看去，看到一个红彤彤的太阳，我又看了看，揉揉眼睛让自己完全醒过来，因为你知道吗，爷爷，我们那个时候正从一座又大又长的桥上驶过，下面有很多房子的屋顶，我向下张望，看到小孩们在房屋间奔跑嬉戏，斯利姆说这还不是纽约，是**霍博肯**，他抬手指指前面，告诉我纽约在哪儿。不过我看到的只是远处一堆一堆的墙，还有那些细细的尖顶，都藏在厚厚的迷雾之中。然后，我又看了看近处的，告诉你吧，爷爷，那是我看过的最乱、最大的一片地方，一大片一大片，伸出去很长很长，有屋顶、街道，有桥、铁路，还有船和河，还有一些很大很大的东西，斯利姆说那是煤气罐，还有那些墙，堆着乱七八糟东西的院子，电线，中间是一块沼泽地，上面有很长很绿的草，泥地的水里面漂浮着黄色的油，边上有已经烂掉的木筏。这样的景象我从来没想过会看到。我们在桥上转弯时出现更多这样的景象，一切都是那么雾蒙蒙的，一眼看不到头，延伸得那么远，我根本看不清楚，看到的只是在浓雾里面出现的一堆一堆的东西。不过，爷爷，还有别的——我之前告诉你太阳很红很红，那是因为太阳刚好从云层里的一个缺口里面照射过来，光线像手指一样摸到了很多地方，玫瑰色的，非常漂亮，好像是上帝穿过雾层来看这个世界了。对了，我猜想，就在我醒来以前，每一个纽约人都已经把灯开开了，我猜想开灯之前天肯定很暗，而现在太阳照过来了，那些灯在红色的阳光下显得微弱而奇怪，我看到很多地方都闪烁着这样的灯光，在街道和巷子的深处，在墙上、在桥上、在浓雾的中间、在玫瑰色的平稳的水面上，灯光摇曳着，抖动着，就好像是人们在太阳下山时点燃的篝火，人们不想把篝火熄灭，因为他们知道白昼不会很长。还有，太阳这个时候变成紫色和蓝色了，在云块的边上留下一圈火焰，这时天黑下来了。

斯利姆说："啊，又是五月了。真希望今晚能去个什么地方，"我问："我们没有地方可去吗?"

他说："我是说一个男孩和女孩们可以在一起玩的地方。我就一直没有见过也没有找到过这样的地方。这是那些男孩们此刻正考虑的问题。"

"你是说哪些男孩?"我问道，他指了指纽约，说道："今晚在监牢里的那些男孩子们。"爷爷，然后我就问他，他在纽约时是不是也被关过监牢，他说是的，有一次他被抓起来关进监牢里，但是他没有做什么坏事，是他的朋友做的。他说他的朋友还在牢里面，情况并不比他差。

好了，现在我可以来跟你说说我第一次见到的纽约是个什么样子，真大，真有点吓人。我们的巴士钻进一个隧道，哇，速度真快！边上的车子也都是那么快，擦着墙过去，隧道里一点也不黑，而是敞亮敞亮的。“我们现在在哈得孙河下面了，”哥哥说道，“你说要是河水穿过隧道的顶，从上面下来，那会怎么样?”我都不敢想象这个事，只是盼着快点出隧道，等我们从隧道出来后，我也忘了那件事了，我想大部分人都是这样的，你说是不是，爷爷？不到那一天真的发生，谁也不会去想那些事的。巴士从那个叫做**林肯**的隧道里出来，前面是一片黄色的光亮，马路上只有一个人在行走，我朝他看，他也朝我看。我猜想那个人肯定是在心中对自己说：“那个男孩第一次来纽约，除了盯着我这样的人看之外，什么也不会，知道吗，我可有很多别的事要做的呢。”

我们就这样来到了纽约，到了城里面后，纽约不再那么大得吓人了，因为你看不远，到处都是房子的墙壁。你知道，在这以前我朝天上看过，现在我又一次朝上看，除了那些很高很高的房子上方的天空中飘浮的奇特的棕色云层之外什么也看不到，我能看到那些云层是因为纽约的灯光照亮了整个夜空，在天空中照得很远很远，灯光那么亮，天上没有几颗星看得见了。“那就是摩天大楼，”斯利姆看见我仰着脖子朝天上看，对我说。我们的巴士这时转到一条大街上，斯利姆说这是三十四街，这会儿我可以看到很远的地方了，告诉你，爷爷，我看到了很多很多的人，那些灯光上上下下穿来穿去，在墙上晃来晃去，红色的，蓝色的，还有人群和穿梭的汽车，远远看去，就好像蚂蚁在挪动。爷爷，你看到那些人和他们在做的事，看到了那些街道和那些地方，同时还得在脑中记下所有没有见到的人和街道，他们在近处，在远处，在各个角落：摩天大楼上，地铁里……所以，你知道了吧，这一切很难用言语描述清楚，除非他亲自来看一看。

巴士停了下来，我和斯利姆下了车，朝地铁走去，那是一种在纽约地下隧道里开来开去的火车，大家都乘坐地下列车，那是去他们要去的地方的最好办法。“巴士在城市外面是很快的，但在城里面就开不快了，”斯利姆说。我们给机器付了钱，列车门自动打开后，我们上了车，到里面坐下，列车开动了。没有人在开这个机器家伙，因为我朝前瞧了瞧，没看见有人在驾驶。我知道这东西行驶得很快，虽然外面黑乎乎的，但是这骗不了我。

哥哥和我在哈莱姆一百二十五街下来。

“嘿，小朋友，我们马上就要到家了，”斯利姆对我说，“看到了吗，我们终于回到家了。”我们朝街的上头走去，还要上几个台阶，街上是那么敞亮，气氛是那么惬意，一切都和三十四街一样，知道吗，爷爷，我们到的地方离城中心有一百多条街，所以纽约城真是大，再怎么走也走不到城外去。

“站着别动，在见希拉以前，让我把你的脸先洗一下，”斯利姆说道，他让我站在街道旁边一个突突冒水的水龙头前，用他的一块手帕擦我的嘴巴，一大堆人在我们旁边走过，这个夜晚真是美好，我真的很高兴来了纽约。“斯利姆，”我说道，“我很高兴，真的，我不用再在加斯塔尼娅姨妈家里了，不会再害怕了。”我看了看我们刚才走过来的街道，对自己说：“是的，我不会再去北卡罗来纳了。”

“嗯，你可以这么说，小家伙，”斯利姆说，“也是因为一切这么顺利，我要在这里的小店给希拉买点东西，这样我们回家的第一个晚上大家都开心。”

于是我们就走进一家唱片店，里面都是人，大家在摆放着唱片的架子旁穿来穿去，一会儿这里，一会儿那里，好像等不及似的。店里面什么也没有，只有音乐和吵闹声，买东西的人都挤来挤去的。哈，真有意思！斯利姆，他也和其他人一样，在人群里钻来钻去，一会儿拿着一张唱片过来，嚷嚷道："嗨，看我找到了什么。"他冲到柜台前朝那个店员扔过去一美元。接着我们转过一个街角来到一条不太亮堂的街上，但是气氛还是很热闹，黑暗中很多人在走动，我们上了一个歪歪斜斜的老旧楼梯，在门上敲了敲，然后推门进去。

希拉就在里面，我一看到希拉就喜欢上了她。希拉是一个苗条漂亮的女孩，戴着红边眼镜，穿着一件很漂亮的红色毛衣，一条很漂亮的绿色裤子，手腕上戴着一个很好看的手镯，我们进来时她正站在炉子前煮咖啡，一边还在读报纸，看到我们进来，她很是惊讶。

"宝贝，"斯利姆大声叫道，冲过去一把抱住她转了个圈，在她嘴上吻了又吻，说道："快来，看看你新来的儿子，你要当他的妈妈啦，这个小男孩怎么样？"

"他就是皮克吗？"希拉说道，她过来拉住我的两只手，直直地看着我的眼睛。"我可以看出来你最近受了不少苦，是不是，小家伙？"她说道，我不知道她是怎么知道的，但是她就是知道了，我想试着笑一笑，以表示我喜欢她，因为她对我那么好，但是我太害羞了。"嗯，你是会笑的，我知道。"她说道，我定定地杵在那儿，傻乎乎的，只会说，"嗯，嗯，"然后就把眼光挪开了。咳，真是的。

希拉说道："瞧瞧，这孩子穿的衣服都是洞，这一路上还不冻着了？袜子也都是洞，裤子后面也有。"

"还有我的帽子，"我说道，把帽子给她看。

这下轮到她不知道如何是好了，是笑呢还是做出难堪的样子，最后她脸红了，还笑了起来。我想，爷爷，那是因为当一位女士在帮一个像我这样的男孩解决问题时，他就没必要再替自己辩护了，你说是不是？不管怎样，她是一个最好最好的人，从看到她脸红这件事上我就知道。

斯利姆说："明天早上头一件事就给他去买衣服，"希拉说："没有钱你怎么去买？"但是斯利姆只顾把新买来的唱片放到角落里的一个唱片机上，你真的应该看看他那个样子，很快他拍起手来，两只脚也开始前后滑动，头摇摆着说道："哦，我的小号在哪儿？哦，我的小号在哪儿？"他一遍又一遍重复，眼睛往上看，大笑着，因为他特别喜欢这个音乐，他叫道："快放那张唱片。"爷爷，那是张歪下巴琼斯灌录的唱片，他吹的是萨克斯管，背景音乐是很多人在弹奏钢琴，还有很多人在喊叫的声音，这样闹哄哄地进入你耳朵的音乐在乡村里是从来没有听到过的。好像是城市里的人喜欢找乐子，他们没有时间去想让他们焦虑的事，除非焦虑找上门。

"你说没有钱是怎么回事？"斯利姆说，希拉回答说："我不想告诉你和你的斯洛普佳，还有皮克，大前天我的工作丢了，因为他们把麦迪逊大街上我上班的那个饭店拆了，在那个地方他们要造一个新的办公楼。"

"办公楼？"斯利姆大声说道。"你是说办公楼？他们盖办公楼做什么用？办公楼里大家去哪里吃饭？"

"你尽说傻话，"希拉说道，一脸悲哀地看着他，"你不知道，只要拐一个弯他们就能找到一个饭店。"

"他们在那儿竖起一个办公楼，那你去什么地方?"斯利姆问道，随后深深地叹了口气。"见鬼，我们现在该怎么办?"他关掉唱片机，在厨房里左顾右盼，来回走动，焦虑万分。我看到过斯利姆以前有好多次着急的时候，他的脸拉下来，拉得老长老长，他的眼睛直直地往前看，脸上的颧骨突出，看上去老了很多。可怜的斯利姆，现在想到他我马上就会想起他那个表情。"见鬼，"他只是说这两个字，一遍又一遍，"见鬼。"说了几次后，他看着希拉，希拉并没有注意到，他的脸抽搐起来，就好像来自他心底的痛楚，接着他又回过头来说："见鬼!"说完后眼睛紧盯着前方，好长时间一直保持这个样子。主啊，斯利姆总是用尽全身力气想要告诉我和其他所有人他脑子里想着的事情。"见鬼，见鬼，我们是要这样一直落魄下去，还是在这儿再寻生活?什么时候我们的烦恼会结束啊?我讨厌做一个穷人，我妻子也讨厌当穷人。我猜想这个世界讨厌贫穷，因为我就讨厌贫穷。主啊，仁慈的主，谁手中有钱?我知道我没有钱，不骗你，请看，"他说着把一个空袋翻出来看。

"你不该买那个唱片的，"希拉说道。

"可是，"他说，"那个时候我还不知道啊。现在到哪儿去弄那个我们生活需要的钱呢?要是我有一块地，我可以自己种东西，不需要钱，也不用管别人是不是有钱，也不用担心买唱片的钱，那我再高兴不过了。但是我没有地，我需要钱吃饭。我到底上哪儿去弄吃饭的钱?对，我得找一个工作。是的，一个工作，得去找，我——得——找——一——个——工——作。希拉，"他叫嚷道，

“明早头一件事就是出去，找工作。你知道我为什么肯定我能找到一个工作吗？因为我需要工作。你知道我为什么需要吗？因为我没有钱。”他就这样一直唠叨着，越说越焦虑。“希拉，我真的希望我明天能找到一个工作。”

“是的，”希拉说道，“我自己也得去找一个。”

“要找到一个一辈子都可以干的工作还真是很难，”斯利姆说。“我希望我能找到一个在俱乐部演奏的工作，可以靠这个生活，还可以用我的小号来表达我想要说的东西。用我的表演告诉大家我的感觉，让他们知道我是多么高兴，他们是多么高兴。让他们知道如何享受生活，在生活中做好事，如何去理解这个世界。这样的事情多着呢。有时还可以演奏演奏关于上帝的乐曲，知道吗，我可以用我的小号吹出祈祷的蓝调，我会双膝跪下来表达的。我可以用我的演奏告诉大家一个人可以多么努力，也可以让一些人以我做榜样。我想去学校教小号，或者做牧师做的事，告诉大家一个演奏音乐的人看起来像是在做一件简单的事情，手上拿着一件乐器，手指在乐器上移动，但是这件简单的事情就像一个牧师或者教师做的事一样有意义。走到哪儿，我都感到万分沮丧。我走遍了这个国家，但是因为我的肤色不一样，那些人不喜欢我，他们爱管闲事，不希望我在这个国家出人头地，但是我的小号把我的心展露给他们看了。吹小号是唯一让别人来聆听我的方式。他们不说在街上谈论这个事，但是我在台上时他们会拍手叫好，大声欢呼，还朝我微笑。当然，我也朝他们笑，我不是那种很冷漠的人，我对什么都有热情。我喜欢回应别人，倾听他们，和他们在一起。大多数时候我真的很开心，我就那么开心地去做。哦，仁慈的主啊，我是真的想要在这个世界上好好生活，有立足之地，我只准备好和我的小号一起工作，因为那是我想要的工作方式，再说我也不懂怎么去开动一个机器。当然，我还没学过，不过我还是更喜欢我的小号，我是真的喜欢。艺术家，我是一个艺术家，像梅胡迪·卢因[1]那样的艺术家，还有那个在报纸上写专栏的人一样。我有很多很多的想法，完全可以用我的小号倾诉出来，当然，不用小号我也可以做，还做得不错，是不是，希拉？”他对希拉说：“我们吃晚饭吧，把烦忧留到明天吧。我饿了，我要吃饭了，吃了饭才会有力气。放一点豆子，晚饭后再把明天的午饭准备好。”

“我也得给自己准备一份，”希拉说，接着他们开始为我发愁了，不知道明天怎么安顿我，斯利姆最后决定，明天我跟着他一起去找工作，这样我们可以一起吃午饭。“做多一点。有面包吗？在面包里夹点东西，就可以了。要是我们有一个咖啡杯就好了，你有咖啡杯吗？你说保温壶？对，是保温壶，里面装上热咖啡。皮克，”他对我说，“你和我还只刚刚开始旅行，是不是这样？我们刚走了五十多英里，现在又要走了。吃吧，吃完我们去睡觉，早上起得早一点。明天给你穿一件我的毛衣，还有干净的袜子。我们会成功的，我们会的，女士们，先生们，瞧着吧。拭目以待吧！”他大声叫喊起来，然后闭上眼睛，就那样站在那里。

这就是在纽约的第一夜，我们的晚饭吃得很开心，在桌子旁一直坐到十点，说着往事，希拉说了她在我这个年龄时在布鲁克林的事，好多好多有趣的事情，说了一个晚上，我对未来充满了期待，

---

① 斯利姆大概是想说耶胡迪·梅纽因（1916—1999），美国小提琴家。

每次我朝窗外的纽约看，都会想象明天是怎样的。我对自己说：“皮克，你离开了家，来到纽约了！”

晚上我睡在一张很舒服的单人床上。

但是第二天就不像第一天晚上那样让人开心了。

第一〇章　斯利姆如何在一天之内丢了两份工作

我永远不会忘记那一天，因为有那么多事情在同一时间里发生了。先从头开始说起，我和斯利姆在太阳刚出来时就起床了，斯利姆用鸡蛋做了早餐，这样可以让希拉多睡一会儿。爷爷，知道吗，这个世界上没有什么比鸡蛋早餐更好吃的了，为什么呢？因为休息了一整个晚上你的味觉开始醒来，什么东西闻起来都那么香，炒鸡蛋的味道更是香极了，吃了我自己的一份后，我还馋得要命，恨不得把世界上所有的鸡蛋早餐全给吃了，我真的是这样想的，爷爷。我们来到了街上，我看到很多人在街角的店里吃鸡蛋早餐，我又眼馋起来，梦想着把全纽约的鸡蛋都吃了。早上还有点凉，只有六点钟，我穿着新袜子，还有斯利姆的一件黑毛衣，希拉把我裤子上的洞全给补上了，这样我就整装待发了。你知道我们在街上碰到的头一件事是什么吗？我们站在一个门道里，斯利姆正在看一份报纸的招聘广告，天还真有点冷飕飕的，斯利姆看得很专注，很多去乘巴士上班去的人从我们身边经过，他们都在咳嗽，还一边吐着痰，这些在纽约上班的人看上去真是可怜，他们中的一些人也在看报纸，神情黯淡，满脸失望，从他们的脸上可以看出报纸的内容。这时从人群里走过来一个人，他认识斯利姆。“嘿，老伙计，”他边说边向斯利姆伸来一只手，斯利姆也把手伸过去，两只手握在一起。“别告诉我，你又在找工作了，”那个人说，斯利姆告诉他，他还真是在找工作。

“那好，听着，我这里有一个工作给你。你认识我的兄弟亨利，是不是？今天早上他没有起床。我刚刚才和他说过话，我说：‘亨利，你今天不是要去那个饼干厂上班的吗？’他用枕头盖住头，说道：‘是的，我想是的，’但是身子一点都不动一下。我又说：‘亨利，你不起床吗？亨利，快，亨利，快啊！’那个家伙铁了心要睡觉，不肯起来，就这样，”斯利姆的朋友走开了，但走了大约十步远后，又折回来了。

“你觉得他会被开除吗？”斯利姆很好奇地问道，那个人说：“亨利吗？你问他会不会被开除？”天哪，他又往前走了一段之后再折回来。“你是说亨利？”他朝远处看看，摇摇头，像是感到有点累了，又低下了头：“唉，他创了世界纪录了。被开除的次数比被雇用的次数还多。”

“那个工厂的地址在哪？”斯利姆问道，那个人知道地址并告诉了我们，他接着说了另外一些笑话，然后说：“小心那个工头，”我和斯利姆就这样去了那个工厂。知道吗，那个人说的是对的。

我们坐了地铁，然后又沿着一条街来到河边，那儿就是饼干工厂。那个地方很大很旧，还竖着烟囱，里面有很多机器，声音和雷声一样大，从那儿还飘出来一阵味道强烈的香味，这让我们心里乐开了花。“哈哈，这肯定是一个不错的工作，”斯利姆说，“因为味道不错，”我们一下跳上阶梯来到办公室里。老板坐在一个叮当响的钟旁边，我猜他正想着亨利到哪儿去了。我们在凳子上坐着等了半个小时，然后老板让斯利姆马上就去工作，因为不会再有人来了。斯利姆得花点时间填一些表格，他让我在街对面的公园里等，到中午时过来和他一起吃午饭。就这样，一会儿的工夫斯利姆就找到了一份工作。

“希拉会很高兴的，”我对自己说，没问题，她会高兴的。

一个上午我都在公园里等着。这是一个很小的公园，有一条铁轨和一些树丛，几个秋千，就这些东西，大部分时间我就在那儿看别的孩子玩，心中还时不时地想着生活到底是什么。我和一个白人小男孩交了朋友，他是和他妈妈一起来公园的。那个男孩长得很好看，穿着蓝色的上衣，纽扣是金色的，袜子长到膝盖，还戴着一顶红色猎人帽。他在凳子上坐下，用一种让人羡慕的方式说话。他的妈妈坐在凳子的另一端看书，朝我们投以善意的笑容。

“你为什么在这里等着？”他问我，我说：“我哥哥在那边的工厂里工作。”

他说：“你为什么用‘那边’这个词，你是从西部得克萨斯来的吗？”

“西部得克萨斯？”我说。“不，我不是从那儿来的，我是从北卡罗来纳来的。”“那儿有牛仔吗？”他问道，我撒谎说有的，就这样我们谈了起来。我太喜欢那个小男孩了。要不是他一会儿就要回家了，我们可以多聊一会儿的。我们还打算赛跑，但是他走了。唉，知道吗，他有一头金黄金黄的头发，湖水般清澈的蓝眼睛，我后来就没有再见过他。

中午时，我到那个工厂去了，看见斯利姆拿着一把铁锹在窗户旁边。我就在窗户外面一张凳子上坐着，窗户是开着的，我就在那儿看着斯利姆，一直到我们一块吃饭的时候。

斯利姆飞快地掀动着铁锹，他都没有看见我，等到他看见我时，也只有大声叫喊一声的时间。他手里握着铁锹，身子弯下来，不停地铲动满满一卡车的乳脂软糖，把铲起来的软糖放到一条滚动着的皮带上，皮带下面有几个轮子，软糖被载送到工厂的另一头。软糖会碰到一个很大的滚轴，在碰到以前，斯利姆会用手把糖摊平，然后软糖就会在滚轴底下压过，出来时就变成长长的一条，接着再通过一个像刀一样的机器，再出来时就是一块一块的糖了。斯利姆先得把糖铲起来，然后放下铁锹，再赶紧用手去弄，他一刻都不能停下来，因为皮带一直在滚动着。有一次他擤了擤鼻子，前头的一个人就说："快上点巧克力糖，"每一个人都得不停地干，皮带更是不停地转动，汗水从斯利姆头上滴下来，滴进软糖里，他没有办法，因为没有时间擦汗。这时有一个人又运来了另一卡车的软糖，这一次是香草味的，纯白纯白的，斯利姆把沾满巧克力糖的铁锹放进香草味的糖里，将糖铲起，混合成黑白相间的颜色，当他用手把糖摊平后，他抬起头来朝前看了看，终于松了口气："嘘!"只有在这个时候他才能站起身来，自言自语。那真是一件苦活，我知道。

斯利姆冲我叫喊道："我要是停一会儿，我的胳膊就会痉挛，会自动绕住我的脖子的。"说完他又俯身去干活了。有一次，他说了声"哎呀!"再有一次，他说了声"哟!"，再有一次我听他说："哦，天啊，我再也不吃糖了。"

十二点时，响起一阵哨音，所有的机器都停了下来，每个人都从干活的地方走开。唯独斯利姆靠在机器旁，擦着头，看着手。他的右手弯曲着，手腕往里翻动，他说他的手痉挛了，紧接着，他的半条胳膊也蜷曲起来，像是在展示他的肌肉，当然不是这么回事，是他的胳膊也痉挛了。他把手伸直，来回动了几下，又盯着看了看，叹了口气，骂了起来。

他终于走了出来，我们在大太阳底下坐在办公室的台阶上吃午饭。“希望我的胳膊下午会好一点，”他说，然后脸色黯淡下来，不再说什么了，我告诉了他我遇到那个小孩的事，他也没说什么。下午一点左右，哨声又吹响了，斯利姆回去干活。

我又在那儿看着。知道吗，那个可怜的人儿伸手去拿铁锨时，都拿不住了，他的手指很僵硬。当他的手指能够握住时，他的胳膊又开始颤抖起来，一点力气也没有，他根本没办法握住铁锨了。在滚动皮带前方的那个人叫喊道：“你还不快干啊？只有半天时间了。”斯利姆去找老板，给他看他的两只胳膊。他们两个人都站在那儿，摇着头，不知道该怎么办，斯利姆又一次试图握起铁锨，但还是握不住，老板帮他在胳膊上按摩了一下，也还是没用，斯利姆就是没法控制自己的胳膊了。两只胳膊发红，发热，很疼。他用一块破布擦了擦手，他们两个人又说了几句话，过了一会儿，斯利姆从办公室里出来，来到我这里。

“怎么样了？”我问他。

“今天我是不能再干活了，我的胳膊痉挛得不行了。”他就说了这么一句，拿着一个信封，里面装着他一上午挣的三块五毛钱，我们回家了。

五点时希拉也回到了家，她没有找到工作。斯利姆也说了他的情况，我们在沉默中吃完了晚饭。

这是我第一次看见斯利姆情绪这么低沉。

“唉，这么说吧，”吃完晚饭，在热水里浸泡了一下了手，他说道，“我一点都不喜欢今天干的活。没法干得那么快，要跟上皮带滚动的速度，我以前还是一个职业拳击手呢，那又有什么用。我不喜欢把我的手插在那些糖里面。嘿，你说，你是要自己做糖，还是去买？反正没用，你说每月三十五美元又有什么用，二十美元要拿来买日用品，剩下的要付房租。我再拼命掀那个铁锹也挣不了几个钱，还买不了一顶帽子呢，我的胳膊快散架了，跟树上的那个断枝差不多。我不想抱怨个不停，但是又有什么办法，不管我是多么热爱这个世界，我的生活还是一团糟，每天处处踫壁，我知道皮克是热爱这个世界的，每天都有很多高兴的事儿，你也同样，早上起来时感觉特别好，但是家里没有了面包，还欠着债，那感觉就不一样了。这样的家就像是一个笼子，不是家。该死的。”

“好了，好了，你今天累了，”希拉说道，她在他的耳朵上吻了一下，还朝他瞥去深情的一眼，随后马上去煮咖啡。我猜得出来，希拉是爱斯利姆的，就好像她是他的奴隶。斯利姆不用干任何家务活，只管坐在那儿就行，希拉深爱着斯利姆，整天仔细观察他，走过他身边时从不忘碰他一下，有时候还朝他眨眨眼。

唉，这是最忧郁的一个晚上了，你可以看得出来，但是这个时候发生了一件事。

一个个头很高、穿戴整齐的人笑着走进门来，高声叫道：“斯利姆，你这家伙，”每个人都开始欢笑起来，忘掉了刚才还有的烦忧。“知道我为什么来这里吗，伙计？”那个人说道，他的名字叫查理，斯利姆眼睛闪出一丝光亮，问道：“你的意思是？”

“是的，没错，一个工作，还有，我给你带来一把小号。”

“一把小号？一把小号？我要的小号！走，看看去！”我们一溜烟地走下楼梯来到街上。有几个人在车里面，小号也在那里，斯利姆从盒子里拿出小号，就在路边吹了几下，感觉好极了。“我们在哪儿吹啊？”他问道，查理说是在一家粉红猫俱乐部。“我需要穿西装吗？”查理说你得穿着，因为那里的老板对这些事特别讲究，他要是不喜欢你，他就不会给你五美元工钱的。

“好，好！希拉宝贝，我们要去挣五美元了，”说完，斯利姆快步冲上楼梯去穿他的西服，希拉也急忙穿上一件好看的裙子，顺便也给我打理了一番，接着我们就一起去了那个粉红猫俱乐部，这离刚才斯利姆忧心忡忡、不声不响地吃饭还不到五分钟呢。爷爷，生活是不是就是这样的，先是闷闷不乐，不一会儿是喜笑颜开，你不知道为什么，也没有人可以问，只有问上帝，但是他又什么也不说，是不是？爷爷，斯利姆和希拉那天晚上看上去很漂亮，我知道上帝帮着他们呢，我要谢谢他。高兴时，感激时，就向上帝祷告，爷爷，我这样做对吗？那天晚上我就是这么做的。

那个人一把拉开门，大家都兴高采烈的样子，天开始下雨了，不过没有人管它，我们早早地来到俱乐部，在外面把车停好，斯利姆和那些人一边抽烟，一边说着话。我们在哈莱姆，离我们住的地方大概有三十个街区，但就好像和我们住的地方一样。雨落到了街上，雨中红的和绿的灯光非常好看，就像是一千零一夜里的那样，雨中的灯光还投射出很多个彩虹来。斯利姆在这样一个雨夜开始在一家俱乐部里干活真是太好了，我和希拉能在这里看他工作也真是太好了。我们刚才在车上真的是很高兴。斯利姆又拿出那把小号，吹了一个低音，接着慢慢地上去到达中音，然后再稍高一点结束，大家都欢笑起来。“哎哟，我的手指啊，”斯利姆叫喊道。那两人是好人，查理，还有另外一个人，他们很羡慕斯利姆，在一旁看着。

“只是，斯利姆，”查理说，“你的这件西服有点邋遢。”斯利姆穿的是他仅有的一件西服，这是一件蓝色的穿了很长时间的外套，里面的白色衬子在胳膊下面露出来了，裤子上还有一个破口，他还没来得及补上。查理说：“我知道你只有这么一件，但是你知道这个粉红猫俱乐部是一个鸡尾酒派对酒吧，没有人再会对那种以前的沙龙感兴趣了。”

“是吗？”斯利姆笑着说，他不在意，“我们进去奏乐吧。”

于是我们都走进了粉红猫俱乐部，什么西装不西装的，早还是晚的，都不去管它了。对了，时间还早，老板还没到，吧台上的灯还没亮起来。人们在吧台上喝酒，玩着自动唱机，低声说着话。

斯利姆走到吧台上，开开灯。“来，查理，我们来弹一会儿钢琴。”查理说时间还早，他有点害羞，往后退了几步，斯利姆可不管，一边拽着他往前去。查理说乐队里其他一些人还没有到呢，可斯利姆还是照拽不误。另外那个和我们在一起的人是鼓手，他没有说什么，只是在斯利姆背后坐下，敲起鼓来，一边还嚼着口香糖。看到他这一幕，查理没有办法，也在钢琴边坐下，弹起琴来。

希拉给我买了一听可乐，让我一个人在角落坐下观看，她自己就站在斯利姆前面，斯利姆开始演奏他的第一首曲子，一直没有动直到吹完。他的第一首是为希拉演奏的。他吹了起来，可怜的手指也开始动了起来，告诉你，爷爷，小号的声音低沉动听，就像是你在晚上纽约的河上听到的那些大船发出的呜呜声，或者是火车的声音，只是他吹出来的声音一会儿高一会儿低，十分悦耳。他吹出来的声音有点颤抖，有点哀愁，他吹得很认真，花了很多力气，他的整个脖子摇动起来，眉毛上的青筋也冒突出来，他的小号声回荡在钢琴声的前面，另一个人挥舞着带着辫刷的棍子敲打着鼓，辫刷飞扬，激起阵阵轻风。他们就这样演奏着。斯利姆眼光一直没有离开希拉，直到曲子的中间，他想起了我，朝外面看去，用小号指了指我，吹得更加漂亮，他是想给我们看，尽管他的手指很疼，不能去工厂干活了，但他照样可以吹得很好。然后他又转向希拉，吹着小号，头一直往下低，小号都快碰着他的鞋了，就这样弓着腰他结束了他的演奏。

对了，你是知道的，所有的人都拍起手来，大家都为之激动，有一个人说："你吹得真好，孩子，"我能看出来，他们都很喜欢他，他们把那个自动唱机都关掉了。

希拉过来和我坐在一起，我们就在窗旁边，可以看到湿漉漉的街上漂亮的灯光，也可以看到整个酒吧，我们前面的那些人，还有吧台，看得非常清楚。现在，斯利姆的两脚跟着节奏飞快地踏动着，那个敲鼓的人使劲地敲打着，他们又开始了。哇哦！斯利姆一把抓过小号，对准嘴巴，他使出全身力气，他的头从一边转到另一边，下颌鼓鼓的，手指动个不停，就像他在工厂里干活时一样。看到他这个样子，我知道斯利姆真是一个硬汉，是用钢铁做的。

酒吧里所有的人在听着他的演奏，他们都欢呼着跳了起来。

"好，好，好，好，"吧台上一个人叫喊道，一把摘下他的帽子拿在手上，随后他开始在所有人面前又蹦又跳，兴奋得不得了。他的脚步还真踩得不错，他是合着斯利姆的演奏在跳舞呢。

斯利姆，他上上下下地走动着，把那首节奏感很强的曲子吹得飞快，就像那个，那个那天我告诉过你的巴士开的速度那样。他一会儿吹出尖尖的声音，一会儿又粗粗地来一下，来回变着调子，随后又猛吸一口气，吹出一个高音，紧接着又像是从高空中掉下，低沉下来，然后又回到中音，那个敲鼓的人转过身来叫喊道：“继续，斯利姆！”他手上拿的两根敲鼓的棍子都快断了。查理，他的两只手完全张开，手指敲着琴键，在斯利姆换口气时，他猛地敲打一下，“砰”，斯利姆再换气时，他又“砰”的一下。爷爷，你知道吗，斯利姆一口气憋的时间要比十个人还长，他可以整一个晚上吹奏下去。哇，我从没有听见过这样的音乐，竟还有人可以演奏出这样的音乐来。希拉，她坐在那里一个劲地朝她的斯利姆眨巴眼睛，笑个不停，两只手在桌子下合着鼓声的节奏拍打着。我也做着同样的动作。这个时候我真希望我也会跳舞。

“继续，继续，继续！”那个戴帽子的人喊叫道，一下转过身来，向空中伸出双手，喊：“早——上——好！”声音像海上雾情警报那样响，压倒了所有其他声音，这个人还真有趣。

这时，斯利姆开始出汗了，因为大家都让他继续，他自己也不想停下来，所以就一个劲地吹下去，直到汗水从他的脸上淌下来，就像今天早上他在工厂里干活时汗水滴到铁锨上那样。哦，汗水在他的脚下都淌成水流了。斯利姆脑子里记得很多个曲子，吹完一个又到另一个，过去一百年里的曲子他都知道。哦，真是好样的！有一支歌长达二十分钟，吧台边上的那些人都来到了乐台前，及时为斯利姆鼓掌，并挤在一起蹦跳起来。我只能越过那些人的脑袋看见斯利姆的脸，他的脸黑乎乎的，满脸是汗，他一边叫喊着，一边欢笑着，但是眼睛紧闭，他没有看见前面的那些人，只是他知道他们在那里。他的手在小号上来回移动，伸缩，就好像那就是他的生命，握在他的手上，他是在跟生命斗争着呢，他神色严肃，心中像是不高兴，不过他的号声又时不时高亢欢快起来，所有的人也都跟着一起欢快起来。哦，他不停地说着，说着，把他的故事一遍又一遍说给我，说给希拉，说给所有的人听。他要说的也正是大家心里想的，每个人都在聆听，都听到了他们要听的故事。乐坛前面的那一堆人摇摆着，像是掀起阵阵波浪，斯利姆则像是风暴制造者，用他的小号在海洋上掀起汹涌波涛。有一次他发出了一个像马鸣的声音，而且持续了很长时间，大伙儿都尖叫着让他不要停下来，到了后来马鸣就变成了骡喘气了。于是，他们就叫他停下来，但是他还是继续吹下去，吹出一个很长的声音，像是狗笛一样的尖声，声音直往我耳朵里钻，不过一会儿，我就习惯了，这就像斯利姆发出的其他一些让人发晕的声音一样，一个声音持续时间一长后就会这样。只是你刚要同情，他就又回到正常的音调上来了，然后大家又再次蹦跳欢笑起来。

有一些新到的人进来了，斯利姆看见了他们，于是他就停了下来。

也是到了要停下来的时候了。他用从厨房里拿出来的毛巾擦了擦脸，我们在一个角落里坐了下来，查理，还有那个鼓手也坐在一起。有一个人从吧台过来，问斯利姆是不是在大乐队里演奏过。“我看到过你和莱奥纳尔·汉普顿，或者是库蒂·威廉姆斯[①]，或者

---

① Lionel Hampton（1908—2002），美国爵士乐钢琴家。Cootie Williams（1911—1985），美国爵士和 R&B 小号手。

别的什么人在一起，是不是?”斯利姆说不是，那个人又说：“你应该到大乐队里去，挣大钱。你不想一生都在这样的小地方挣一些零钱，是不是？去找一个代理吧。”

“代理?”斯利姆说。“是不是要去大乐队就要先去找他?”斯利姆一点都不知道这些事，听到那个人这么说很吃惊。

又过来了一个人，他笑着和斯利姆握了握手，然后又回到吧台那儿，什么话也没有说。

他们这都是要想对斯利姆说他们有多么喜欢他，他是一个真正的音乐家。

九点时酒吧老板来了，乐队的其他人也跟着他一同进来，这里面有乐队的领头，他是查理的哥哥，他们都准备着要上乐台。这时，那个眼睛很尖的老板看到了斯利姆衣服上的破损，他说：“你没有好一点的衣服了吗？没有？你不会向这些人借一件吗?”接着，那些人都互相瞧了瞧，发现没有人可以借一件合适的衣服给斯利姆的，要有的话，也在巴尔的摩，可是那离这里还很远很远呢，老板想了想，确实是这样，但是他实在不喜欢看见斯利姆穿着那件让他难受的衣服。他开始支支吾吾起来，还不停地摇起头来，我看得出来斯利姆要挣五美元的机会要泡汤了。斯利姆也看出来了，他想和老板说说。他说：“没关系的，没有人会看得见的，你看，我用胳膊把这挡住就行了，”说着，他还抬起手来做给老板看。

“是的，是的，”老板说，“我知道，但是今天晚上我要在这里搞一个节日大聚会，到后半夜时会有很多人物要来的，你这衣服不合适，你看不出来吗？就是那个，那个，嗯，啊，就是那个，那个。”爷爷，如果你要问我到底是怎么回事，那我会告诉你，那个老板实际上就是想省下那五美元。乐队里面的一个人病了，斯利姆只是来替他，老板肯定是觉得不用斯利姆替代也可以，他什么人都不想用，就是这样。

所以，我们就出来回家了，斯利姆，希拉还有我，我们在雨中走回去。你知道斯利姆出来后说的第一句话是什么吗？——“实际上今天晚上我还没有发挥到最好，”而且这还让他心里很不安。希拉没有说什么，只是紧紧地握住斯利姆的胳膊，走在他的旁边，她很高兴能和他在一起走。

斯利姆问希拉她为什么那么高兴，希拉告诉了他。你是知道的，爷爷，他们俩都很穷，那天也都为钱着急，还有，斯利姆说过，过两天要交房租了。你也知道，爷爷，斯利姆总是会提到加利福尼亚，还暗示希拉和他一起去那儿生活。我没有告诉过你，爷爷，现在我跟你说，在来找我前，他先从加利福尼亚过来同她结婚，自从他还很小的时候离开北卡罗来纳后就一直在加利福尼亚。希拉对斯利姆的暗示心领神会，她现在把她的想法告诉了斯利姆，就像是送给他一个包装好的圣诞节礼品，她说：“那我们就用我藏在那里的一百元钱去加州吧。我会去和我妈妈说的，我们没办法，只能这么做。我们可以一开始先住在我姐姐在旧金山的家里。然后我们可以去找工作，多去几个地方，你觉得呢？”

“宝贝，”斯利姆笑了起来，拥抱着她，“那也正是我想要的。”

我们就是这么决定去加利福尼亚的，在做出这个决定的那一天斯利姆丢了两份工作。

第一一章　挎上包去加州

我们花了整整两天时间打包行李。希拉的母亲就住在旁边，转过一个拐角就到了，她来了我们这儿三次，劝希拉不要去加州，她很反对去那里。是这样的，希拉一家在纽约很长时间了，他们不喜欢走来走去的，从前也曾试图不让希拉的姐姐去加州，对了，她的名字叫泽尔达，我们到那儿后会和她住在一起。但是斯利姆说："纽约人总是害怕离开他们住的地方，加州才是一个值得去的地方，纽约不是。你听到过那个歌吗，《加利福尼亚我来了，快把金门大桥打开》？那儿阳光灿烂，到处都是土地，到处都是果子，还有很便宜的葡萄酒和很有意思的人，即使找不到工作也不用害怕，因为你总是有办法活下去，只要捡一些路边经过的卡车上掉下来的葡萄吃就可以了。在纽约你在路边有葡萄和核桃什么的捡吗？"

"谁说只要吃一点葡萄、核桃就行了？"希拉的母亲生气地说道，"我是说你们头上的一片瓦，你们能有住的地方吗？"这个女人还是明白一些事理的。

"在加州你用不着那一片瓦，因为那儿从来不会冷的，"斯利姆说，并得意地笑了起来。"哦，从来没有见过那么好的天气，一年到头不用穿厚的外套，也用不着买煤给屋子烧暖气，不用穿棉鞋的。在北部，旧金山和奥克兰天气从不会炎热。告诉你，那是值得去的地方。在美国再也没有什么其他地方可去了，那是地图上剩下的最后一块地方了——除那以外就只有海洋，还有俄国了。”

“纽约到底有什么不好的?”希拉母亲打断他的话，说道。

“哦，没什么!”斯利姆指着窗外说。“冬天时大西洋会派魔鬼吹来一阵阵冷风，魔鬼的儿子把风刮到街上，把路边的人冻个半死。上帝把阳光洒在曼哈顿岛上，但是除非你住在一间一英里高的阁楼里，否则魔鬼的表兄是不会让阳光晒进你的窗户里的，但同时你也不敢走出屋子呼吸新鲜空气了，因为怕从那儿摔下来，这还要看你是否住得起那个地方。你可以去工作，但是工作八个小时，加上路上的时间，变成了十二个小时。你要乘地铁、巴士、轮渡、电梯，还要算上中间等待的时间，结果一天下来可供自己支配的时间只剩两个小时了，这个城市太大了，大得让你绝望。是的，纽约没什么不好的，没什么。晚饭后，你想要出去看你的朋友，好像在街那边转个弯就到了，实际上却在十英里以外，你还想去吗?如果你想听整晚的合奏曲，但和其他乡下孩子一样身无分文，那你就等着挨揍吧。”

他就是这么说话的。

“美国的未来一定在加利福尼亚，再从那里延伸到其他地方，肯定是这样的。”

“不过，希望不要延伸回我这里来，如果你们在那里没法生活下去的话，”希拉母亲说，她这是说给希拉听的。

“我们在这里已经没法生活下去了，”希拉说，那个女人、她的母亲肯定不喜欢她这么说。

对了，我没有跟你说钱的事呢，我们三个人用那么一点钱肯定是不够的。六个月之后希拉会有她的第一个孩子，所以她要拿六十块钱，坐巴士，还要吃得好一点。我和斯利姆留下四十块，再加上他和希拉还剩下的一些钱，因为两天后就要交房租了，我们准备搬出去，把衣服和餐具放在两个大箱子和一个小一点的箱子里，经铁路托运过去，然后，我和斯利姆拿着余下的四十八元一路搭便车去到西海岸，吃饭方面只能有什么吃什么，也还凑合，不过不能每天晚上睡在床上了，大多数时候只能睡在车厢里、卡车上，或者下午的时候在公园里睡上一觉。

最后一个晚上东西都打好包了，第二天一早我们就可以出发了。我们在厨房里喝了咖啡，整个屋子看上去空荡荡的，斯利姆像是很悲伤。“看看这个我们住的地方。我们走了，别人进来了，生活就好像是一场梦。这是不是让你想起以前那个残酷的世界？这些地板，这些空荡荡的墙，就好像我们从来就没在这住过似的，好像我从没在这里爱过你似的。”

“我们会在加州建一个新的家的，”希拉兴致很高地说。

“我要的是一个稳定的家，在山上的一个街区里，度过我们的一生，直到我老了，当了爷爷。”

“我们会的，”希拉说，“还有，很快皮克在加州就会有一个小弟弟了。”

“可首先我们得要走三千二百英里的路，”斯利姆叹了口气说，后来我记住了他说的话。“三千二百英里，”他说，“要经过一片平原、一块沙漠、三座山脉，还要淋雨，现在我就感到雨已经下到我身上了。主啊，保佑我们。”我们上床睡觉，在那个屋里度过了最后一晚，第二天早上我们把床卖掉。“现在，我们就要头无片瓦了，”斯利姆说道，他说得一点没错。下午我们就离开这个搬空了的房子，里面什么也没有了，只剩下一个空牛奶瓶子和我从北卡罗来纳过来时穿的袜子。

希拉带着她的箱子，我和斯利姆两个人带着一个箱子，我们的东西都在里面。我们就这样离开了，去了巴士车站，买了希拉的车票，等着她要乘的车开。

等到巴士准备发车时，我们都感到很悲伤，甚至害怕。“我就要向黑夜出发了，”看到写着车上去**芝加哥**的巴士过来时，希拉这么说道。“我要走了，我可能再也不回来了。去加州就好像是赴刑场一样——但是，等着，我来了。”爷爷，我忘不了那一刻的情景。

“不，你是要到那里开始新生活的，”斯利姆笑着说，希拉说她希望如此。“注意防着那些坏小子们，”斯利姆说，“你是一个人在车上，我和皮克会和你相会的，不过不知道要到什么时候了。”

“我会等着你们的，斯利姆，”希拉开始抽泣起来。斯利姆并没有哭，但他拥抱希拉时那样子是要哭了。可怜的希拉——那天晚上她真是可怜，我真的很爱她，就像斯利姆在树林里说过的，在你见到她的第一晚就会爱上她。一个即将成为母亲的年轻女孩，一个人要度过那么多的夜晚，不知道到什么时候我和斯利姆才能和她会合。就像《圣经》里说的那样，逃亡者和流浪汉，你们要流离飘荡在地上，只是她是一个女孩啊。我伸出手去，摸了摸她的脸颊，告诉她在加利福尼亚等我们。

“你们自己搭便车也要格外小心一点，”她说。“我还是觉得皮克太小了，不能做这样的旅行，我感觉有点不太对劲。”

但是斯利姆说跟他在一起我会完好无恙的，如果他做不到，那没有人能做到了。斯利姆就是这么认为的，他很有把握，他会照看好我的。他和希拉互相吻了吻，希拉又吻了我，她的吻是那么温柔，那么甜蜜。接着，她上了车，走了。

“再见，希拉，”我说道，向她挥手，心中比刚才她哭泣时感到更加孤独和害怕。再见，再见，大家都在向车里的人说着再见。爷爷，要踏上路的那一刻就是那么伤心，要去外面闯荡就是那么让人不安，我想直到死的时候你都会有这种感觉。

希拉出发了，走远了，现在我和斯利姆也需要搭便车上路前往那片土地了。

我们从巴士车站走到一条灯光很亮的街上，那条街在时报广场上，斯利姆说我们出纽约和进来时走的是同一条线，要穿过林肯隧道，希望这条走过的路能指引我们到西海岸，而不是别的地方。“我们先去时报广场第一热狗店吃热狗吧，”他说。

我们去了那家店，爷爷，我永远不会忘记在时报广场吃热狗的那个晚上，我们吃了一个小时。然后，我们上路了。

第一二章　时报广场和电视的秘密

在第八大道和第四十二街间的拐弯处一家很大的灰色银行大楼前站着一大堆人，那家银行前一个晚上倒闭了。路的中间有工人在施工，路都被挖开了，过路的车子在路边堆起来的沙土上颠簸着过去。现在是春天，但是这个晚上还很冷，更像是秋天的天气，一阵风刮过，吹起很多张纸在空中飞舞，街灯和楼房的灯光穿过弥漫的风沙像是无数双眼睛在眨眼。这样子很好玩，还有很多人为了暖和一点在活动着身体。我和斯利姆又买了一些热狗，把芥末抹在上面，接着走到拐角处，想瞧瞧发生什么事了，这个时候人群的声音小了一点。

天哪，在街的一边站着二三百个人。大部分人在聆听一些救世军人员的演讲。四个救世军人员轮番在做演讲，一个人在演讲时，其他三个人则像那些听的人一样站在一边，眼睛在街上扫来扫去，看看还有什么人会过来。这时从人群中挤出来一个个子很高、头发花白、年纪大约九十岁的人，他背着一个包，走起路来脚步还踩得咚咚响，看见这么多人在听演讲，他举起右臂说道："为人类哀悼吧，"声音很响亮，比报告海雾来的警报声还响，说完他又像刚才来的时候那样"咚咚"地往前走去。"你上哪儿去？老伯？"人群中有一个人问道，那个老人头也没回地大声回复道："告诉你，孩子，加州。"他已经走到了拐弯处，白发在风中飘动。

“是的，”斯利姆说，“他没说假话，他要经过的那个隧道就是通向加州方向的。”

这时，传来一阵刺耳的摩托车马达声，紧接着又是一阵，跟着又是一阵，尖锐的声音滚滚而来，很快看到一群摩托车疾驰而来，这些摩托车都在为一辆黑色的大轿车护驾，轿车的前灯雪亮雪亮。街拐角的人都蹲下身来想看一看车里面是谁。我和斯利姆离那辆车很近，都可以伸出手去摸着车身了。大轿车开到沙土上时慢了下来，然后又重新启动，有一个人在人群中喊道：“小心那些阿肯色州的烂泥，”一些人立刻哄笑起来，因为这里只有少量纽约的泥。车里面其实只有两三个头戴帽子的男人。

这时，爷爷，知道吗，天上突然飘过几个字，我被吓住了，我还从没有看到过字在天上飘动的，斯利姆告诉我说那只是一个老大的气球，里面亮着灯，照出外面的字，在时报广场上飘浮，向路人展示。我看到一些人抬头看那个气球，但并不感到意外，我知道这些纽约人对所有事都习以为常。那个气球很漂亮，在天上飘了很长时间，随风猛烈晃动，但晃来晃去还在时报广场上面，好像被一个大头钉钉在了那里。这会儿没有多少人在看气球了，真有他们的，这么漂亮的气球也不多看几眼。我想，我的那些在加州的表哥们肯定会喜欢得不得了。我知道他们会喜欢的。气球正面转向风中，晃动得更加厉害了，但是一会儿又悠哉地转回来，接着气球又转了过去，然后又转了回来，就这样转来转去的。最好看的时候是没有风的时候，气球只是在随意飘浮。我听不见气球飘动时有什么声音，街上的声音太闹了。

街上各种声音都有，那些救世军人员的演讲声夹杂在其他声音中一会儿高，一会儿低，上帝啊，主啊，他们在那儿说个不停，我不记得他们到底说了什么，只记得要在忏悔的大火里炽烧这句话，这些人在冲着所有的人说话，好像大家都是罪人。也许，他们说得没错，确实人人都是罪人，但是在街上这么叫嚷没什么意思，因为没有人真会在那里忏悔的，要知道有好些警察在他们周围晃来晃去呢。我会向警察去解释我在奥蒂斯先生的玉米地里放火玩让他损失了二十块钱这事吗，可没有人知道是我放的啊？不，不，那些纽约人中没有谁会去告诉警察他因为随地扔了支还点着的雪茄，把街旁边的一座医院给烧掉了，或者是其他这样的事。但是，有意思的是，有一个人走到了街的另一边开始了他自己的演讲，他的声音比那些救世军的更大，很快就吸引了更多人围观，来这边听他演讲的都是一些身穿破旧衣服的人。演讲的那个人看上去很普通，戴着一顶黑帽子，眼睛很有神。

“女士们，先生们，我来是要告诉大家电视的秘密。电视是一束直接伸到你家客厅里的光线，即使是在半夜时候，电视里什么也没有了，那个制作电视的工作室也早已经一片漆黑，但是那个光线还在。我们现在就来说说这个光线。首先，它会对你有危害，你的眼睛会遭到几百万兆的电子的伤害，但是没有多久，你就习惯了，为什么呢?”他高声叫嚷起来，斯利姆也随口说道：“是的，”那个人继续说：“因为如果电是我们看不见的东西，但我们看得见我们身边的东西，那么这个光线不但帮助我们看到，而且还要我们用眼睛去看——不仅仅是我们看书时需要的，还要我们用心去看。这是一个需要你去感觉的光线。从各种光源里面把光线收集起来，然后再用一个管子放射出去，让大家看见和研究，而不是被光线照到时眨眼睛。这在世界上还是第一次。在电视工作室里的人是一些有血有肉的真的男人和女人，但是这些人通过光线被传到你的家里，还伴随着他们的声音一起来。女士们，先生们，这说明了什么？”

没有人知道，大家都在等着他往下说，斯利姆说道：“继续说，伙计！”他要听他往下说。

“这意思是说人发现了光的用处，头一次想着法子如何使用它，现在他们把无数个集中起来的光线射到了大家的屋里，没有人知道这对人的大脑和心灵有什么影响，只是有些人可以感觉到紧张、眼睛疼、神经抽搐，还有就是很疑惑，因为这东西是和**原子弹**同一时间发明的，这中间是不是有一种可怕的联系，怀疑这两个都是坏东西，都会带来危害，导致世界末日，尽管有些乐观者宣称电视与原子弹相反，会缓和原子弹带来的紧张。但是，没有人知道！”他大声感叹了一句，很认真地看着大家。这么一来，街上的人都来了兴致，没有人再去注意那些关于忏悔的演讲了。

“女士们，先生们，”那个人继续说下去，“过去大萧条时期经常会有一些推销员到处走来走去推销，一只脚常常会跨进你家的门，现在则是一条腿进入了你家的客厅，只是这条腿看上去很奇怪，不是人的腿，是光线，你还真没法相信这样的变化。别以为它不会比大萧条时期更让人受不了，谁知道那光线背后晃动的是什么，它到底要伸向美国的什么地方？是的，女士们，先生们，昨天晚上我在电视上看见一个推销员戴着一个面具在逗乐，但是他那双在面具后面窥探的眼睛让人害怕，那样的面具也罩住了千万双隐藏得更好的眼睛。这又说明了什么？”他问道，所有的人都在求他快点说出来，他们几乎都要跪下来了，斯利姆也高声说道：“说下去!”同时握紧了他的拳头。

“总有一天，会有一个极智慧的人通过电视来告诉大家世界末日前基督再临，全世界的人都能通过大脑中的电视接收器看到这一幕，只要按一下开关，耶稣就会奇迹般地显现，没有人会被剥夺知道真理的权利，所有的人从此就会被拯救，全世界的男男女女，我告诉你们，从现在开始好好生活，互相善待吧，这是你们现在需要做的。我们都知道这点。”说完，他转身离开，十分从容的样子。斯利姆的目光追随着他的背影，脸上露出从未有过的满足和兴奋，他还拍起手来，旁边的其他一些人也跟着拍起手来，那个演讲者在荣光中消失了。爷爷，这事就是这样神奇。

这个时候，一个救世军人员朝我们这边大喊道：“现在你们相信主要来临了吗?”就在他喊话的时候，传来一阵汽车喇叭的刺耳声，一排强烈的红光从街上扫过来，我挪动身体想躲过红光，是消防车正赶赴火场，车上的一队消防员头戴消防帽，神情严肃、肃穆，消防车以每小时一百英里的速度疾驶而去。哇喔！这吸引了所有人的眼球，斯利姆激动地叫了一声：“哇!”其他人也都觉得这真是再神奇不过了。但是紧接着，一切都恢复了正常，人群又都耷拉个脑袋一副无精打采的样子。

好了，到了要走的时候了，斯利姆说：“我们还会再回到时报广场的，但是现在我们得在夜幕中开步走了，就像那个白发老人一样，一直往前走，走那些还没有人走过的地方，直到走到这个庞大的美利坚合众国的另一边，直到我们万无一失地到了太平洋边上，感谢主为止。你准备好了吗，皮克?”他问道，我回答：“是的，准备好了，”于是，我们出发了。

第一三章　萨斯奎汉纳河[①]的鬼影

我们走的时候是八点钟，我们站在林肯隧道前，黄色的路灯照着我们，开始起雾了，这足以让我和斯利姆担忧，我们还才刚上路呢。但是不一会儿我们就搭上车进入了隧道，头一次搭车就这么顺利，那个司机好像是经过我们时就先对我们说："很高兴见到你们，"我们还没有把手举起来做出搭车的姿势呢。他脸上满是微笑，一下子把门打开。那是一辆巨大的黄色卡车，车身上写着PENSCO，驾驶室像拖拉机的驾驶室一样，有整整十二英尺高，车子的轮胎是世界上最大的，车头后面拖着的挂车很长很长，都看不到尾了。真是一辆巨型车，斯利姆要把我抱起来扛到肩上才能够到，那个司机一把拉住我像抱住一个足球那样把我拽到驾驶室里。坐在里面我的感觉就好像是在树上一样，太大了，太高了。斯利姆随后也跳了上来，还把那个装着我们衣服的箱子拽了上来。我们开拔了。

"和你的小弟弟出去，是吗?"驾驶员问道，"别让他淋着雨了，对他不好。"说完他抓住离合器杆晃动了一下，一脚踩下去，车子震动起来，他的脚的动作就像是在乐队的鼓手在敲鼓一样，这个巨大的家伙发出吼声开始往前冲去，像一座小山一样滚进隧道。那个驾驶员是一个白人，名叫诺里杜斯。卡车进了隧道后整个隧道都震动起来，轰隆隆的声响从这儿一直响到了新泽西。

不仅如此，在开往宾夕法尼亚几个小时的车程中，那个驾驶员一言不发，斯利姆和我只好坐在那里看着他在公路上开着这个巨大的家伙。这个司机可比巴士什么的强悍多了，他浑身上下都是力气。我们旁边车上的人也都被震得上下颠簸，一路过来我们的车好像把边上的车都给吞没了。唯有一次他慢下来是在上一个山坡的时候，那也只是让行人过去，车子本身的轰鸣声一点也没有小下来。他刹车的力度，每到一个红灯时，他都用尽了全身的力气踩刹车，它承受住了如此猛烈的制停，却仍然灵活轻巧，车上的人都感到一颠。车子震颤地停了下来，又往前面移动了一下，好像它不愿等红灯似的，司机紧紧地踩住刹车，于是它不再向前移了。“这家伙停不下来，”他说道。

我们到了新泽西的时候，雾开始变成雨了，爷爷，知道吗，斯利姆和我就在那时看到了那个白发飘飘的老人，他在沿着公路往前走，雨水中的黄色灯光像是一团烟雾，笼罩着他的身影。哦，这个老者，他看上去是那么可怜，但又是那么坚毅。斯利姆说：“他肯定是从纽约搭了个短途车。”我们从他身边经过时又看了他一眼，看到他迎着雨水的脸孔，他的神态好像是在思考着什么，好像根本没有下雨一样，好像他只是在家里一样。“他要去做什么？”斯利姆问道，“哦，这位可爱的绅士，他让我想起了耶稣，也是这样在这个冷漠的世界上踽踽独行。我敢肯定他是不交税的，他的牙刷也在胡佛救世军里丢失了。唉。”他继续说道，“任何人只要打定主意去做，肯定能做成什么。”那个老人有着世界上最蓝的眼睛，我们的

---

① The Susquehanna，流经宾夕法尼亚州的一条大河。

车子经过时我看到了他的眼睛。后来我们又见到了他，以后有时间再告诉你们。

我们的车子在轰鸣中穿过新泽西最热闹的街道，又上了大路，来到了一个路标下，上面有一个箭头指向左边，写着“南”，还有一个箭头笔直指向下，写着“西”，我们朝着向下的箭头往西面前行。天黑了，周边都是乡村，不远处是山脉。

几个小时后我们来到宾夕法尼亚，又过了五个小时我们来到哈里斯堡，那个驾驶员的家在这里。路上我睡了几觉。雨一直在下着。驾驶室里面温暖舒服，对于我和斯利姆来说，这真是好开端。斯利姆说我们离希拉不是很远了。

到哈里斯堡的时候已经是半夜了，那个驾驶员说他会在城外一个十字路口把我们放下来，这样他可以节省一点时间，我们经过那个地方时，他给我们指了指，雨中的十字路口寂静无人，黑漆漆的，我不由得紧张起来，但是那个司机说他会领我们到一个通向匹兹堡的路口，他向西指了指，说道他知道另外一条到城里的便道。一条便道，这对我们来说太好了。雨中的哈里斯堡像是笼罩在一个光晕里，一片沉寂，阴阴的。我们看到几座大桥，灰蒙蒙的，桥下是萨斯奎汉纳河，在城里的主街上有很多人半夜在等车。

我和斯利姆在一个红灯前跳下了驾驶室，那个人和斯利姆说了好几遍前面的路怎么走，斯利姆开心地谢过他。就这样，我们回到了路上，步行着斜穿过城区到另外一条公路上去，满心希望能再搭上一辆车。“这一路真不错，”斯利姆说，“要是我一个人，还真遇不上这样的好事。你人小，大家都会同情，我们会到达西海岸的。皮克，你这个小家伙给我带来了好运，走，好小子。”

哈里斯堡城里的房子都很旧了，斯利姆说它们在乔治·华盛顿时代就有了。在城的一角都是砖墙，烟囱都斜了，房子的样式都非常古老，但很整齐。斯利姆说这个城市之所以这么古老，是因为在一条大河的边上。“你有没有听说过丹尼尔·布恩[①]、本杰明·富兰克林，还有法国和意大利战争？在那些时候所有的人都在这里，推着手推车，赶着牛车从纽约，就是我们住的地方历尽千辛万苦，来到这里，要翻过很多山，要经受风雨，还有很热的天气，人们受尽折磨，有些人还没到这儿就累死了。那时候是有名的向加州迁移的开始，现在你知道了到这里坐汽车要多久，你算算那个时候要坐着牛车，等我们到了旧金山时你再算算要多少时间——坐着那个牛车。等我们过了内华达峡谷我再来问问你。在内华达州有一个大峡谷可以把整个海洋都装进去，很久很久前它就已经干枯了，如果要测量它的边长都要一个月的时间呢。没有人在那里刷过牙。你见识的还太少了，小子。”

不过，他说话那阵，我们还是在萨斯奎汉纳，暂时还没办法去内华达，因为我们饿得不行了，斯利姆说去第二热狗店吃，以后还要去第三、第四呢。我们进了一家小店，吃了热狗，还要了一个豆泥加番茄酱和咖啡。斯利姆说我得学喝咖啡，这样可以在路上保暖。他数了数钱，说我们还剩四十六块八毛，然后把钱塞到箱子里，我们又多穿了些衣服以免雨下大了。他说他希望我们能很快搭上车，这样我就可以睡上一会，然后在匹兹堡醒来，再然后我们就可以一直往前走不用再睡觉了。“前面伊利诺伊和密苏里肯定是阳

---

① Daniel Boone (1734—1820)，美国早期西部边疆探险者和开拓者。

光灿烂，我知道的，”他说。

天又黑了，斯利姆买了两包烟，这样还剩下四十六块四毛，我们来到了城外。那里的人都好奇地看着我们，他们肯定在想着我们要干什么呢。知道吗，那就是生活，你必须活下去，必须到达你想去的地方，这是斯利姆常说的话。“生活是一阵风，生活是一口气，”他说。一辆车过来了，那个人是下班回家去的，但是斯利姆不管，还是伸出大拇指要搭车，嘴里还吹出响亮的口哨来，当他看见那个人没停下车来，他伸出一条腿来，提了提裤子，说道：“可怜可怜我这个在路上的女孩吧。”他那样子真好玩，逗得我笑个不停，他每到一个地方总会这样逗趣一下的。

天气很冷，周围一片荒芜，但是我们感觉很快乐，就像在家里一样。有时候我也会有点焦虑，不知道在加州能不能找到住的地方，会不会有一个睡觉的地方，也为希拉担忧，不知道她怎么样了，担心路上会不会越来越累，雨越下越大，待的地方比这里还黑，但是斯利姆一路上那有趣的样子让我忘记了这些事。“这就是生活，我们只得这样，”斯利姆说，“只要不死就好。嘿，有时候我还真觉得要死了，但是现在我要等一等，等的时间越长越好。主啊，请赐予我更多吧，脚趾冷就冷，我不怕，只要我的脚还能走路就行。主啊，你没有给我钱，但是你给了我可以诉苦的权利。呜！不过，抱怨得太多人也就垮了。我已有了孩子了，我得继续活下去，我要去看看加利福尼亚是个什么样的地方，我要亲自去看一看，一定要去。主啊，我也就只能多做尝试了，这样试试，那样试试，总有一天我会找对方向的。主啊，请保佑这孩子吧。”斯利姆总会这样跟上帝说话。我们两个人都熟悉对方了，另一方说什么都可以，他说的时候我就听着。然后我会说："一步，两步，三步，走，"边说边数着脚步，斯利姆就跟着说："走，走，走吧，"但是他心不在焉的，心里在想着别的事。我很高兴，真有趣。

爷爷，以后我会为你挣很多很多钱，也为我自己，但是像斯利姆这样，没有钱也乐呵呵的，我也喜欢，我喜欢做一个快乐的人。

我们穿过城里，很快来到公路上，萨斯奎汉纳河在我们身边流淌，河面漆黑，河水静静地流淌，流出去很远很远也没发出一点声音。

这时，从河边上急匆匆来了一个人，拉着一个小箱子，他看见了我们，朝我们挥挥手，说道："快点走啊，要不你们赶不上我了，我要去**加拿大**，不想浪费时间。"有意思，他还在我们后面呢，但是很快他就超过我们了。"不能慢，不能慢，孩子，"他说道，回头看看我们。我和斯利姆在他后面赶紧跟上去。

"你上哪儿?"斯利姆问道，那个人——他是一个小老头，穷白人——他说："你问我哪，过了这个桥，我要到前面去喝上一杯。我是海外退伍军人协会和美国退伍军人协会的成员。这个城里的红十字会连一毛钱也不肯给我。昨天晚上累了睡在铁轨旁，他们就用探照灯照我。我跟他们说：'你们记住，我再也不会到这里来了，'说完我就走了。上个星期我吃了一顿特别丰盛的早餐，在西弗吉尼亚的马丁斯堡，有馅饼、糖浆、火腿、烤面包、两杯半牛奶，还有一大块巧克力。我喜欢为冬天贮存食物，像松鼠一样。两个星期前在希彭斯堡抽了几卷好烟，接着三天都不饿了。"

"你是说哈里斯堡?"

"希彭斯堡，孩子，宾夕法尼亚的希彭斯堡。这个月底我要在加拿大与我的合伙人碰面，我要做一桩铀买卖。去了解纽约上州！”说完，他非常有力地挥了挥手。这真是个有趣的老头，个子很小还很瘦，脸上满是皱纹，长鼻子像一把号角，头上戴着帽子，身子是那么萎缩、虚弱，下次再见还不知道能不能认出来呢。“快点走，”他冲着我们喊道，“三年前我在路上也看到一个小孩就跟你一样。慢腾腾的。快，别落在后面了。”我们跟着他紧跑了几步。

我们走了大约两英里的路。

“我们去哪里?”斯利姆问那个人。

“知道昨天我在哈里斯堡得到了什么吗？告诉你，一顿大餐，世上没有哪个地方能吃上这么好的了。有糖腌猪脚，山芋配豆角，花生酱三明治，还有两杯茶和果冻，里面还有水果。那个参加过同外国人打仗的老兵厨师做的。这个月的十二号我在卡梅奥酒店里洗了一个冷水澡，后来又用热水洗，不告诉你在什么地方，前台那个人叫吉姆，也是海外退伍军人协会的，后来我就得了感冒，一直不停打喷嚏。”

“老伯，你是要一直往前走吗?”斯利姆问道。

“一个小时前那个背着包的白发老头根本赶不上我呢。我是要去加拿大的。东西都在这个包里面。还有一条漂亮的新领带呢。”他的包是一个已经散架了的破卡纸箱子，用一根很宽的皮带绑着。他的手不停地弄那个皮带。“等一等，我把那条领带拿出来，”他说道，我们在一个没有人的加油站停下来，他蹲下来解皮带。

我坐下来，一边让我的脚休息休息，一边看着他。那个老头真有趣，那也是为什么斯利姆要跟着他，同他聊天。斯利姆就是那样的人，看着谁有意思就上去说话，他是不会对任何一个这样的老头说不的。

“领带去哪儿了呢？”老头边说着边在他那个鼓鼓囊囊的包里面摸来摸去，过了很长时间，他抓抓自己的头发，说道：“别跟我说掉在了马丁斯堡了。那天早上我一边咳嗽一边打包的，我记得把领带放到里面了。不，不是在马丁斯堡，不是那儿，不是那儿，是在哪儿呢？哈里斯堡？哦，见鬼。这条领带在我到达纽约州奥格登斯堡之前都要用的。”我们又开始走了。他根本没有这样的一条领带。

爷爷，不管你信不信，我们又跟着这个老头沿着河往前走了六英里多，每到一个拐弯的地方我们总盼望能看见什么，但是每次什么都没有。我从来没有走过这么长的路，却也不在意。那个老头说话总是那么夸张，他说：“我手上有各种证件，”他告诉我们在过去一个月里他在经过的那些城镇里做了什么，吃了什么，他是如何在各个地方拿出他的证件来给人家看的，他吃的是些什么东西，在咖啡里放了多少糖，在汤里面放了多少饼干。听他说着，我们都觉得饿了。这个人这么矮小，但是胃口那么大。我们就这么走啊走。

看来，前面是不会有什么镇子出现了，我们都走进野地里去了，很长很长的一段路上灯光越发稀疏。

斯利姆决定停下来，说道：“嘿，我说，你肯定是……”他是想说“疯了”，但只说了前面半句，后面半句没有说出来，他又说：“老伯，我和我弟弟想要回去了。”

“回去？到了这个地方还要回去？哈，哈，我是看错你们两个孩子了，跟我三年以前看错那个年轻人一样，我总是看错人。你们不走可以，我还是要往前去。”

“但是，我们不能走一晚上啊。”斯利姆说。

“好吧，走吧，你们回去吧。即便有什么后果，我也一定要穿过纽约城走去加拿大的。”

“纽约?”斯利姆大喊，“你是说要经过纽约?这条路不是向西通向匹兹堡的吗?”斯利姆停住脚步，但是那个老头还是径直往前走去。“你听到我问的了吗?”斯利姆高声问道。那个老头肯定听到了，但就是不理他。“继续走吧，不要停下来，”他说，“也许我会到达加拿大，也许不会。但不能一晚上待在这里不动。”他一边说着，一边继续往前走，直到我们看到他像鬼影一样消失在黑暗中。

“哎呀，”斯利姆说，“真是见到鬼了。”这下他真有点怕了，深更半夜的，站在一条可怕陌生的河边，不知道我们在什么地方，也搞不清楚是怎样一回事。我只能听到雨水落在树叶上的声音，河水轻轻的流淌声，还有我自己的心脏的跳动声，周边一片死一样的沉寂。主啊，真是吓人。

“我为什么要跟着那个疯老头?”斯利姆自问道，说着伸手过来找我，看看我在不在旁边，“皮克，你在这儿吗?”

“斯利姆，我害怕。”我说。

“别害怕，我们会走回城里去的，会回到有灯和有人的地方的。唉。”

“斯利姆，那个老头是个什么人啊?”我问他，他回答说，“谁知道?他是这条河上的一个鬼影，这个人一直在弗吉尼亚、西弗吉尼亚、西宾夕法尼亚、北纽约、纽约城、东阿图里迪斯和南波塔沃托米寻找去加拿大的路，在过去的八十年里他就一直在这么找，一直在走个不停。”

后来有三辆车从我们旁边哔哔地驶过，第四辆在我们前边停了下来，我们赶紧跑了过去。司机是一个神情严肃的大个子白人，开的是一辆运货卡车。“是的，”他说，“这条路是往西通向匹兹堡的，但是你们最好回到城里去搭车。”

“那个老头一个晚上都会往西走，但他要去的是北边的加拿大，”斯利姆说道，那个老头会知道这个可怕的事实吗？知道吗，后来的三个月里我们一直说着这个萨斯奎汉纳河鬼影的事，直到在旧金山见到了希拉时还在说呢。

第一四章　终于到了加利福尼亚

告诉你，爷爷，这真是一次很长很长的旅行。那个人把我们带回到哈里斯堡，雨还在下着。他对我们说往左走，再往右走，然后再往左，再往右，再往前，就可以到一个吃午饭的地方，他说那儿有做得很好的山芋、猪脚，还有七英寸长的热狗，和伦敦皮卡迪利广场的一样好。我和斯利姆走了进去，在一个吃饭的角落坐了下来，因为另外一边是聊天说话的地方，有一大群人在那儿大声争吵着谁是印第安人。

“别告诉我你是印第安人，你不是!”

“我不是，那谁是？——我是来自加拿大的波塔沃托米印第安人，我母亲是纯种切罗基人。”

“如果你是来自加拿大的波塔沃托米印第安人，你母亲是纯种切罗基人，那么我就是詹姆斯·罗斯福·特纳[①]。”

“那好，转过身来，小子，尝尝我这一拳。”接着就听到玻璃撞碎的声音，男人斗殴叫骂，女人号啕。这时有一个女人走到我和斯利姆吃饭的桌子旁，面带微笑，说道：“可以和你们坐在一起吗?”就在她说话的时候好几个警察下了巡逻车走进来。那个女人，不，应该是那个女孩，对斯利姆说：“我可以坐下吗?”

她一直对着斯利姆微笑，但是斯利姆很害怕警察，所以没有回应那个女孩的笑脸，再说斯利姆已经和希拉结婚了，那个女人坐了下来就好像她本来就和我们在一个桌子上的，警察没有过来盘问她。斯利姆也没有说行还是不行。警察带走了吵架的印第安人，一切又恢复了平静。

我和斯利姆花了好多钱，吃了山芋、猪脚，还有七英寸长的热狗，斯利姆也不去管那个女人是不是还坐在旁边。这个地方是一个乡下院子。知道吗，爷爷，有很多黑人有印第安人血统，我在内布拉斯加、艾奥瓦、内华达，还有奥克兰都看到过那些有着印第安人血统的黑人。

现在，我们吃饱了，准备好继续上路，雨下小了，毛毛细雨，斯利姆说："我们下一站是沿着这条二十二大道到达匹兹堡。"

我们开始走的时候，早上太阳刚刚升起，一辆车从我们旁边驶过，车轮轧到了一只蓝色的小鸟，发出嘎吱的声响。

这让我很难受。我真的不希望再看到这样的事了。我感到来错了地方。一个水管工把我们带到了亨廷顿，然后一个卖灯泡的人让我们搭车到了霍利迪斯堡，接着一个名叫比迪·布莱尔的人又把我们送到了布莱尔斯维尔，最后我们坐上了一个乡下司机开的卡车来到科里奥波利斯，那个人的儿子刚刚得了疝气。反正听到的都是这些不好的事。不过我有一种很深的感受，就是人们都很乐意帮助我们，我真这么觉得。

到了早上七点，斯利姆买了一些糖块放到我的嘴里。他肯定很

---

① 此处三个人的名字被混在了一起，分别是：James Fenimore Cooper（1789—1851），十九世纪早期美国作家，以描写边疆探险的《皮袜子传奇》故事闻名，Theodore Roosvelt（1858—1919），美国第26届总统（1901—1909）。Frederic Jackson Turner（1861—1932），二十世纪早期美国历史学家，提出边疆与民族特征形成的理论。

担忧，不知道是否能和希拉见面。他没有告诉我到奥克兰到底有多远，怕我会害怕。我告诉他我不知道这个世界上还有这么多白人，因为我是从北卡罗来纳乡下来的，那里可没这么多。

他说："是的，没错。"

他又说："不知道奥蒂斯先生是不是告诉了警察我绑架了你，让他们来追我，不过，他现在是找不到我们了。看，来了一辆车，上面有两个人。"

这辆车以每小时八十英里的速度行驶着，但是还是猛地停了下来，轮胎发出一阵尖厉声。我们坐进了后座。他们问："你们去哪儿？——我们走蒙大拿方向，你们有钱吗？"

斯利姆说："不多。"

他们说："我们在匹兹堡把你们放下。"爷爷，我们到达匹兹堡时还在下雨，我和斯利姆走进火车站躲雨，两个穿着制服的人让我们出去。没办法，我们只能竖起衣领在街上走，我们看到了一个教堂，上面有一个十字架。斯利姆说："我们到那儿去，把衣服弄弄干，他们不会把我们赶出来的。"

那里面很阴冷，但是有一股热气从底下地下室冒出来，有一个锅炉在那里烧火。楼上有一个人在弹一个很大的管风琴。斯利姆说他弹的是《保佑马利亚》，这时有一个人走过来，手上拿着一根点燃的木棍，他快步走到教堂前排点燃了蜡烛，"绞索，"斯利姆说（他还笑了起来），外面正下着很大的雨。

爷爷，听到音乐声时，我冲斯利姆"嘘"了一声，说道："我能唱歌吗？"

"斯利姆想知道你知道这个曲子吗？"斯利姆说。

“我只是哼哼。”

斯利姆说：“看，来了一个穿黑衣服的大块头。”

他说话时我已经哼了起来。

那个穿黑衣服的大块头说：“你的嗓音很美，你叫什么名字？”

“我的绰号是‘画刊评论’杰克逊，从北卡罗来纳来。”

“那他是谁？”

“我的哥哥约翰·杰克逊。”

那个神父又问道：“你知道如何打扫这些长椅上的灰尘吗？”

斯利姆说：“我在一家糖果工厂工作过，不过我更喜欢在这儿打扫灰尘。”

“你也知道如何给地下室拖地吗？暖气炉边有两张行军床，我一个月给你们一百元，每个人五十，吃住免费。”

斯利姆说：“这倒是不错，但是我们要去加州找我的妻子。”

“你妻子叫什么名字？”

“希拉·杰克逊，她原来的名字是乔伊娜，也是从北卡罗来纳来的。”

“我是约翰·麦吉利卡迪神父。”

斯利姆问道：“你就是那个经营费城费城人棒球队的那个麦吉利卡迪吗？”

“不，那个人是科尼利厄斯·麦吉利卡迪，我的一个远房表亲……费城运动员……我是约翰·麦吉利卡迪神父，耶稣会的。那小杰克逊小东西你要到台上去唱一下吗？你最喜欢的曲子是什么？”

爷爷，我告诉他我最喜欢的是《我们在天上的天父》。

麦吉利卡迪神父把我领到台上，让我坐到那个弹管风琴的人旁边。爷爷，知道吗，我还吹起了口哨，要是我把口琴带在身上就更好了，那个神父也跟着唱了起来，他说我唱得像天使一样动听。

后来，斯利姆到地下室去打扫地板，他说他真希望现在有一把小号，不过他说他从他的小老弟的嗓音里听到了小号的声音。

我们告诉麦吉利卡迪神父我们拿到一百元钱后，就会坐灰狗大巴去奥克兰，但是麦吉利卡迪神父说马上就是星期天早上了，因为这一天是星期六、耶稣复活日，他要我在整个教区的人做礼拜时唱主祷文，我于是就在圣坛上唱了，我唱得非常非常投入。麦吉利卡迪神父高兴得不得了。那些来教堂的爱尔兰人也都非常高兴，脸都很激动得涨红了，好像放着光芒，不过我知道他们有他们的苦恼。就这样我们拿了一百元钱，坐上了那个车身上画着蓝色猎狗、名字叫“灰狗”的大巴。我们经过俄亥俄进入了内布拉斯加，斯利姆一个人在后排座位上睡觉，腿向外伸着，我坐在前面的一个座位上，旁边是一个九十岁的白人老头，我们快要到内布拉斯加的卡尼时，那个老头说：“我要上厕所。”

我搀着他的手下了车，因为他会在雪地上摔跤的，我向加油站的人打听厕所在哪儿。那个老头方便完后，我又带他回到了车上，大巴司机这时喊了一声：“有人在这里喝酒！”

那个司机戴着黑手套。靠近他的前排座位上坐着两个男人，他们的手握在一起。

斯利姆还在后排打着呼噜。突然他站起来冲着我说：“嘿，宝贝。”

不知过了多久，我发现外面的雪没有了。我听到另外一个老头在后边说：“回到奥罗维尔后，我要把我的钱都存起来。”

然后我们到了萨克拉门托山谷，爷爷，再后来，很快，我们就看见希拉挂在两个木柱上的绳子，上面晾着衣服，在风中哗哗哗飘来飘去。

斯利姆，他把两只手背在身后，轻轻地走到院子门口，大声说道：“坐了巴士，走了路，我带着皮克来了。”

希拉奔跑出来，捧着他的脸亲个没完，然后我们走到屋里坐下吃希拉为我们留的牛排，还有土豆泥、荷包豆和樱桃香蕉冰激凌。

图书在版编目(CIP)数据

地下人·皮克 /（美）凯鲁亚克（Kerouac，J.）著；
金衡山译. —上海：上海译文出版社，2015.1
（凯鲁亚克文集）
书名原文：The Subterraneans and Pic
ISBN 978-7-5327-6754-0

Ⅰ.①地… Ⅱ.①凯… ②金… Ⅲ.①中篇小说—小
说集—美国—现代 Ⅳ.①I712.45

中国版本图书馆 CIP 数据核字(2014)第 182349 号

Jack Kerouac
The Subterraneans and Pic

图字：09-2007-684 号

地下人·皮克
The Subterraneans and Pic

Jack Kerouac
杰克·凯鲁亚克 著
金衡山 译

出版统筹 赵武平
责任编辑 陈 姝 吴 炎
装帧设计 人马艺术设计·储 平

上海世纪出版股份有限公司
译文出版社出版
网址：www.yiwen.com.cn
上海世纪出版股份有限公司发行中心发行
200001 上海市福建中路 193 号 www.ewen.co
上海信老印刷厂印刷

开本 890×1240 1/32 印张 7.75 插页 2 字数 146,000
2015 年 1 月第 1 版 2015 年 1 月第 1 次印刷

ISBN 978-7-5327-6754-0/I·4081
定价：42.00 元